LE PLUS BEAU DES VŒUX

ALYSON NOËL

LE PLUS BEAU DES VŒUX

Traduit de l'anglais (États-Unis)
par Géraldine Toussaint

Michel LAFON

Titre original : *Five Days of Famous*

Première publication en langue originale
par Delacorte Press

118, avenue Achille Peretti – CS 70024
92521 Neuilly-Sur-Seine Cedex
www.lire-en-serie.com

À Irène, en souvenir de Bill

« Les deux moments
les plus joyeux de l'année
sont le matin de Noël
et la fin de l'année scolaire. »

Alice Cooper

PRÉFACE
(OU POURQUOI IL NE FAUT JAMAIS SE MENTIR À SOI-MÊME)

Vous ne vous êtes jamais réveillé en vous disant qu'aujourd'hui votre vie allait changer ?

Pour le mieux ?

Aujourd'hui, c'est mon jour. Je l'ai su en ouvrant les yeux ce matin.

Tout va changer.

À peine quatorze heures plus tard, j'étais tombé dans le plus grand piège du monde, le piège de celui qui se ment à lui-même.

Si seulement une infime et minuscule partie avait été vraie, je n'aurais pas atterri ici, pris en otage dans un bus de psychédélique en fuite, avec un Père Noël fou au volant.

Voilà pourquoi je sais que tout cela n'était rien d'autre qu'une gigantesque illusion depuis le début.

Le chauffeur fou crie : « Allez, Coureur ! Allez, Danseur ! », une main agrippant le volant entouré d'une guirlande de Noël, l'autre s'agitant frénétiquement comme s'il fouettait un troupeau de rennes imaginaires. L'air de *Vive le vent* hurle dans les haut-parleurs pendant que le bus tangue sous l'assaut constant du blizzard qui projette des boules de neige aussi grosses que des balles de golf. Les guirlandes lumineuses se balancent dangereusement pendant que des branches de houx et de gui se décrochent et roulent dans l'allée centrale.

– Accroche-toi, petit !

Le conducteur se tourne vers moi, le seul passager à bord. Le seul assez stupide pour monter dans ce bus. Ses longues dreadlocks blanches volent au-dessus de ses épaules, ses dents en or brillent, ses lunettes à spirales tournent tellement vite qu'elles me donnent le vertige.

– Cette tempête est sur le point de devenir énorme !

Seulement quand il le dit, cela ressemble à : « Ztempêté sul point devnir norm ! »

J'appuie mon visage contre la vitre en la martelant avec ma main. Je cherche désespérément quelqu'un qui me verrait et pourrait m'aider en signalant mon enlèvement, mais il neige tellement qu'on ne distingue rien. Je m'enfonce dans mon siège et je sors mon téléphone. Aucun réseau. Comme tout à l'heure quand j'attendais le bus qui devait me ramener chez moi.

Il n'y a plus que l'application « Notes » qui fonctionne encore, alors je me force à ne plus trembler pour pouvoir écrire tout ce qui s'est passé, exactement comme je l'ai vécu, du moment où les ennuis ont commencé jusqu'au moment où j'ai décidé que ce serait une bonne idée de me faire ramener chez moi par un fou qui s'est clairement échappé d'un asile psychiatrique.

Comme ça, lorsque l'on retrouvera mon corps abandonné quelque part, la police aura quelqu'un à arrêter et ma famille sera un peu apaisée de connaître l'enchaînement d'évènements qui m'a conduit à cette fin affreuse.

C'est la seule chose que je peux faire.

Je suis à peu près sûr que je ne vivrai pas assez longtemps pour le regretter.

1

19 DÉCEMBRE
10 h 39-11 h 50

M. SPARKS S'ENFLAMME

Aujourd'hui, c'est le jour où ma vie va changer[1].

Même si je me repasse tout dans la tête des dizaines de fois, c'est quand même bizarre de penser que dans un peu moins d'une heure je serai passé d'intello boutonneux à star du collège. Et le plus incroyable, c'est que pour quelqu'un qui s'apprête à changer aussi radicalement, je ne suis même pas nerveux.

Je suppose que c'est comme ce que dit toujours mon idole, l'acteur-rock-star-mannequin Josh Frost : « Tu ne peux pas le vivre si tu ne l'imagines pas vraiment. »

Eh bien, j'ai passé un an et demi à l'imaginer dans les moindres détails et ça commence par la manière dont je m'assois sur ma chaise.

Si vous pensez que quelque chose d'aussi banal n'a pas d'importance, vous vous trompez. Quand on en vient à la façon dont

1. Le pire mensonge au monde – celui qui a lancé toute cette pagaille.

les autres vous perçoivent, et par « les autres » je veux dire les filles de cinquième, il n'y a pas de petit détail.

Les filles, surtout les filles populaires, remarquent *tout* et elles peuvent être plutôt dures dans leurs jugements.

Si vous voulez être remarqué, et même mieux, être accepté, il faut porter le *bon* jean, les *bonnes* tennis (mais vous voudrez sans doute éviter d'utiliser le mot « tennis ») et il faut absolument avoir la *bonne* coiffure, ce qui consiste essentiellement en un coiffé décoiffé style « je sors à peine de mon lit », alors que le temps passé à avoir l'air décoiffé vous a obligé à vous lever une demi-heure plus tôt.

Et oui, vous devez même vous asseoir de la *bonne* manière, donc à l'opposé de ce que je fais habituellement, les deux pieds au sol et le dos droit, comme les parents et les professeurs.

Mais ça suffit.

Aujourd'hui, j'éloigne ma chaise du bureau et je glisse tout au bord du siège en plastique jusqu'à ce que mes poches de jean dépassent et que mes jambes soient totalement allongées devant moi.

Ensuite, je passe la main dans les cheveux dont je prétends ne pas m'occuper et je me tourne discrètement vers la gauche comme si j'essayais juste d'enlever une mèche de mes yeux alors qu'en fait je jette un coup d'œil de l'autre côté de la classe où la magnifique Tinsley Barnes est trop occupée à observer le beau Mac Turtledove pour remarquer que j'ai l'air cool.

Je tiens la pose même si je commence à avoir des fourmis dans les fesses, parce que je sais qu'à tout moment Tinsley peut accidentellement arrêter de regarder Mac suffisamment longtemps pour voir la manière totalement cool dont je suis assis et tomber follement amoureuse de moi.

Seulement elle ne le fait pas.

Quelle importance si Tinsley pense encore que Mac Turtledove est le seul mec digne d'intérêt ? Bientôt elle découvrira qu'elle s'était complètement trompée sur moi.

En attendant, je la joue détaché. Je croise mes jambes au niveau des chevilles, l'air détendu, et je regarde vers l'avant de la classe où M. Sparks se bat avec une guirlande de Noël tout emmêlée. Elle a l'air énorme, jusqu'à ce qu'il grimpe sur sa chaise pour l'installer au-dessus du tableau et que je m'aperçoive qu'elle est aussi maigre et dégarnie que lui.

Cela ne l'empêche pas de croiser les bras sur sa poitrine et d'admirer son œuvre. Quand son regard se pose sur le mien, ses sourcils se lèvent comme s'il me demandait mon avis, mais tout ce que je peux faire, c'est hausser les épaules.

Il a beau être mon troisième prof préféré (ce n'est pas ma faute s'il n'enseigne ni les maths ni les sciences), je ne peux pas faire semblant d'être enthousiaste. C'est quand même le dernier jour avant les vacances, alors question esprit de Noël, il est clairement en retard. En plus, avec nos contrôles déjà rendus et la fin de l'heure qui approche, toute autorité que Sparks aurait pu avoir a disparu depuis longtemps.

Presque tout le monde autour de moi est occupé à envoyer des textos, à jouer, à buller ou, dans le cas de Tinsley Barnes et Ivy Wilburn, à rire comme des folles à tout ce que dit Mac Turtledove, allongé sur sa chaise comme s'il n'avait pas de fourmis dans les fesses et comme si ce n'était pas super cool que les deux filles les plus canon de toutes les cinquièmes fassent semblant de le trouver drôle.

Dans moins d'une heure, elles rigoleront avec moi, et elles ne feront pas semblant !

Je regarde Tinsley pendant qu'elle balance ses longs cheveux blonds – de la même couleur chaude que le pop-corn qu'on achète au cinéma – par-dessus son épaule. J'imagine la scène quand elle se tiendra debout devant moi, avec ses cheveux dorés, ses yeux bleus étincelants, et qu'elle posera délicatement sa main sur mon épaule en disant : « Oh mon Dieu, Nick, je ne savais pas que tu étais si drôle ! »

– Regarde ça.

Dougall Clement se penche vers moi en tirant sur mes écouteurs jusqu'à ce qu'ils tombent.

– Oh, je regarde ! je réponds, incapable d'ôter le sourire de mon visage, certain qu'il parle de Tinsley et Ivy.

À part Sparks et sa petite cascade sur sa chaise, il n'y a rien d'autre à voir.

– Même Sparks ne peut pas y échapper.

Dougall fronce les sourcils et secoue la tête en étudiant la pathétique guirlande de Noël qui se balance au-dessus du tableau.

J'observe les sourcils froncés de Dougall sans comprendre où il veut en venir.

– Sérieux, tu n'aimes pas Noël ? je lui demande.

Je me souviens d'un temps pas si lointain où Dougall imprimait sa liste de cadeaux en tout petits caractères pour que cela tienne sur une seule page, comme le lui demandait son père.

Dougall me regarde comme si je n'avais rien compris.

– Je parle de la *sonnerie*. Il insiste sur le mot « sonnerie » comme si cela suffisait à tout expliquer. Regarde, dit-il en passant une main sur son menton, de plus en plus frustré. Ça va sonner dans quoi, quinze minutes ?

Je cherche l'horloge du regard.

– Neuf, je réponds.

Incroyable qu'il ne sache pas ça.

– Ouais, et Sparks s'enflamme en oubliant complètement que

tout le monde s'en fout parce qu'ils sont tous en transe en attendant que ça sonne.

– Et alors… ?

Je parle lentement, toujours incapable de comprendre pourquoi il est si énervé.

– Et alors, depuis le premier jour de maternelle, notre vie entière se passe à attendre que ça sonne.

Ses yeux se durcissent. Ses lèvres se pincent. C'est son expression « théorie du complot », un visage que je connais bien.

– Pour l'instant, on en est à neuf ans et demi de sonneries de réveil, de sonneries de début de cours, de sonneries de fin de cours, de sonneries de déjeuner, de sonneries de sortie… dit-il en se penchant en avant, les plis de son énorme pull rouge atterrissant sur son bureau. Et on a encore cinq ans et demi à tenir, sans compter la fac.

Il tourne la tête sur le côté et regarde au loin, pendant que je me bats avec mes écouteurs pour tenter d'entendre la chanson de Josh Frost et de répéter mentalement la chorégraphie qui va avec.

– Le truc, c'est qu'on est exactement là où ils veulent qu'on soit. On est complètement programmés, comme le chien de Pavlov, et la plupart de ces gens sont trop abrutis pour s'en rendre compte.

Il secoue la tête en jetant un regard dédaigneux au reste des élèves de la classe dont la majorité, comme moi, ne vit que pour le moment où la sonnerie retentira et annoncera notre libération.

Je tapote des doigts sur le bureau. Je n'ai pas de réponse. À la différence de Dougall, je n'ai aucun problème avec le système.

N'importe quel autre jour, j'approuverais ce qu'il dit, je le soutiendrais même dans sa théorie du complot. Mais aujourd'hui, eh bien, disons juste qu'aujourd'hui cette sonnerie est mon amie.

À la seconde où elle va retentir, nous irons déjeuner et ensuite nous nous rendrons au gymnase où Josh Frost, Superstar internationale avec sa propre émission de télé-réalité, « Le Monde de Frost », sera juge du concours de chant du collège de Greentree.

Le gagnant non seulement montera sur scène au côté de Josh Frost, mais il fera aussi une apparition dans son émission, ce qui veut dire qu'il aura accès à une vie beaucoup plus cool.

Heureusement pour moi, j'ai mis au point une performance qui me garantit quasiment la victoire.

Dès qu'ils ont annoncé que Josh revenait dans son ancien collège, nous offrant ainsi la possibilité de rencontrer quelqu'un de riche et célèbre, j'ai su que c'était ce dont j'avais besoin pour mettre fin au surnom d'Intello boutonneux dont m'ont affublé mes camarades de classe.

S'il y a une chose que j'ai apprise ici, c'est que ce qui faisait ma force en primaire est devenu mon point faible. J'ai désespérément besoin d'un relooking express.

Dougall aussi d'ailleurs, mais ce n'est pas comme s'il s'en était aperçu. Il est écroulé sur son bureau en train de secouer la tête et de soupirer comme un vieux plein d'arthrite et de regrets.

Dougall ne vit quasiment que pour les théories complotistes. Les mystères inexpliqués, le yeti, les soucoupes volantes, le triangle des Bermudes. C'est comme une drogue pour lui.

– On devrait commencer une révolte. Prendre l'horloge en otage.

Il hoche la tête comme s'il allait vraiment le faire, mais il ne bouge pas de sa chaise.

Dougall parle beaucoup. Il cogite pas mal aussi. Il est plus dans la réflexion que dans l'action. C'est aussi mon meilleur ami depuis le CE2, quand il a emménagé avec son père dans la maison voisine et qu'on s'est découvert une passion commune pour les bonnes notes et les mots d'excuse pour les cours de sport.

Mais maintenant, je ne peux pas m'empêcher de me demander si Dougall ne me freine pas un peu. Il n'a pas changé d'un pouce depuis qu'on est au collège. Cela fait deux ans, et la seule différence qu'il voit avec le primaire, c'est le nombre de sonneries.

Il n'a absolument pas remarqué que les filles n'ont plus de poux, ni qu'on s'est considérablement éloignés du cercle des élèves populaires. Le genre de truc que j'ai remarqué immédiatement. Cela m'a pris seulement quelques jours dans ce collège pour réaliser avec stupeur que tout ce que je pensais savoir n'était plus vrai.

Par exemple, j'étais super fier de mon diplôme du « Meilleur espoir » que j'avais reçu à la fin du CM2. Je l'avais même affiché dans ma chambre pour me rappeler à quel point j'avais placé la barre haut. Mais ici à Greentree, ce diplôme veut seulement dire que, parmi les trente-cinq élèves de CM2, j'avais été considéré comme celui ayant le plus de chances de devenir socialement invisible.

Pour ce qui est des filles de cinquième, ce diplôme me rend à peine plus tentant qu'un bol de mégots.

Ce qui ne veut pas dire que je sois moche, parce que ce n'est pas le cas. Au niveau du look, sur une échelle allant des cheveux hirsutes à la Einstein de Dougall Clement, son teint blafard et son corps maigre genre fil de fer, jusqu'à la perfection de Josh Frost, je penche plutôt du côté de Josh.

On a tous les deux des cheveux châtains plutôt longs qui parfois nous tombent dans les yeux et des yeux noisette mêlant le vert et le marron. Pour le reste, on est plutôt standard – c'est juste que Josh est un peu mieux que moi. Même si j'ai pris cinq centimètres l'été dernier, cela me laisse quand même dix centimètres derrière son mètre soixante-quinze, mais ma mère m'a juré que j'allais encore grandir, alors je garde l'espoir de le rattraper.

En résumé, la base est bonne. Même si je suis parfaitement conscient que je n'ai rien d'exceptionnel, je pense qu'il est important de préciser que je n'ai rien de particulièrement affreux non plus.

Pas que cela fasse une grosse différence. Les filles de cinquième aiment les mecs cool. Ce qu'elles n'aiment pas, ce sont les mecs qui, la semaine de la rentrée, hurlent « Génial ! » quand leur professeur de sciences leur fait un contrôle surprise. Poing levé en signe de victoire inclus.

Elles n'aiment pas non plus quand ce même mec, inconscient des regards dédaigneux des autres élèves, non seulement finit son contrôle en premier, mais obtient la meilleure note, ce qui pousse le professeur à classer les élèves selon leurs notes et fait de lui « l'élève à battre ».

Même si je suis devenu la star incontestée des sciences en sixième, c'est quelque chose qui me poursuivra à tout jamais. Pour tous les élèves, je suis devenu l'Intello boutonneux qu'il faut éviter à tout prix.

Peu de temps après, j'ai débuté ce que j'ai secrètement appelé la « Marche vers la popularité ». J'ai commencé par remplacer mon diplôme de CM2 par un poster de Josh Frost. Cela peut sembler bizarre d'avoir dans sa chambre le même poster que celui que les filles collent dans leur casier au collège, mais j'ai désespérément besoin d'un modèle. Étant donné que Josh n'a que cinq ans de plus que moi, qu'il a grandi dans la même ville et qu'il a même été dans le même collège (peut-être même qu'il s'est assis sur *cette* chaise !), il n'y a personne de mieux placé pour me montrer la voie.

Attention, ce n'est pas comme si j'allais mal tourner. J'entends garder mes notes et aller dans une bonne université pour faire honneur à mon diplôme de CM2. Mais avant cela, j'aimerais vraiment avoir une petite amie avant la fin de la cinquième. Une qui s'appelle Tinsley Barnes, de préférence. Pas comme Dougall, qui refuse de s'adapter aux règles de notre nouvel environnement social.

– Eh bien moi, je prévois de prendre cette horloge en otage pour de longues vacances de Noël, dès que ça sonnera.

Je m'avachis encore plus sur ma chaise et je mets les mains derrière ma tête comme Mac Turtledove. Puis je jette un coup d'œil à Tinsley et Ivy en priant pour qu'elles me remarquent, mais elles sont trop occupées à rigoler comme des folles à tout ce que dit Mac.

– Et après ?

Dougall fronce les sourcils, en agitant sa main devant moi pour que je le regarde.

– Dès qu'on reviendra, ça sera exactement comme avant. Regarde Sparks… Il montre l'avant de la classe du menton. Il a quoi, cinquante, soixante ans ? Il a attendu cette sonnerie toute sa vie. Ça ne s'arrête jamais.

– Trente-quatre, dit Plum Bailey.

Dougall se tourne vers elle pendant que je regarde l'horloge en tentant mentalement de faire avancer l'aiguille.

– Sparks a trente-quatre ans.

Plum se retourne complètement sur sa chaise jusqu'à ce qu'elle soit face à moi. Même si je refuse de la regarder, je peux jurer que ses mains blanches et osseuses sont en train de tordre nerveusement les manches de son pull pendant que ses grands yeux marron ternes scrutent mon visage, attendant que je sois assez stupide pour la regarder, ce qui ne manquerait pas de la faire sourire, elle et toutes ses bagues.

Laissez-moi m'expliquer. Quand j'ai dit qu'il n'y avait aucune fille dans ce collège qui n'était ne serait-ce que vaguement impressionnée par mon intelligence, je ne parlais pas de Plum. À ma décharge, je ne considère pas Plum comme une fille. Bon, elle a tout ce qu'il faut pour en être une, pas que je sois allé vérifier, mais elle porte beaucoup de robes et de jupes (faites maison), donc je suis plutôt confiant sur mon jugement. On était copains, avant, mais quand il s'agit de choses comme le statut social, Plum n'est pas le genre de filles que l'on remarque.

Elle est comme Dougall. Ce qui a le plus d'importance pour elle, ce sont les trucs dont tout le monde se fiche : la lecture, les devoirs, les bonnes notes et se faire dispenser de sport. Le genre qui m'intéressait avant (et qui m'intéresse toujours secrètement), seulement, à l'inverse de Plum, je ne fais plus de publicité à cette partie de ma personnalité.

Sans parler du fait que, contrairement à Plum, j'ai eu le bon sens de cacher le pull de Noël tricoté par ma mère au fond de mon sac à dos. À la seconde où on vous repère avec ça, c'est la mort sociale assurée.

Ce que j'essaye de dire, c'est que le fait que Plum soit impressionnée par mon intelligence prouve que ce n'est vraiment pas cool. Dougall, lui, est insensible à tout ça, ce qui fait qu'il ose parler à Plum sans même prendre la peine de chuchoter.

– Comment tu peux savoir ça ?

Il plisse les yeux comme si l'âge de Sparks faisait partie d'un complot encore plus grand.

– Sa femme, Chantal, est une cousine d'une amie de ma mère. Elle est française. Ils se sont mariés là-bas. La cousine de l'amie de ma mère a même été au mariage à Paris et elle…

– Attends, je l'interromps. Sparks est *marié* ? *À une Française* ? *Qui s'appelle Chantal ?*

Je regarde Sparks en essayant de comprendre comment un tel truc a pu se produire.

Sparks, avec ses bras tout maigres et son crâne dégarni, son obsession malsaine pour les phrases imagées, et ses expressions faciales tellement exagérées qu'il a l'air d'être fait en élastique.

Il est marié à une Parisienne avec un nom super sexy et je n'arrive même pas à exister aux yeux de Tinsley Barnes ? La vie est-elle aussi injuste ?

– La cousine de l'amie de ma mère dit que Paris est aussi romantique en vrai que dans les films.

Plum soupire, son regard ne me quittant jamais, comme si elle m'imaginait en train de l'enlever pour l'emmener là-bas en montgolfière.

– Un jour j'espère vraiment visiter…

Le son de sa voix est couvert par le très attendu *driiiiiiiiiing* de la sonnerie et c'est tout ce qu'il faut pour nous faire passer d'un état comateux à une hystérie absolue, tout le monde se précipitant vers la porte.

J'attrape mon sac à dos, je le balance sur mon épaule et je me lève, prêt à rejoindre les autres, quand je m'aperçois que l'engourdissement de mon fessier s'est étendu à mes membres inférieurs. Mes jambes ne me portent plus et je m'étale sur le carrelage sale de la classe face contre terre.

– Oh mon Dieu ! s'écrie Plum.

– Nick, ça va ? demande Dougall.

Je relève la tête juste à temps pour voir Tinsley Barnes et Ivy Wilburn m'enjamber, comme si je n'étais rien d'autre qu'un tronc mort sur leur chemin. Elles sortent de la classe à la recherche de Mac Turtledove[2].

2. C'est clairement le moment où j'aurais dû abandonner et rentrer chez moi.

2

11 h 56-12 h 17

DÉJEUNER AU PURGATOIRE

Si vous deviez réaliser un sondage auprès d'un groupe de collégiens moyens en leur demandant quelle est leur matière préférée, neuf sur dix répondraient « le déjeuner », même si ce n'est pas une vraie matière. Mais si vous me posiez la question à moi, je n'hésiterais pas à dire « sciences suivies juste après des maths », principalement parce que ces trente minutes de pause-déjeuner entre l'anglais et l'algèbre sont mon pire cauchemar.

Ma mère aime à dire qu'aussi difficile que soit une situation cela peut toujours être pire, et dans la plupart des cas c'est vrai. Au moins j'ai Dougall pour s'asseoir avec moi, et la plupart du temps Plum aussi[3]. Mais bien que manger sur un petit carré d'herbe devant la bibliothèque ne sera jamais aussi pathétique qu'enfourner à toute allure un sandwich dans le couloir devant les toilettes comme les losers du collège, le fait que je sois juste

3. Si ça ne dépendait que de moi, Plum ne s'assiérait pas avec nous. C'est totalement la faute de Dougall.

un cran au-dessus d'eux ne me rassure pas autant qu'on pourrait le penser.

J'avais beaucoup d'espoirs en arrivant à Greentree. J'avais passé la plus grande partie de l'été à regarder des films pour ados afin de savoir à quoi m'attendre et je m'étais imaginé au milieu de la cafétéria avec Tinsley d'un côté et Ivy de l'autre. Au lieu de cela, j'ai été refusé à toutes les tables où j'ai essayé de m'asseoir. Même quand elles étaient quasiment vides, on m'a dit non avec des mouvements de tête et des yeux exorbités et je me suis demandé ce que les autres pouvaient trouver de si répugnant chez moi pour qu'ils me rejettent au premier regard.

Peut-être que je n'avais pas la carte pour la table des élèves populaires comme Tinsley, Ivy et Mac Turtledove, qui règnent en maîtres depuis la maternelle, mais je portais des vêtements neufs, mes cheveux avaient l'air plus ou moins décents et je ne sentais pas mauvais. Alors quand Plum est apparue derrière moi en suggérant qu'on aille tous dehors et que Dougall a accepté, il est subitement devenu clair que mes amis étaient le problème, pas moi.

Dougall et Plum étaient peut-être fréquentables en primaire, mais maintenant qu'on entrait dans le monde des grands, je ne pouvais plus ignorer le fait qu'avec leurs fringues bizarres et leurs goûts encore plus bizarres – comme l'amour de la lecture de Plum et les nombreuses théories complotistes de Dougall – ils m'empêchaient d'avoir la vie d'élève populaire qui aurait dû être la mienne. Aussi longtemps que je continuerais à être ami avec eux, mes rêves de popularité ne se réaliseraient jamais.

Si vous pensez que je suis dur, laissez-moi vous rappeler que le petit monde de la cafétéria est cruel et sans pitié. Chaque table est comme un royaume du Moyen Âge avec à sa tête un dirigeant sanguinaire qui décide sur un coup de tête qui a le droit de s'asseoir ou pas. La plus petite infraction peut conduire au bannissement vers une table moins cotée sans espoir de retour. Et si vous pensez que cela fait une place vide à remplir, vous vous trompez. Depuis un an et demi que je suis dans ce collège, je n'ai jamais vu quelqu'un monter dans la hiérarchie. Mais bientôt cela va changer et le trône sera à moi.

En attendant, je n'ai pas d'autre choix que de me diriger vers ma propre petite Sibérie, ce qui, sinon ce ne serait pas drôle, m'oblige à passer devant la table des élèves populaires.

D'habitude je baisse la tête et j'accélère le pas, mais aujourd'hui je fais l'impensable : je m'arrête exprès là où Mac Turtledove s'assoit et, même si mon cœur bat à cent à l'heure et que j'ai les aisselles moites, je trouve quand même le courage de le regarder droit dans les yeux et de dire :

– Profites-en tant que ça dure, Turtledove. Dans pas longtemps tu mangeras au purgatoire.

Bon, d'accord, peut-être que je ne l'ai pas dit tout haut. Peut-être que je l'ai seulement dit dans ma tête. Mais quand même, juste de savoir que c'est vrai est une victoire en soi.

Le problème, c'est qu'au lieu de me remettre à marcher je reste planté devant lui comme le débile pour lequel ils me prennent. Je n'arrive pas à croire qu'ils continuent tous à parler et à rigoler comme si j'étais invisible (ce qui en passant serait assez cool comme superpouvoir). Même l'homme invisible est visible de temps en temps. Pour eux, je n'existe même pas.

C'est seulement quand Dougall s'approche de moi et me dit « Nick, qu'est-ce que tu fais ? » que je me remets en marche vers le fond de la cafétéria, pousse la porte et me dirige vers le morceau d'herbe dégarni et marronnasse où tous les losers de Greentree se sont assis au fil des années[4].

4. Les jours de neige, on mange à la bibliothèque. Tant qu'on ramasse nos miettes et qu'on ne renverse rien, les bibliothécaires nous laissent faire.

Je ne peux pas m'empêcher de me demander ce que Dougall va ressentir quand on va revenir des vacances de Noël et qu'il va se retrouver seul assis là ou, pire, seul avec Plum, vu qu'il n'y a aucune chance que je puisse l'inviter à s'asseoir à la table des élèves populaires avec moi. Je me sens mal de lui faire ça. On est tellement habitués à manger ensemble. Mais même si je suis sur le point de devenir tout-puissant, il n'y a aucune chance que je puisse l'emmener avec moi s'il ne fait pas d'efforts. Pour que Dougall soit accepté par mes futurs amis, il faudrait qu'il change à peu près tout en lui, ses fringues, sa personnalité, qu'il devienne une personne complètement différente.

– Qu'est-ce qui t'a pris aussi longtemps ? Plum brandit un cupcake avec un glaçage rose pendant que son regard se pose sur moi. Tout va bien ?

Je ferme les yeux et je lève mon visage vers les nuages, bien décidé à l'ignorer, ce qui me semble la meilleure option même si cela ne marche pratiquement jamais. Quoi que je fasse, elle insiste pour m'aimer d'une manière que je ne pourrai jamais lui rendre.

– Nick tentait de faire baisser les yeux à Mac Turtledove en le regardant dans le dos, dit Dougall en me montrant du doigt et en levant le regard au ciel.

– Ne t'inquiète pas, dit Plum d'une voix tellement sincère que cela m'agace encore plus, Mac n'a aucune chance contre toi.

Dougall grogne et ouvre sa canette de Coca. Quand je vois la mousse qui s'échappe et coule sur ses mains, je me dis que c'est une des raisons pour lesquelles je suis obligé de l'abandonner. Pas moyen de le nier, Dougall est un loser.

– Je ne comprends toujours pas pourquoi tu tiens à faire ça.

Il essuie ses mains sur son jean, complètement indifférent au fait qu'elles vont être collantes pour le reste de la journée.

– Nick a un don, dit Plum en haussant les épaules comme si c'était un fait établi. Et quand on un don, il faut le partager avec le monde.

– Tu parles, dit Dougall en renversant la tête en arrière et en rigolant, Nick essaye juste d'attirer l'attention de Tinsley Barnes.

Je fronce les sourcils. Cela ne sert à rien que je m'explique quand on a clairement des ambitions et des visions différentes. Quand j'y pense, je ne sais pas comment on a pu rester amis aussi longtemps.

– Tout ce que je sais, c'est que Nick va les pulvériser, dit Plum en mordant dans son cupcake. Il n'y a aucun doute.

Elle finit sa phrase avec un sourire si grand que je suis pratiquement aveuglé à la vue de ses lèvres gercées et des morceaux de cupcake coincés entre ses bagues.

Ce sont les bons mots dits par la mauvaise personne. Si ce genre de soutien venait de n'importe qui d'autre, mais vraiment *n'importe qui* d'autre, cela pourrait vouloir dire quelque chose. Peut-être même me donner plus confiance en moi, mais venant de Plum, eh bien cela me donne juste envie de partir. C'est peut-être la dernière fois qu'on mange tous ensemble, mais je ne vois aucune raison de prolonger l'inévitable.

Je remets la moitié de mon sandwich dans mon sac à dos et je me lève.

– Tu vas où ? demande Dougall en plissant les yeux. Ça a pas encore sonné.

Encore cette sonnerie.

– J'ai besoin d'un peu de temps pour me préparer, je réponds en empruntant la phrase que Josh utilise toujours quand il s'éclipse un petit moment avant de monter sur scène.

Plum hoche la tête comme si elle comprenait exactement ce

que je voulais dire pendant que Dougall me regarde les sourcils froncés comme s'il ne me reconnaissait pas.

C'est comme ça que je les laisse, l'une hochant la tête, l'autre fronçant les sourcils, pendant que je retourne à l'intérieur. Le plus drôle, c'est que je ne suis même pas tenté de me retourner pour leur dire au revoir.

3

12 h 48-13 h 49

L'HEUREUX PRÉSAGE[5] N° 1

En l'honneur de la personne la plus célèbre de Greentree (et la seule), le gymnase a été décoré. Il y a des banderoles bleues et jaunes (les couleurs de notre collège) pendues au plafond et des panneaux « Bienvenue » accrochés un peu partout. Quand Josh Frost monte sur scène, même le plus endurci de ses détracteurs ne peut pas s'empêcher d'être excité de se trouver dans la même pièce qu'une vraie star en chair et en os.

Tout le monde hurle, applaudit, tape des pieds, et toutes les filles crient : « Josh, je t'aime ! »

Je suis trop occupé à étudier Josh pour me joindre à l'hystérie. La manière dont il se tient devant le micro, les bras détendus le long du corps, le menton à peine relevé, ses yeux faisant lentement le tour des gradins comme s'il regardait chaque personne une à une… c'est facile de comprendre pourquoi il a eu une ascension fulgurante.

5. Ne croyez pas aux heureux présages – ils ne sont pas ce que vous pensez.

Pour quelqu'un d'aussi habitué aux fans hystériques, il a toujours l'air d'être surpris de l'attention qu'on lui porte.

C'est un pro. Je peux vraiment beaucoup apprendre avec lui.

Quand la foule commence à hurler pour qu'il chante sa dernière chanson de Noël, *Douze jours*, Josh rigole et dit que l'émission est sur nous, pas sur lui, ce qui ne fait qu'intensifier les hurlements.

Je suis soulagé. *Douze jours* est la chanson que j'ai répétée et Josh est une telle star que je ne peux pas prendre le risque d'être dans son ombre.

Pendant qu'il est occupé à charmer la foule avec des histoires sur son passage à Greentree, les professeurs rassemblent les candidats dans les coulisses et nous font nous aligner dans l'ordre de passage.

Chloé Fields, une cinquième de seconde catégorie (elle déjeune à la deuxième table la plus cool), passe en premier. Quand elle monte enfin sur scène et commence à chanter, je suis choqué de voir le nombre de personnes qui se mettent à taper dans leurs mains et à chanter avec elle, parce que sa voix n'est pas terrible et qu'en plus elle chante faux, mais personne n'a l'air de le remarquer. Ils font comme s'ils appréciaient.

Je secoue la tête, impressionné de voir à quel point le niveau est bas. De toute façon, peu importe qu'ils aient l'air de l'aimer maintenant, d'ici la fin du spectacle Chloé Fields ne sera plus qu'un lointain souvenir.

Il y a une stratégie pour chaque chose dans la vie, et les concours de chant n'y font pas exception. Si vous voulez avoir une chance de l'emporter, il vaut mieux passer vers la fin pour qu'on ne vous oublie pas. Je suis avant-dernier.

Je considère cela comme l'heureux présage n° 1.

Cinq garçons de sixième passent ensuite en interprétant une chanson d'un boys band de manière assez médiocre à mon avis, mais encore une fois, à part quelques huées que les profs font vite taire, tout le monde a l'air d'apprécier.

Ce qui prouve bien à quel point on s'ennuie à Greentree. On a tellement besoin de se distraire qu'on applaudirait n'importe quel truc nul.

– Nick, t'es sûr de toi ?

Dougall s'est faufilé par la porte de derrière et tire sur ma capuche, son expression révélant clairement ce qu'il pense : *Tu es sur le point de faire une énorme bêtise en montant sur scène – tu n'as pas autant de talent que tu le crois.* La vérité, c'est que Dougall ne m'a jamais soutenu et qu'il ne comprend pas l'importance d'imaginer la vie qu'on veut vivre. Sans oublier qu'il n'est pas fan de Josh Frost. Quand je pense à tout ça, c'est incroyable qu'on s'entende encore.

– On pourrait partir maintenant, personne ne remarquerait rien.

Il dit cela comme si c'était une bonne chose. Comme si ce n'était pas la raison même qui me pousse à faire ça. J'en ai marre d'être tellement invisible, que Tinsley et Ivy ne me remarquent pas, même quand je tombe juste devant elles. Elles m'ignorent tellement que je n'ai même pas pu me sentir gêné. Difficile de passer pour un nul quand personne ne sait que tu existes.

– On pourrait aller chez moi regarder un documentaire sur Roswell.

Son visage s'illumine à l'idée de passer une après-midi affalé sur son canapé à parler complots en mangeant des chips, mais je suis bien décidé à aller jusqu'au bout et tant pis si Dougall n'est pas d'accord.

– OK, dit-il quand je secoue la tête et que j'avance, fais comme tu veux. Tu sais où me trouver.

Dougall a peut-être de bonnes intentions, mais ses doutes me sapent le moral alors qu'il faut que je reste positif. De plus, je dois faire attention à ma voix. Il faut que je parle le moins possible. Ce qui est exactement l'excuse que j'utilise quand Plum apparaît, sortie de nulle part, ou peut-être qu'elle avait toujours été là. Difficile à dire, étant donné que je passe mon temps à essayer de l'ignorer.

– Bonne chance, Nick !

Son sourire est si grand et si plein d'espoir que je ne peux pas m'empêcher de grincer des dents.

Je n'en peux plus ! D'abord Dougall doute de moi et maintenant Plum se comporte comme une fan hystérique. Quelque part dans cette foule se trouvent des gens beaucoup plus cool qui seront bientôt mes nouveaux amis.

– Tu vas déchirer ! dit-elle, ses doigts emprisonnant mon poignet dans un geste si soudain que je ne peux pas m'empêcher de la regarder et de voir ses yeux briller.

Pendant une demi-seconde, je suis même à deux doigts de penser qu'elle n'est pas trop moche à regarder.

Mais avant que je perde totalement la raison, je fronce les sourcils et je m'éloigne. Je commence à regretter d'avoir été assez bête pour être gentil avec elle. On était amis en primaire quand je ne connaissais pas la vraie vie, mais j'ai plus d'expérience aujourd'hui. Et ce n'est pas le moment de lui donner de l'espoir, maintenant que ma vie est sur le point de décoller.

Je sors de la ligne des participants et je me dirige doucement vers le côté de la scène où Josh Frost est avec un homme plus vieux aux cheveux noirs gominés et aux gros biscottos façon Popeye. C'est son manager, Ben Ezer (dans le show de Josh, tout le monde l'appelle juste Ezer). Ils sont assis à une table avec des feuilles, des crayons à papier bien taillés et des bouteilles d'eau devant eux.

Ezer écrit rageusement sur une feuille de papier mais, même après m'être mis sur la pointe des pieds pour apercevoir sa feuille, je ne peux pas savoir s'il prend vraiment des notes ou s'il gribouille parce qu'il s'ennuie.

Josh n'écrit rien. Il reste concentré sur les chanteurs, comme s'il aimait vraiment ce massacre d'une chanson du Top 50.

Quand la musique s'arrête, notre proviseur, Mme Partridge, annonce le prochain participant. Ezer se penche vers Josh et demande la bouche en coin :

– Quel groupe ils étaient censés faire ?

Je dois avouer que son commentaire me fait hurler de rire, surtout quand on sait tous les efforts que Ian White a mis dans sa coiffure pour ressembler exactement au chanteur vedette du groupe. Mais quand Ezer regarde sa montre et lève les yeux au ciel, il est clair qu'il est déjà fatigué et qu'il ne suit pas ce concours aussi sérieusement qu'il le devrait et cela me met en colère.

Lorsque je m'énerve, cela se voit immédiatement sur mon visage. Mon père a l'habitude de me dire que je ne devrais jamais jouer au poker. Je n'avais pas compris pourquoi, jusqu'à ce que Dougall m'explique que les meilleurs joueurs de poker sont des menteurs accomplis. Raison pour laquelle son oncle a tout perdu, son argent, sa maison, sa femme et sa famille. Apparemment il était comme moi, il portait la vérité tatouée sur son front et malgré cela il a continué à jouer.

Peu importe. Ce qui compte, c'est que j'ai cette expression sur le visage quand Josh regarde par-dessus son épaule et me voit debout derrière lui.

– Quand est-ce que tu passes ? demande-t-il avec une voix enjouée comme s'il essayait de me remonter le moral rien qu'au son de sa voix.

– Avant-dernier.

Les mots sortent hachés. J'ai une vraie conversation avec Josh Frost !

– Bonne chance !

Il sourit avant de se retourner et de donner un coup de genou à Ezer qui vient de sortir son téléphone pour regarder ses messages.

Avant même que j'aie le temps de penser à une réponse, Mme Partridge me tape sur l'épaule et me lance un regard noir. Elle me montre l'endroit où les candidats attendent et me demande de me mettre en rang.

Après le massacre d'une partie de mes chansons préférées par quelques-uns de mes camarades de classe (dont une performance de Mac Turtledove qui reçoit beaucoup plus d'applaudissements qu'elle ne mérite), c'est à mon tour et j'ose à peine croire qu'aucun des autres candidats n'a pensé à chanter une chanson de Josh Frost.

Sans doute qu'ils avaient peur du challenge, peur de s'humilier devant une Superstar internationale.

Je prends cela comme l'heureux présage[6] n° 2.

Je monte sur scène, sûr que ma vie va irrévocablement changer pour le meilleur. Au lieu d'être connu comme « l'Intello boutonneux nul en gym », je suis à quelques instants d'être couronné « Élève le plus talentueux de Greentree ».

Je suis sur le point de rentrer dans l'Histoire des Intellos.

Le problème, c'est qu'au moment où je me retrouve devant le micro mes mains deviennent toutes moites, j'ai l'impression que mes genoux vont se désintégrer et que ma gorge et mes intestins sont en train de conspirer pour me faire vomir.

Mes yeux cherchent frénétiquement dans la foule quelqu'un qui me soutienne, Dougall, Sparks – je suis tellement désespéré

6. J'espère vraiment que je n'ai pas besoin de vous rappeler ce que sont les heureux présages.

que même Plum ferait l'affaire –, mais il y a tellement d'élèves et de professeurs que leurs visages se mélangent tous pour ne plus former qu'une masse humaine tapant des pieds et des mains, certains jetant des trucs sur scène.

Je ne peux pas le faire.

Aucune chance.

Ce n'est pas *du tout* ce que j'avais imaginé.

Le son monte, les cent cinquante élèves de Greentree se préparent à me voir m'effondrer.

J'essuie mes mains trempées de sueur sur mon jean et je m'éclaircis la voix convulsivement. Je suis sur le point de dire que j'ai une laryngite quand je me souviens d'un des épisodes du « Monde de Frost » où Josh parle de la première fois où il est monté sur scène. Il était persuadé qu'il allait vomir jusqu'à ce qu'Ezer lui rappelle que les spectateurs veulent seulement s'amuser et rêver et que c'était son boulot à lui de leur donner ça.

Si ça a marché pour Josh, ça marchera pour moi.

En plus, quand je pense aux performances qu'on a été obligés de subir, il est clair que ce public a désespérément besoin de rêver.

Je respire profondément et je m'avance vers le micro.

– Cette chanson est pour toi, dis-je en pointant l'endroit de la salle où Tinsley Barnes s'assoit habituellement.

Je donne le signal au groupe pour qu'il commence la chanson que j'ai répétée avec eux hier après les cours, je ferme les yeux un instant et j'imagine que je ne chante que pour elle.

Au début ma voix est un peu chevrotante, peut-être même légèrement rauque, mais quand je rentre dans le rythme, tout le monde se met à chanter et à taper des mains et c'est là que je décide d'opter pour le final le plus impressionnant parmi les deux que j'ai répétés.

Le final n° 1 prévoit que je puisse m'échapper de scène si

quelque chose se passe super mal. Il prévoit aussi une scène additionnelle où je supplie mes parents de tout vendre pour qu'on puisse déménager très, très loin, dans un endroit où personne ne me connaît.

Mais maintenant que tout le monde aime ce que je fais, je passe directement au final n° 2, qui nécessite l'exécution parfaite d'une double pirouette avec salut de la main, clin d'œil et petit sourire avant le salut final où je dis : « Soyez sympas avec tout le monde. Que la paix vous montre le chemin. »

La signature officielle de Josh Frost.

Cela a peut-être l'air simple en théorie, mais la réalisation quasi simultanée des pirouettes, du salut de la main avec le clin d'œil et du petit sourire me donne le tournis et lorsque je fais mon salut final, mon menton tape tellement fort dans le micro que cela fait un énorme larsen dans tout le gymnase.

Je marmonne :

– Que la paix vous guide.

Je sais que j'ai complètement foiré. Je ne peux pas croire que j'ai fait tout ça pour m'écrouler à la fin.

La foule était clairement sous le charme. Le plan que j'ai passé tellement de temps à imaginer avait fonctionné ! Pendant les deux minutes et quarante-sept secondes où j'ai chanté, tous les autres élèves du collège chantaient avec moi.

Jusqu'à ce que je rate mon final et que les applaudissements tournent à la rigolade.

Je sors de scène, quasiment en courant, refusant plus que tout de regarder Josh mais je m'y force quand même. Le moins que je puisse faire, c'est m'excuser d'avoir tenté de lui voler son final.

Mais quand je le regarde, son expression est aussi révélatrice qu'un bulletin trimestriel rempli de bonnes notes.

Josh Frost approuve de la tête. En souriant. En levant les pouces en signe de victoire. Je suis sûr qu'il n'a fait ça pour personne d'autre.

4

13 h 52-14 h 16

DÉSENCHANTEMENT

Un élève de quatrième monte sur scène en dernier dans un tourbillon de mains en l'air et de mouvements de danse désordonnés. Seulement maintenant que je sais que j'ai le vote de Josh, je ne prends même pas la peine de le regarder.

Dans ma tête, j'entends encore la foule chanter et taper des mains, je vois encore l'approbation sur le visage de Josh. Son pouce quand il le lève vers moi, comme s'il disait silencieusement : « T'as réussi ! »

Et dire que ce n'est que le début ! Bientôt ce genre d'acclamation deviendra une habitude.

Quand la musique s'arrête, notre déléguée de classe prend le micro et parle pendant des heures de tous les super évènements qui vont se passer à Greentree pendant les vacances de Noël. Bla-bla-bla.

Elle plaisante ? Elle ne voit pas que personne ici (à part elle) n'en a rien à faire de ce qu'elle raconte ?

La seule chose qui les intéresse, c'est d'entendre le nom du vainqueur pour savoir à qui lécher les bottes jusqu'à la fin de l'année.

Les autres candidats se rassemblent derrière moi. Tous sont occupés à se faire des checks et à se complimenter sur leurs médiocres performances. Mais pas moi. Je m'éloigne du groupe et je me rapproche de la scène. Il vaut mieux être près des marches quand ils annonceront que j'ai gagné.

Et puis, si je me penche un peu, je peux entendre quasiment tout ce que disent Ezer et Josh Frost.

Je me rapproche, tendant l'oreille. Je peux à peine respirer quand Josh dit :

– J'ai bien aimé le garçon de la fin.

Garçon de la fin ?

La panique me noue l'estomac.

Est-ce qu'il veut dire celui à la fin-fin ? Celui avec les coups de pied et les mains en l'air, ce garçon-là ?

Celui que je n'ai même pas regardé ?

Est-il possible que je n'aie pas compris la signification des pouces levés et du sourire ?

– Le dernier ? (L'expression d'Ezer trahit ce qu'il pense.) Tu plaisantes ?

– Non. Celui juste avant le dernier.

Josh prend sa bouteille d'eau, dévisse et revisse le bouchon comme s'il était gêné de donner son opinion à Ezer, même si tout le monde sait qu'Ezer travaille pour lui.

– Ah. *Douze jours.*

L'expression d'Ezer est indéchiffrable.

– Oui, celui-là.

Josh boit une longue gorgée pendant que j'utilise toute mon énergie à ne pas sourire.

– Je ne suis pas sûr, dit Ezer en fronçant les sourcils. Il est un peu brut de décoffrage. Et puis la manière dont il a copié ton salut final, tu n'as pas trouvé ça carrément lèche-bottes ?

– Comme si on pouvait être trop lèche-bottes dans ce métier ! dit Josh en rigolant, ce que je ne comprends pas vraiment.

En secouant la tête il ajoute :

– Il me fait penser à moi quand j'avais son âge. J'étais brut de décoffrage aussi. En plus, ce genre de maladresse et d'adoration fait toujours de la bonne télé.

C'est tout ce que j'avais besoin d'entendre.

On s'en fout si Josh a dit que j'étais maladroit. J'ai gagné !

Dans quelques secondes ce sera au revoir l'Intello boutonneux, bonjour la Superstar internationale.

Les rêves se réalisent.

J'en suis la preuve vivante.

Je me dirige vers les autres candidats et je fais des checks comme eux. Je fais même quelques faux compliments, tout en étant désolé qu'ils n'aient aucune chance de gagner.

Il ne peut y avoir qu'un vainqueur.

Et c'est moi.

Je m'extasie sur la chanson ratée de Chloé Fields. Je dis même quelque chose de gentil à Ian White sur sa coiffure.

Comme Josh dit toujours : « Soyez sympas avec tout le monde. Que la paix vous montre le chemin. »

Je regarde vers la scène en répétant intérieurement quelques expressions de fausse surprise pendant que Josh commence à féliciter tout le monde pour leurs performances réussies, dit à quel point Greentree est plein de talents, et parle encore et encore alors que j'attends juste qu'il dise mon nom pour que je puisse enfin commencer ma nouvelle vie.

Malgré toute mon excitation, je me dis qu'il faut que je reste cool et humble. Que j'attende qu'il prononce mon nom en entier avant de réagir.

Et pourtant, à la seconde où Josh dit « Et le gagnant du concours de chant de Greentree est… », j'oublie direct mon faux air surpris et je me précipite sur scène avec un sourire si grand que j'ai l'impression que mon visage s'est coupé en deux.

Mon pied droit est sur le point de se poser sur la première marche quand Mac Turtledove me dépasse en me poussant si fort que je perds l'équilibre, mes genoux lâchent et je m'écroule sur la marche.

– Dégage, loser ! crie Mac.

Je serre mes genoux dans mes bras et le regarde, incrédule, prendre place à côté de Josh[7].

La vision de Josh et Mac ensemble est tout ce qu'il faut à la foule pour qu'elle bondisse sur ses pieds, applaudissant et hurlant pendant que les premières notes de *Douze jours*, la nouvelle chanson de Josh, résonnent dans le gymnase.

– Pourquoi tu ne m'aiderais pas au cas où j'oublie les paroles ? dit Josh en rigolant et en mettant son bras sur les épaules de Mac comme s'ils étaient de vieux amis.

Quand ils commencent à chanter tous les deux, on a l'impression qu'ils ont répété pendant des semaines, sauf quand Mac se trompe dans les paroles et que tout le monde prétend ne pas avoir remarqué.

C'est une vision d'horreur, mais je ne peux pas m'empêcher de regarder, ni même me décider à me lever et à partir avant que cela ne devienne pire.

Pendant que Mac et Josh charment la foule, Ezer ramasse ses affaires comme si le gymnase était en feu et qu'il cherchait

7. Je déteste vraiment Mac Turtledove.

désespérément à s'échapper. Je me dirige vers lui, m'éclaircis la gorge et lui dis :

– Il y a eu une erreur.

À moitié en hurlant pour qu'il m'entende malgré la musique, mais il m'ignore complètement.

Malgré la douleur dans mes jambes, malgré les protestations de mon estomac contre tout ce que j'ai mangé ces dernières semaines, je me rapproche, voulant désespérément arranger les choses avant qu'il ne soit trop tard.

– Excusez-moi, dis-je, mais il y a eu une…

– Pas d'erreur, petit ! hurle-t-il par-dessus son épaule sans même prendre la peine de se tourner vers moi.

– Mais je pense qu'il y en a eu une, j'insiste. Non, je suis *sûr* qu'il y en a eu une. C'était censé être *moi* sur scène. J'en suis sûr à cent dix pour cent.

Cela le fait se retourner. Son regard dur avec ses yeux plissés s'arrête sur mon visage quand il dit :

– Ah oui ? Et qu'est-ce qui te fait penser ça ?

– J'étais entendu Josh dire qu'il votait pour le candidat de la fin, celui qui a chanté *Douze jours*. Ce candidat, c'était moi. Je suis ce candidat.

Ezer grogne et ferme les yeux comme ma mère quand elle essaye de se calmer en comptant intérieurement jusqu'à dix.

– Il se trouve que j'ai un droit de veto, alors je l'ai utilisé.

Il se tourne comme s'il n'y avait plus rien à dire.

– Mais…

Je fixe le bas de sa nuque qui ressemble à une souche d'arbre avec une énorme tête dessus. Ma voix est pathétique et larmoyante mais je sors quand même les mots.

– Les règles prévoient *clairement* que *Josh* est censé choisir le vainqueur. Josh Frost, pas *vous* !

Pour je ne sais quelle raison, ça le fait rigoler.

– Écoute, petit… Ezer regarde la scène et moi tour à tour. Tu connais ce truc indéfinissable qui fait de quelqu'un une star, quelqu'un qui vaut la peine d'être regardé ?

Je le scrute en retenant mon souffle.

– Tu ne l'as pas.

Les mots sont comme un coup de poignard dans mon cœur.

Pourtant, j'arrive quand même à protester.

– Et Mac Turtledove l'a ?

Je sais que c'est enfantin. C'est encore pire de le dire.

Mais quand Ezer montre du doigt la scène où Josh et Mac en sont au final, cela me fait mal de l'admettre, mais je ne peux pas nier qu'il a raison.

Le nom de Mac Turtledove n'est pas écrit entouré d'un cœur dans tous les agendas des filles du collège pour rien.

Il l'a.

Ce truc indéfinissable qui donne envie aux gens de le regarder. D'être près de lui. De le vénérer de loin.

– Tout le monde veut être une star, dit Ezer. Pour la plupart c'est juste une grosse perte de temps. Rends-toi service et trouve-toi un nouveau rêve, quelque chose d'un peu plus raisonnable. Ça fait mal d'entendre ça maintenant, mais crois-moi, dans quelques années tu y repenseras et tu me remercieras. Il n'y a rien de mal à connaître ses limites[8].

La chanson est finie.

Josh et Mac sortent de scène.

Ma nouvelle vie est officiellement terminée avant même d'avoir commencé.

---

8. C'est exactement le contraire de ce que dit Josh Frost. Il nous encourage toujours à poursuivre nos rêves, mais maintenant je me demande s'il le pense vraiment.

5

14 h 32-14 h 41

LA FÉE PLUM

Je suis à mi-chemin de la maison quand je l'entends : le son familier de la voix nasillarde et essoufflée de Plum Bailey.

– Nick !

Elle court pour me rattraper, en soufflant tellement fort que je ne peux pas faire semblant de ne pas l'entendre.

– J'y crois pas que tu n'aies pas gagné ! Tu étais un million de fois mieux que ce nul de Mac Turtledove !

Je ne peux pas m'en empêcher, je me mets à rigoler. Bon, ce n'est pas comme si je voulais l'encourager. C'est juste que je suis tellement habitué à ce que toutes les filles s'extasient sur Mac Turtledove que c'est choquant de l'entendre se faire traiter de nul par l'une d'entre elles.

– Sérieusement, dit-elle.

Et elle continue pendant des heures sur le fait que Mac cherche juste à être célèbre et qu'il a fait une prestation nulle pendant que je fixe le trottoir qui défile devant moi. En fait, le chemin jusqu'à chez moi n'est pas très long, mais Plum est tellement déterminée à me coller que j'ai l'impression qu'il ne finira jamais.

Elle pense probablement que si elle critique Mac je vais me sentir mieux, mais la vérité, c'est que me rappeler que j'ai perdu face à un frimeur est encore pire.

J'arrive devant mon allée, une issue enfin à portée de main, quand elle tire fort sur ma manche.

– Tu ne crois pas que tu devrais te changer ?

Elle déroule un de ses doigts osseux pour pointer mon sweat-shirt de Greentree, mais je n'ai aucune idée de ce qu'elle veut dire.

– Le pull de Noël, celui que ta mère t'a tricoté. Je t'ai vu le mettre dans ton sac à dos juste avant d'arriver au collège. Tu devrais le remettre avant qu'elle ne te voie.

Elle le dit ouvertement, comme si elle n'était pas du tout embarrassée d'admettre qu'elle m'a espionné.

Bon, malgré tout, elle a raison. Ma mère aurait vraiment de la peine si elle savait que le pull qu'elle m'a tricoté me fait tellement honte que je l'ai caché dans mon sac à dos[9].

Pour une fois, l'obsession de Plum à mon sujet m'a servi.

J'enfile le pull par-dessus mon sweat-shirt, ce qui me donne un air un peu engoncé, mais j'ai hâte de m'éloigner de Plum et ma mère sera tellement contente que je le porte qu'elle ne remarquera rien. Dès que le pull est mis, j'essaye de partir à nouveau mais Plum se met devant moi avec une étrange

9. Maman, si tu lis ces lignes, je suis désolé d'avoir dû inclure ce passage. J'essayais juste d'être honnête sur ce que je ressentais à ce moment-là. Évidemment, je ne le pense plus maintenant. S'il te plaît, garde ça à l'esprit en lisant la suite. Je suis aussi désolé que, à cause de ma décision de me faire raccompagner par un fou, le pull que tu m'as tricoté reste pour toujours dans une armoire de commissariat comme pièce à conviction.

expression (plus étrange que d'habitude) et elle me donne une boîte rouge et verte.

– Joyeux anniversaire, dit-elle avec un visage si rouge que j'ai envie de m'enfuir et de ne jamais me retourner.

– C'est pas mon anniversaire aujourd'hui, je lui réponds en essayant de ne pas froncer les sourcils pendant que je lui rends la boîte.

Je ne veux pas être malpoli, mais il n'y a aucune chance pour que je l'accepte. C'est la dernière insulte dans une journée totalement ratée.

Si les choses s'étaient passées comme je l'avais imaginé, Tinsley Barnes serait à sa place devant moi.

Mais Plum refuse de la reprendre, allant même jusqu'à serrer mes doigts autour de la boîte.

– Ton anniversaire est le jour de Noël, je le sais.

Elle me fait un grand sourire, trop grand, comme si elle refusait d'admettre à quel point j'essaye désespérément de me débarrasser d'elle.

– Mais j'ai pensé qu'il fallait que je te le donne maintenant.

Elle remet une mèche de boucles blondes, de la couleur d'un bol de Cheerios détrempées, derrière son oreille, mais ses cheveux sont récalcitrants et ils retombent immédiatement.

– Je sais que parfois ton anniversaire est éclipsé par tous les trucs de Noël et je voulais que tu saches que je n'avais pas oublié.

Sa voix tremble, son visage est tout rouge et ses yeux sont exorbités. C'est le même regard que j'ai vu dans les coulisses quand les participants ont rencontré Josh Frost. Le regard que chaque fille a quand elle le rencontre et qu'elle pense au jour où ils seront mariés avec des bébés bien à eux et qu'elle n'en peut plus d'attendre que ce jour arrive.

Je me détourne, pressé de mettre tout ce fiasco derrière moi.

Mais évidemment elle insiste pour me suivre jusque devant ma porte.

– Je l'ai fait spécialement pour toi, dit-elle comme si cela ajoutait de la valeur, alors qu'en fait je n'ai aucune envie de savoir ce qu'il y a à l'intérieur. Tu n'as pas besoin de l'ouvrir maintenant mais n'attends pas trop longtemps, ça ne durera pas éternellement.

– OK, dis-je, espérant qu'elle a fini et qu'elle va enfin partir.

Sérieusement, combien de temps elle peut encore faire durer le sujet ?

– Je t'ai même fait une bougie.

Je ferme les yeux. Je n'en peux plus, elle ne va jamais me lâcher.

– C'était très sympa à faire. Oh, et il y a aussi une petite boîte d'allumettes, alors n'oublie pas de faire un vœu. Et un bon – ne le gâche pas pour quelque chose de banal.

Je fronce les sourcils tellement fort qu'il n'y a pas moyen de le cacher. Si les rêves se réalisaient, je ne serais pas là devant elle. Je serais dans une limousine avec Josh d'un côté et Tinsley de l'autre, roulant vers la fortune et la gloire.

Les lèvres de Plum commencent à trembler et ses yeux s'emplissent de larmes, mais même si je sais que c'est ma faute, je n'ai pas de place pour les problèmes de Plum, je me sens déjà assez mal comme ça.

– J'espère que tu passeras un bon anniversaire, dit-elle pendant que j'accélère vers ma porte d'entrée, désireux de me débarrasser d'elle. Et souviens-toi, choisis bien ton vœu – parfois ils se réalisent !

6

14 h 43-16 h 41

LA FOLIE DES GUIRLANDES DE NOËL

Après avoir déposé le cadeau de Plum sur le comptoir de la cuisine, je monte dans ma chambre où je commence par arracher le poster de Josh Frost de mon mur et le déchirer en mille morceaux.

Pas que j'en veuille à Josh.

Pas seulement.

C'est bien qu'il ait vu mon potentiel, mais cela n'a clairement pas été suffisant pour qu'il passe outre l'avis d'Ezer. Je l'ai longtemps admiré mais il se trouve que Josh n'est pas le héros que je pensais.

Il m'a laissé tomber. Alors maintenant il est temps de passer à autre chose.

– C'est quoi, ce bazar ? demande ma sœur en faisant irruption dans ma chambre.

Elle ne fait même pas semblant de frapper malgré le panneau sur ma porte qui le précise très clairement.

– Oh non, Josh et toi, vous avez cassé ?

Je fixe l'endroit sur mon mur où le Scotch qui maintenait le poster de Josh a arraché quatre petits morceaux de peinture coquille d'œuf et j'attends qu'elle parte.

– Est-ce que ça a quelque chose à voir avec le pull que tu portes ? dit-elle en rigolant un peu trop à sa propre blague.

Elle pense toujours qu'elle est très drôle, alors qu'en fait pas tant que ça.

– S'il te plaît, dis-moi que tu n'as pas mis ça au collège.

Elle parle fort, elle se moque complètement que ma mère nous entende[10].

– Sors de ma chambre, Holly.

Je continue de lui tourner le dos. Pas la peine de lui faire face quand l'image de ses longs cheveux bruns, son petit sourire suffisant et ses T-shirts aux phrases débiles sont gravés dans ma mémoire.

– Je ne suis pas *dans* ta chambre, dit-elle.

Ce qui veut dire qu'elle est juste dans l'entrebâillement de la porte, son petit jeu habituel.

– Sors de mon champ de vision, alors.

Ma réplique habituelle.

– Avec plaisir, mais pas avant d'avoir rempli mon devoir de grande sœur et de t'avoir dit que maman a besoin de toi pour accrocher les guirlandes et toutes les autres décorations qu'elle prépare pour le sapin. Papa le ramène ce soir à la maison. Tu dois l'aider pour ça aussi.

Intérieurement, je grogne. Je ne suis pas particulièrement dans l'esprit de Noël. C'est vrai, pourquoi c'est toujours moi qui aide ? Pourquoi est-ce que Holly ne ferait pas quelque chose pour changer ?

---

10. Maman et papa, si vous lisez ce passage, peut-être que vous allez enfin voir ce que je vous dis depuis des années : Holly n'est pas sympa. C'est juste un exemple de ce que j'ai eu à subir ces treize dernières années.

Je suis sur le point de lui poser la question quand elle dit :

– Non seulement je suis plus âgée que toi mais je suis aussi plus intelligente, ce qui veut dire que j'ai trouvé depuis longtemps le moyen de me faire *récuser* de la crise de folie passagère de maman à Noël. C'est ton problème, Nick.

Typique de Holly. Utiliser un mot comme « récuser » et le prononcer avec emphase pour montrer qu'elle a du vocabulaire.

Je me retourne parce que je veux qu'elle voie mes yeux levés au ciel. C'est comme ça que je peux confirmer que ses longs cheveux lui tombent vraiment dans la figure, que son expression est la définition même de l'arrogance et que sur le T-shirt du jour est imprimé : « Cher Père Noël, la liste des enfants méchants commence ici » avec une flèche pointant vers son menton.

– Sympa.

Je lève les yeux au ciel une nouvelle fois pendant que Holly plie les genoux pour faire une fausse révérence.

Même si ma mère ne s'énerve quasiment jamais pendant les fêtes, même si elle est habituée aux opinions contestataires de Holly, elle a quand même des limites et c'est pour ça qu'elle ne fait appel qu'à moi entre le 19 décembre et le 2 janvier.

Chaque mère a son truc. Celle de Plum, c'est la cuisine et le tricot. La mère de Dougall est à fond dans sa nouvelle famille, à tel point que parfois elle en oublie Dougall, et ma mère ne vit pratiquement que pour Noël. Qui d'autre appelle ses enfants Nick et Holly[11] ? En plus, elle adore raconter comment elle a convaincu son médecin de provoquer son accouchement pour que je naisse le jour de Noël – comme si elle espérait que je la remercie pour ça.

---

11. NdT : Nick est le diminutif de Nicolas qui fait référence à saint Nicolas, et Holly veut dire « houx » en anglais.

Quand j'étais petit et que je n'avais encore rien compris à la vie, je trouvais ça super d'être né le 25 décembre. Je croyais que toutes les décorations et les sapins du quartier étaient là pour mon anniversaire.

Quand je suis entré en maternelle, j'ai appris la triste réalité et, comme le dit Plum, quand ton anniversaire tombe le jour de Noël, il a tendance à passer après un autre anniversaire *beaucoup* plus célèbre.

Quoi qu'il en soit, ce n'est pas parce que Holly a réussi à convaincre ma mère qu'elle ne peut pas aider pendant les vacances que je dois le faire. J'en suis venu à redouter ce moment de l'année, pour des raisons beaucoup plus valables que les siennes.

– Allez, Holly. Pourquoi est-ce que tu ne pourrais pas faire quelque chose de sympa pour une fois et aider maman ?

Ma voix est un peu plus pleurnicharde que je ne le voudrais mais je suis tellement désespéré que je m'en fous.

– Parce qu'elle t'a demandé toi en particulier. Holly a réponse à tout. En plus tu sais très bien que je ne participe pas aux fêtes commerciales.

– Noël est une fête commerciale ?

Je lève les yeux au ciel une troisième fois. C'est la seule expression que je suis capable d'avoir quand elle est là.

– Ça l'est maintenant.

Sa bouche se tord pendant que ses sourcils font ce truc où ils montent à la moitié de son front.

– Il n'est plus question que d'achats et de dépenses, c'est le pire de la société de consommation.

– Et pourtant tu n'as aucun mal à encaisser le chèque annuel de mamie.

– Seulement parce que j'en donne la moitié à l'UNICEF.

Elle se tourne comme si j'allais laisser passer ça. Comme si je ne savais pas la vérité. Holly est peut-être la personne la plus égoïste que j'aie jamais rencontrée.

– Et l'autre moitié ? Tu en as fait quoi ? Tu as acheté ce charmant T-shirt ?

Holly me jette un regard noir et s'éloigne dans le couloir, sa voix disparaissant peu à peu quand elle dit :

– Comme je te l'ai déjà dit, maman a besoin de toi en bas.

★

– Nick, enfin tu es là, juste à temps !

Ma mère penche la tête sur le côté, ce qui rend son équilibre sur l'escabeau encore plus précaire. Avec un morceau de guirlande coincé entre les dents et une couronne de l'Avent autour du cou, elle a l'air de mettre en scène un spectacle de Noël bizarre.

– Est-ce que tu peux m'aider ? Tiens l'escabeau et dis-moi si les guirlandes sont bien réparties.

Elle se hisse sur la pointe des pieds et tend la main vers le plafond d'une manière qui me fait craindre pour sa sécurité, mais quand il s'agit de décorations de Noël, ma mère n'hésite pas à défier les lois de la gravité.

À part quelques petits changements, c'est toujours la même décoration chaque année. Je trouve ça plutôt joli, mais je n'ai jamais compris pourquoi elle continue à utiliser de la fausse neige quand on en a généralement des tonnes juste devant la porte.

– Ça a été l'école ? demande-t-elle, les mots étouffés par le clou qu'elle a maintenant entre les dents de devant, la pointe à l'intérieur.

Encore un truc dangereux, mais pour ma mère, tout est dans le savoir-faire.

– Affreux, je dis, surtout pour voir si elle écoute vraiment.

– Le fameux Josh Frost était là aujourd'hui, n'est-ce-pas ? continue-t-elle, prouvant qu'elle n'écoute pas vraiment mais qu'elle fait juste la conversation.

Sa voix s'illumine quand elle demande :

– Alors comment ça s'est passé ? Ça a dû être très excitant pour toi.

Elle se redresse une nouvelle fois et descend pour vérifier son travail en tirant sur les manches d'un pull de Noël qui est encore plus embarrassant que le mien. Puis elle passe la main dans des cheveux bruns coupés court pour des raisons pratique.

– Mmmmm.

C'est tout ce que j'arrive à dire. Cela ne sert à rien d'en dire plus quand, encore une fois, nous sommes entrés dans cette merveilleuse période de l'année où moi, Nick Dashaway, le petit miracle de Noël de ma mère, je deviens invisible.

Je jette un coup d'œil au salon. Il y a les trois chaussettes de Noël en feutrine rouge accrochées à la cheminée avec soin, l'une d'elles pour notre chien, Mister Dasher Dashaway[12] ; des coupelles pleines à ras bord de chocolats et de sucreries ; des guirlandes posées sur toutes les surfaces qui ne sont pas couvertes de couronnes de houx, de pots de poinsettia ou de neige artificielle, et d'énormes poubelles en plastique remplies de décorations de Noël n'attendant plus que l'arrivée du sapin.

Oh, et est-ce que j'ai mentionné le fond sonore de chansons de Noël qui passe en boucle ? C'est quasiment la bande-son des Dashaway jusqu'au 2 janvier.

La folie des guirlandes. Voilà ce que c'est.

Tout dans ma vie tend vers les extrêmes.

Ma sœur est *extrêmement* pénible.

12. À notre décharge, Holly et moi étions très jeunes quand nous l'avons eu et on trouvait que ce nom faisait distingué.

Ma mère est *extrêmement* obsédée par Noël.

Mon père est *extrêmement* stressé par son travail depuis que Leroy Merlin a ouvert dans la ville voisine.

Mon chien a un cas *extrêmement* sévère de flatulences.

Mes amis sont *extrêmement* nazes.

Et la vie *extrêmement* cool dont je rêvais est *extrêmement* finie avant même d'avoir pu commencer.

– Alors, qu'est-ce que tu en penses ?

Ma mère nous regarde tour à tour, son chef-d'œuvre en devenir et moi.

– Je pense que tu as encore réussi, je réponds.

Je ne veux pas lui faire de peine. Quand je vois le sourire qu'elle me fait, je suis content d'avoir essayé de lui faire plaisir. Ce n'est pas parce que *ma* journée est totalement ratée que je dois prendre tout le monde en otage et les rendre malheureux aussi.

Pendant que ma mère s'occupe des décorations qui n'ont pas besoin qu'on utilise l'escabeau, je mange un repas réchauffé au micro-ondes sur le comptoir de la cuisine. La table est réservée à la décoration des centaines de cookies que le four va commencer à régurgiter régulièrement dans l'heure qui suit, pour que ma mère puisse les emballer et les offrir aux voisins, au facteur et à tous les gens qu'on connaît et même à ceux qu'on connaît à peine. Puis je prends le dîner que ma mère a préparé pour mon père et je me dirige vers ma première soirée de travail non officielle (et officiellement non payée) à la droguerie Dashaway.

Même si je me plains parfois de ne pas être payé, la plupart du temps cela ne me gêne pas. Je traîne dans le magasin depuis que je suis petit, même si ce n'est que depuis l'été dernier que mon père m'a donné des horaires fixes et m'a appris à me servir de la caisse. Mon père est quelqu'un de bien et j'aime passer du temps avec lui quand il n'est pas totalement stressé, ce qui n'arrive plus jamais ces jours-ci. En plus, c'est toujours un peu le chaos pendant les vacances. Noël est la période de l'année la plus chargée parce que mon père vend des sapins de Noël sur un terrain situé à l'arrière du magasin, donc c'est bien que je sois là pour l'aider.

En général cela se passe de la manière suivante : je vais au magasin à vélo, arrivant plus ou moins à l'heure, puis je lui donne son dîner et je tiens la caisse pendant qu'il mange dans son bureau. Ensuite, quand il est l'heure de fermer le magasin, on met mon vélo à l'arrière de sa camionnette et on rentre ensemble à la maison. Cela ne fonctionne pas trop mal, mais cette année j'espère qu'on pourra un peu changer.

Depuis une éternité, je le supplie de me laisser l'aider avec les sapins de Noël. C'est tellement plus cool que de donner des ampoules et des ventouses pour toilettes aux parents des élèves qui m'ignorent.

Les sapins de Noël, c'est là où tout se passe. Mais jusqu'à maintenant, mon père disait que j'étais trop petit et maigrichon pour être d'une quelconque utilité[13]. Alors chaque année, il engageait toujours un ou deux élèves du lycée d'à côté.

Mais ma poussée de croissance l'été dernier a aussi entraîné une prise de poids de trois kilos, certains en pur muscle. Et si mon père a été trop stressé pour remarquer les cinq centimètres que j'ai pris, je suppose qu'il faudra que je le lui montre.

13. OK, peut-être qu'il n'a pas exactement dit ça, mais c'était l'idée, croyez-moi.

7

17 h 25-19 h 45

TROIS TURTLEDOVE

– Hé, petit ! m'appelle mon père à la seconde où je passe la porte.

Je m'arrête net. Je me dis, et ce n'est pas la première fois, qu'il faut vraiment qu'il arrête de m'appeler comme ça. Je suis plus grand maintenant. Le surnom ne me va plus du tout.

Le problème, c'est que je l'ai vu juste avant qu'il ne me voie. Avec ses cheveux tout gris et son visage tout ridé, il a l'air si fatigué que je ne peux pas me résoudre à lui en parler. Alors je me dirige vers son bureau où je dépose son dîner et je le rejoins dans l'allée des produits d'étanchéité et des colles.

– C'était comment l'école ? demande-t-il.

Je suis sur le point de lui répondre quand Mister Dasher Dashaway, la mascotte non officielle du magasin, court vers moi pour me faire la fête en pétant tout du long.

– Ah ! Dash.

Je me bouche le nez avec une main et je le caresse de l'autre.

– Il se fait vieux.

Mon père attrape une bouteille de désodorisant de Noël, atomisant quasiment l'endroit dans un nuage de cannelle et de clous de girofle.

– C'est ce qui va t'arriver à toi aussi ? je plaisante.

À cet instant, deux voitures s'arrêtent devant le magasin, leurs phares nous aveuglant un instant quand elles passent devant la vitrine.

– Tu penses qu'ils sont là pour un nouveau système d'arrosage automatique ? demande mon père.

Malheureusement pour lui, ses yeux le trahissent toujours, comme moi, et avant même qu'il ait fini sa phrase, il rigole déjà.

C'est un jeu entre nous. On essaye de deviner ce que le client va vouloir en choisissant toujours les produits les moins demandés ou ceux les moins de saison.

Une fois, j'ai dit « un lot de serviettes de plage » au milieu d'une tempête de neige et boum, la mère de Plum est passée avant d'aller chez sa sœur en Floride, et c'est exactement ce qu'elle cherchait. La victoire m'a rapporté un billet de dix dollars tout froissé sorti tout droit de la caisse, que j'ai investi dans le dernier CD de Josh Frost.

Mais cette fois, avant que je puisse faire une proposition, les moteurs s'arrêtent, les phares s'éteignent et la famille Turtledove, Mac y compris, apparaît.

M. Turtledove descend de son 4 x 4 personnalisé en poussant la porte avec un joyeux « Bonsoir ! » pendant que Mme Turtledove et son charmant fils, Mac, restent assis dans leur grosse Mercedes, leurs téléphones portables collés à l'oreille.

Ils sont probablement en train de filtrer les appels d'agents de Hollywood qui ont entendu parler de la dernière sensation de Greentree.

– Tu ferais mieux de te dépêcher, chuchote mon père, attendant toujours mon pari.

Je hausse les épaules. Voir Mac Turtledove m'a ôté toute envie de jouer. Mon père me regarde d'un air inquiet, puis il traverse le magasin pour serrer la main de M. Turtledove qui, croyez-le ou non, était un de ses copains de lycée.

C'est le truc avec Greentree. La plupart des gens qui y vivent sont nés ici et je suppose qu'ils sont devenus trop fainéants pour partir. Ce n'est certainement pas le genre d'endroit où quelqu'un choisirait de vivre, à part Dougall et son père, mais je pense qu'ils avaient leurs raisons.

M. Turtledove me fait un rapide signe de la tête, mais franchement je doute qu'il connaisse mon prénom. C'est le genre de personne qui dit « bonjour » à tout le monde et fait un brin de causette, mais il ne se rappelle jamais votre visage, à moins qu'il ne l'ait vu pendant les trente dernières années, comme celui de mon père.

En plus, c'est un client saisonnier, il vient juste acheter un parasol l'été et des bûches pour sa cheminée l'hiver. Mais ce soir, à l'entendre, il est là pour un sapin.

Que les festivités commencent.

– Je dois te dire, Dashaway (il met son pouce dans sa ceinture comme s'il était une sorte de cow-boy au lieu d'un agent immobilier avec sa photo collée sur des bloc-notes et des arrêts de bus partout dans la ville) que je suis allé chez Leroy Merlin juste pour voir leur stock, et leurs arbres ne sont pas aussi impressionnants que les tiens. Je dois reconnaître que chaque année tu te surpasses.

En plus d'être un agent immobilier photogénique, M. Turtledove est aussi un ancien sportif qui appelle tout le monde par son nom de famille.

– Qu'est-ce que tu dirais de me montrer ton plus grand sapin, et toi et moi, on discute du prix ?

Il fait son plus grand sourire à mon père, toutes dents blanches et plombages en or dehors.

Encore une fois. Chaque année, c'est la même chose. Turtledove demande à voir le plus grand sapin que nous ayons et mon père l'entraîne toujours vers le deuxième plus grand, pour qu'on puisse garder le premier pour notre famille.

C'est l'un des avantages de vendre des sapins de Noël.

Je me dirige vers le bureau en me disant que je vais rendre service à mon père en lui réchauffant son dîner, comme ça il sera prêt quand il aura fini avec Turtledove. Je prends le repas dans la glacière et je remarque que ma mère y a mis le cadeau de Plum pendant que je ne regardais pas, ce qui veut dire que cela doit se manger, ce que je ne vais pas vérifier.

Pendant que le dîner est en train de tourner lentement dans le micro-ondes, je regarde par la fenêtre, espérant apercevoir mon père en train de rouler Turtledove une nouvelle fois, quand j'entends Turtledove dire :

– Et cette année, je ne veux pas de ton deuxième plus grand sapin. Je veux le plus grand.

Il sourit, mais seulement du bout des lèvres.

– Je connais ta combine, Dashaway. Je sais que tu as gardé le plus grand pour toi, mais cette année je suis prêt à payer une fortune. Avec la baisse de tes ventes maintenant que Leroy Merlin a ouvert, tu vas sans doute hésiter à jouer double jeu.

J'écrase ma joue sur la vitre froide pendant que mon père, sans la moindre hésitation, sans même discuter, l'amène directement à l'arbre que nous avions mis de côté pour nous.

Quelques instants plus tard, il est debout dans l'entrebâillement de la porte et il lance :

– Allez, c'est ton jour de chance. J'ai besoin d'aide pour charger un sapin, et il se trouve que tu es l'homme de la situation.

Il essaye de le dire comme si c'était un motif de réjouissance, mais il suffit de regarder sa tête pour voir combien cela lui coûte.

– Et Steve ou Rick ? je dis, refusant de bouger de ma place. Ou qui que ce soit du lycée que tu as engagé cette année ?

Les yeux noisette de mon père, exactement les mêmes que les miens, se plissent tant qu'ils semblent se renfoncer.

– Je n'ai engagé personne, dit-il en lissant un de ses sourcils. Je me suis dit que je n'avais besoin que de toi.

Comme je ne suis toujours pas convaincu, il ajoute :

– Nick, qu'est-ce qui se passe ? et sa voix trahit son irritation. Tu me supplies pour ce travail depuis que tu as cinq ans. Ton rêve s'est réalisé. Maintenant, allons-y, Turtledove attend !

Mon rêve s'est réalisé.

Mauvais rêve mais, hé, quelle différence ça fait ?

J'ai vraiment envie de m'affirmer. De dire « pas question » et de souligner qu'à l'évidence, entre mon père, le Roi Turtledove, le Prince Turtledove et même la Reine Turtledove, ils devraient être capables de s'en occuper eux-mêmes. S'ils ont tellement envie de nous voler notre sapin (peu importe qu'ils le paient très cher), qu'ils se débrouillent pour le monter dans le 4 x 4 de Sa Majesté.

Mais quand les rides sur le front de mon père se creusent encore plus, je n'ai pas d'autre choix que de me rendre. Après tout, qu'est-ce qu'une humiliation de plus dans une journée complètement humiliante ?

Ce n'est que lorsque je suis dehors et que je vois Mac adossé à la Mercedes de sa mère dans sa pose de star de cinéma, le téléphone toujours collé à l'oreille, que je me souviens que je porte toujours ce satané pull de Noël tricoté main.

Celui avec un renne géant au nez rouge brillant en pompon.

À la seconde où il le voit, Mac se met à rire, s'arrêtant suffisamment longtemps pour prendre une photo avec son téléphone portable, probablement pour l'envoyer à tous ses amis de la table des élèves populaires, avant de recommencer à rire[14].

Je baisse la tête et je le dépasse. Bon, il a déjà vu mon pull alors il n'y a plus de raison de se cacher. Je suis mon père tout au fond du terrain et on s'épuise à mettre l'énorme sapin dans la voiture de Turtledove pendant que Son Altesse reste à côté, nous répétant de faire attention à sa nouvelle peinture customisée.

Quand on a enfin terminé, Mac est toujours en train de rire pendant qu'il monte en voiture avec son père. Mme Turtledove, après avoir ouvert de grands yeux ronds à la vue de l'arbre depuis le confort de sa Mercedes, marque son approbation de la tête et s'en va. Mon père et moi, on est pleins de résine, on s'est fait piquer par les aiguilles de sapin et on regarde la poussière soulevée par la caravane formée par la famille Turtledove pendant qu'elle part.

– Alors, qu'est-ce que t'en penses ? me demande mon père. Est-ce que c'était tout ce dont tu avais rêvé ? Le plus gros du magasin. Maintenant, ce sera forcément plus facile !

Il sourit et me donne une tape amicale dans le dos, essayant de toutes ses forces de rendre la situation plus aisée qu'elle ne l'est réellement, mais il est clair qu'il est aussi abattu que moi.

Mon premier réflexe est de dire quelque chose de méchant, mais je n'en ai pas le cœur. Je suis fatigué des Turtledove. Fatigué par cette journée. Fatigué de voir mon père avoir l'air si fatigué.

Je souris faiblement et je le suis à l'intérieur du magasin. Son téléphone portable se met à sonner et j'entends la voix de ma mère dans le haut parleur demander à quelle heure elle peut espérer avoir son arbre.

---

14. Je déteste vraiment, mais vraiment, Mac Turtledove.

– Pourquoi tu n'irais pas m'attendre dans mon bureau ? dit mon père en mettant la main devant le micro. Nettoie tes vêtements et repose-toi un peu.

– Mais ton dîner ? dis-je, voulant rester à côté de lui pour savoir comment il va annoncer la nouvelle à ma mère. Je l'ai mis au micro-ondes. Il devrait être prêt maintenant.

– Je le mangerai plus tard.

Il me fait un clin d'œil, se détourne et part tout au fond du magasin, là où il sera très difficile pour moi d'espionner sa conversation.

Je vais dans le cabinet de toilette et j'essaye de me nettoyer, bien que je ne puisse pas faire grand-chose pour la résine sur mon jean ; ça durcit comme de la colle et rend mes jambes tellement raides que je marche comme un robot. Je m'assois dans le fauteuil de mon père et je m'amuse à tourner, ce qui m'ennuie assez vite, alors j'appelle Mister Dasher Dashaway et je passe le temps en alternant entre les caresses et les sprays de bombe désodorisante à la menthe. Bien que mon père fasse le maximum pour parler à voix basse, je l'entends de temps en temps murmurer des choses comme « arriérés d'impôts » et « bilans annuels » d'une voix pleine d'inquiétude. Il semble que toutes leurs conversations tournent autour de ces choses-là.

Quand il a fini de parler à ma mère, il entre dans le bureau, l'air encore plus fatigué qu'avant.

– Pourquoi est-ce que tu ne rentrerais pas à la maison, Nick ? Tu en as assez fait pour ta première journée de travail. Garde un peu d'énergie pour demain. J'ai besoin de toi tôt et en pleine forme.

– Mais et toi ? je demande, refusant de bouger. On rentre toujours ensemble. C'est une tradition. Ça ne va pas changer maintenant.

– Je vais finir tard ce soir. Il se force à sourire. Tu sais, la folie de Noël… En plus, ta mère a besoin d'aide pour finir les décorations de Noël. Si tu pars maintenant, tu peux encore attraper le bus. Je ramènerai ton vélo à la maison. En revanche, il faut que tu te dépêches. Le dernier bus part dans quinze minutes.

Contre mon gré, je ramasse mes affaires et je me prépare à partir. Quand mon père prend cet air déterminé, cela ne sert à rien de discuter.

J'arrive juste à la porte quand il me rappelle. Pensant qu'il a changé d'avis, je me retourne tout excité, pour le trouver debout derrière moi avec le cadeau de Plum dans les mains.

Je lui fais signe de le garder.

– C'est pour toi, je lui dis.

– Non, c'est vraiment pour toi, me répond-il. Il y a un mot à l'intérieur avec ton nom dessus.

Il me jette un regard plein de sous-entendus qui me met instantanément mal à l'aise. Bon, si le mot avait été de Tinsley, moi aussi, j'aurais pu avoir un regard plein de sous-entendus, mais le fait que le mot soit de Plum… eh bien j'aimerais que cette boîte disparaisse.

Évidemment, je finis par la prendre. Il insiste vraiment. Donc je porte cette satanée boîte rouge et verte jusqu'à l'arrêt de bus où je m'affale sur le banc en appuyant mon dos sur la photo tout sourires de M. Turtledove promettant de me vendre la maison de mes rêves, et j'attends que cette journée se termine enfin.

8

19 h 46-20 h 16

SAUVE-TOI, PETIT RENNE !

La première fois que mes parents m'ont laissé prendre le bus tout seul, j'avais dix ans et l'impression d'avoir enfin découvert la vraie vie.

Tout était encore mieux que je ne l'avais imaginé. Les sièges étaient plus propres, le chauffeur, plus amical, les passagers, plus heureux et chaque fenêtre offrait une vue si spectaculaire que je n'avais pas envie que ça s'arrête.

Cela fait presque trois ans, et maintenant j'espère juste que le bus va arriver pour que je puisse rentrer chez moi et me barricader dans ma chambre jusqu'à la fin des vacances de Noël, date à laquelle mes parents seront obligés de casser la porte et de me traîner jusqu'au collège.

Un souffle d'air froid descend la rue, me faisant trembler si fort que je remonte la capuche du sweat-shirt que je porte encore. Comme cela ne suffit pas à m'isoler du froid, je sors mon bonnet, mon écharpe et mes gants assortis à mon pull de Noël, pompons rouges inclus, de mon sac à dos. Chaque année ma mère me tricote une nouvelle version et me la présente avec tellement d'enthousiasme que je n'ai pas le cœur de lui dire que le temps où Plum, Dougall et moi coordonnions nos pulls de Noël est révolu.

Seul un profond désespoir me les fait porter maintenant.

Je mets le bonnet sous ma capuche en le tirant si bas et en remontant tellement l'écharpe que mes yeux sont la seule chose qui dépasse.

Tout autre jour, je choisirais la mort par hypothermie plutôt que d'avoir à porter les créations de Noël de ma mère[15].

Mais comme apparemment j'ai touché le fond, je me suis dit que je n'avais rien à perdre. Si je suis condamné à être un Intello boutonneux pour le restant de mes jours, autant en être un qui a chaud.

Cela fait environ dix minutes que j'attends, quand je réalise que pas une seule voiture n'est passée, ce qui me semble étrange. Je ne m'attends pas à un embouteillage : je ne suis pas place de la Concorde ni avenue des Champs-Élysées, mais même dans une petite ville comme Greentree, il y a généralement un peu plus d'action, surtout un vendredi soir.

Après environ vingt minutes, je me demande si mon père ne s'est pas mélangé les pinceaux dans les horaires. J'attrape mon téléphone portable pour appeler ma mère et lui demander de venir me chercher, quand je m'aperçois que je n'ai pas de réseau, ce qui est vraiment bizarre. Ça ne m'est jamais arrivé dans ce quartier et ce n'est pas comme si j'étais au milieu de nulle part.

Cet arrêt de bus est en plein quartier des affaires de Greentree, ce qui n'est pas aussi impressionnant que cela en a l'air – en gros, il y a deux rangées d'immeubles remplis de magasins et de bureaux – mais ce n'est pas non plus la Sibérie.

---

15. Maman, s'il te plaît, relis la note de bas de page n° 9.

De mon point de vue, j'ai trois options :

N° 1 : Retourner au magasin et attendre que mon père ait fini.

Cela semble raisonnable à première vue, mais si je pars maintenant je risque de rater le bus qui va peut-être arriver. Sans parler du fait que mon père va se sentir obligé de rentrer plus tôt, ce qui veut dire qu'il ne pourra pas finir son travail, ce qui augmentera encore plus son stress qui est déjà assez élevé comme ça.

N° 2 : Prendre sur moi, affronter le froid et rentrer à pied à la maison.

Seulement cette option n'est pas aussi raisonnable qu'il y paraît parce qu'il fait vraiment froid dehors et que même avec mon bonnet, mon écharpe et mes gants je suis à peu près sûr de mourir de froid avant d'atteindre la maison.

N° 3 : Rester là où je suis, recroquevillé dans l'Abribus, avec le sourire de M. Turtledove dans mon dos.

Après un examen approfondi de la situation, l'option n° 3 me semble clairement la meilleure.

Quand la neige se met à tomber et à tenir au sol, je commence sérieusement à me demander si ce n'est pas la fin pour moi, quand je me rappelle le cadeau de Plum, ou plus exactement la bougie qui devrait être à l'intérieur.

J'ouvre la boîte, et effectivement il y a une bougie d'anniversaire avec des guirlandes rouges et vertes incrustées et des allumettes, comme elle me l'avait dit.

Oh, et il y a aussi un cupcake décoré d'une énorme étoile dorée, comme si Plum avait été sûre que j'allais gagner le concours de chant.

Ou peut-être que c'est pour dire que, quoi qu'il arrive, je serai toujours une star[16] pour elle.

---

16. NdT : Star signifie « étoile » en anglais.

Peu importe. Ce n'est pas comme si j'avais l'intention de le manger.

Il y a aussi un mot, comme me l'a dit mon père, mais à l'instant où je lis : « Cher Nick, j'espère que quand tu souffleras cette bougie ton vœu le plus cher se réalisera… » je perds tout intérêt et je le mets de côté. Je plante la bougie au milieu de l'étoile et je craque sur le côté de la boîte une allumette qui s'éteint instantanément.

Celles qui suivent subissent exactement le même sort jusqu'à ce que j'en arrive à la dernière. Je la couve en faisant un petit abri avec mes mains, comme j'ai vu mon père faire quand il allume un feu de camp. Je n'ose même pas respirer quand j'entends le petit sifflement de la poudre allumant la mèche. La petite lueur orangée vacille pendant quelques instants avant de devenir une petite flamme qui réchauffe le bout de mes doigts gantés.

Je reste assis comme ça pendant un moment, ressemblant probablement à un clown de Noël fou, tout recroquevillé au-dessus d'une bougie d'anniversaire plantée dans un cupcake. J'ai finalement atteint le sommet de la nullité. Malgré tout, j'espère quand même rester sur ce banc jusqu'à ce que la bougie s'éteigne, ce qui ne devrait pas prendre longtemps, et si le bus n'est toujours pas arrivé à ce moment-là, je me bougerai et je risquerai l'hypothermie.

De grosses gouttes de cire coulent sur le glaçage, décorant l'étoile dorée de ronds rouges et verts qui virent au marron à la seconde où ils se mélangent. La bougie continue de se consumer pendant que le ciel déverse des torrents de neige comme je n'en ai jamais vu. Puis un bruit étouffé de musique m'arrive du fond de la rue.

Je me penche sur la flamme en faisant attention à ne pas l'éteindre pour regarder le long du trottoir recouvert de neige, essayant de savoir d'où vient la musique, mais à part un ballet de flocons il est impossible de voir quoi que ce soit.

La bougie brûle encore alors que la musique devient de plus en plus forte, jusqu'à ce que, sorti de nulle part, un tourbillon de couleurs et de sons apparaisse et qu'un bus couvert de graffitis délirants, avec *Vive le vent* hurlant dans des haut-parleurs ressemblant étrangement à des bois de rennes, s'arrête brutalement juste devant moi.

Ce n'est pas du tout le bus que j'attendais, donc je ne bouge pas d'un millimètre.

La porte de devant s'ouvre dans un grincement métallique si fort qu'il me fait serrer les dents et prier pour que cela s'arrête.

– Salut ! me dit une voix venue de l'intérieur. Questce'tattends ? Monte.

Les mots non articulés se mélangent tous et je ne peux pas voir celui qui les prononce, jusqu'à ce que la neige s'interrompe et que je me retrouve en face d'un vieil homme avec de longues dreadlocks blanches, un sweat-shirt tie-dye rouge et vert et un bas de jogging qui reprend les graffitis tagués sur les côtés du bus. Et ne me lancez pas sur ses lunettes absurdes, qui ressemblent plus à des lunettes de soleil qu'à des lunettes de vue, à part pour les spirales qui tournent dans tous les sens.

C'est tout ce que j'ai besoin de voir pour me convaincre de faire mon possible pour l'ignorer. Toute cette scène ne me dit rien qui vaille. On dirait un condensé de toutes les mises en garde que les mères font à leurs enfants.

À tout moment maintenant, il va me proposer une glace et une visite des chiots qu'il garde à l'arrière de son bus[17].

Je préfère tenter ma chance avec le froid[18].

17. Pour l'instant, pas de glace ni de chiots en vue.
18. C'est exactement ce que j'aurais dû faire.

Je secoue la main en signe de refus, espérant qu'il comprenne le message et qu'il parte, mais il reste assis là en souriant comme un fou, alors je hausse la voix pour qu'il m'entende par-dessus la musique et je dis :

– J'attends un *autre* bus.

– Alors tu ferais mieux de t'installer confortablement, dit-il en rigolant, le son sortant de son énorme ventre. Je suis le seul autorisé à circuler ce soir et c'est seulement grâce à ces lunettes. Elles me permettent de voir à travers la neige.

Il tapote le verre droit, faisant tourner les spirales en sens inverse, comme si elles rentraient dans sa tête.

– Une tempête est en train d'arriver. *Énorme.* Tu n'es pas au courant ? Seulement la manière dont il le dit ressemble plus à : « tn'espsaucouant ? » De mon point de vue, tu as deux options : tu montes avec moi ou tu te transformes en bonhomme de neige. C'est à toi de voir.

Je vérifie encore une fois mon téléphone, toujours pas de réseau. *Qu'est-ce qui se passe ?* Il a raison pour la tempête, elle est vraiment *énorme.* J'ai vécu toute ma vie à Greentree et je n'ai jamais rien vu de pareil.

Je calcule la probabilité que j'ai d'atteindre la maison sans y laisser mon nez. Mes chances sont minces et, franchement, je doute de pouvoir retourner au magasin sans subir le même sort. J'imagine mon visage avec un gros espace blanc au milieu, là où était mon nez.

Pas très enthousiasmant.

Pourtant je reste assis, frigorifié, à regarder les restes de ma bougie d'anniversaire se consumer jusqu'à ce qu'il ne reste plus rien.

– Allez, ouctuveu'aller, petit ?

Je considère la question un moment et je me dis que je n'ai rien à perdre alors je réponds honnêtement :

– Dans une autre vie, une vie meilleure et bien plus cool.

Le souffle de ma respiration part directement vers la flamme et l'éteint, tandis que la neige continue à tomber tellement fort que cela ne ressemble même plus à de la neige.

Je n'ai nulle part où aller. Je pousse un soupir de défaite, je jette le cupcake dans la poubelle, je regarde droit dans ses lunettes à spirales et je fais oui de la tête[19].

– Bienvenue à bord, dit-il en fermant la portière derrière moi. Installe-toi, je t'emmène là où tu veux aller en un rien de temps.

19. Je pense que je n'ai pas besoin de dire à quel point je regrette cette décision.

9

20 h 17-???

LE TERMINUS

Même si le chauffeur m'a dit de m'asseoir, je reste debout à côté de lui, fouillant dans mes poches à la recherche d'une carte de transport qui ne marchera sans doute même pas dans ce bus de Noël psychédélique, pendant que je lui donne mon adresse.

– Oublie ça, dit-il en passant la première et en s'éloignant du trottoir dans un mouvement brusque qui m'oblige à retrouver mon équilibre. Étant donné la météo, le trajet est gratuit. Je sais exactement où t'emmener.

Je ne suis pas sûr d'aimer ça. Encore que ce soit le cadet de mes soucis vu la situation actuelle. À chaque pas que je fais dans le bus, je suis de plus en plus convaincu que je viens de signer pour tout un tas de problèmes.

Le bus est encore plus dingue à l'intérieur qu'à l'extérieur, avec les mêmes graffitis tagués partout et des lumières de Noël rouges et vertes qui clignotent pendues au plafond, enroulées autour des barres et posées sur les dossiers des sièges.

Je me faufile jusqu'à la dernière rangée et je prends le temps d'étudier l'ouverture de l'issue de secours avec une concentration que je n'ai plus eue depuis que j'étais enfant et que mes parents nous avaient obligés, Holly et moi, à apprendre comment on faisait.

Le chauffeur change de vitesse en chantant *Vive le vent* en rythme jusqu'à ce qu'il mette *Mon beau sapin.* Après quelques couplets, il baisse le volume et me demande comment je vais, ce qui me rend encore plus soupçonneux.

Soyons réaliste. Malgré ma réputation d'Intello boutonneux, je viens juste de prendre la décision la plus stupide de toute ma vie en acceptant de monter avec cet inconnu bizarre aux lunettes de fou conduisant un bus étrange en pleine tempête, et en restant blotti à l'arrière en espérant arriver à la maison en un seul morceau. Et maintenant il veut faire la causette.

Si Dougall était là, je verrais sans doute tout cela comme une aventure, quelque chose dont on pourrait rire ensuite. Mais Dougall n'est pas là et je ne peux même pas imaginer rire du pétrin dans lequel je me suis mis.

Néanmoins, je me force à prendre une voix enthousiaste en disant :

– Super !

Mieux vaut ne pas laisser paraître ce que je ressens vraiment vu que tout le monde sait que les fous, comme les animaux, peuvent sentir la peur à un kilomètre à la ronde.

– Mais je me sentirai encore mieux quand je serai arrivé en un seul morceau et que mon garde du corps sera là à m'attendre.

Je ne sais pas pourquoi j'ai ajouté la partie sur le garde du corps. Ce n'est pas comme si j'en avais un. Bien qu'avec mon pull de Noël, mon bonnet, mon écharpe et mes moufles assortis – un ensemble qui, dans mon collège, ferait de moi une cible pour le harcèlement – je ressemble vraiment à quelqu'un qui en a besoin. J'espérais sans doute que cela ferait réfléchir le chauffeur à deux fois avant de me faire du mal, mais il hoche juste la tête et sourit comme s'il était impatient de le rencontrer.

J'appuie mon nez contre la vitre, laissant mon souffle faire de la buée avant de l'essuyer avec ma main et d'étudier le paysage si blanc que je ne peux rien distinguer.

– Accroche-toi petit ! dit le chauffeur, ratant un refrain de *Mon beau sapin*. Cette tempête est sur le point de devenir énorme !

Immédiatement, le bus se met à tanguer violemment pendant que la neige tombe de tous les côtés, rendant la vue à travers les vitres impossible.

– Je suis très reconnaissant envers les grilles à neige à ce moment précis, pas toi ?

Le chauffeur rigole. Il a un rire léger et mélodieux qui inexplicablement me casse les oreilles.

Et puis c'est quoi les grilles à neige, d'abord ?

Je vérifie encore une fois mon téléphone portable. Toujours pas de réseau.

Mais l'application « Notes » fonctionne encore, alors c'est le moment que je choisis pour taper tout ce qui s'est passé, exactement comme je l'ai vécu, du moment où mes ennuis ont commencé jusqu'au moment où j'ai décidé que ce serait une bonne idée de me faire ramener chez moi par un fou qui s'est clairement échappé d'un asile psychiatrique. J'espère juste qu'il ne décidera pas de détruire toutes les preuves, y compris mon téléphone portable.

Quand j'ai enfin terminé, je ferme les yeux très fort et je prie pour vivre assez longtemps pour regretter cette décision.

Je reste comme ça pendant ce qui me semble des heures.

Les yeux fermés, les mains tellement serrées que je ne sens plus mes doigts, en me balançant d'avant en arrière comme un bébé, espérant que, dans ce qui est indiscutablement la pire journée de ma vie, la chance va enfin me sourire et me sortir vivant d'ici.

Je pense que j'ai dû m'endormir parce que c'est exactement comme ça que le chauffeur me trouve – un tas recroquevillé et tout tremblant – quand il attrape mon bras et que ses longs doigts noueux s'enfoncent dans mon épaule.

– Allez, réveille-toi, petit. On est arrivés !

Il me secoue, penché au-dessus de moi en souriant comme un fou furieux, ce qu'il est, j'en suis sûr.

J'ouvre un œil. L'autre suit. Puis je cligne des deux yeux une nouvelle fois en secouant la tête et en me frottant le visage, mais la scène de l'autre côté de la vitre reste exactement la même.

– La vache, je suis où ?

Je scrute le ciel ensoleillé, les petits nuages blancs et des kilomètres de palmiers qui s'étendent à perte de vue. Je ne sais peut-être pas où je suis, mais une chose est sûre, ce *n'est pas* Greentree.

– Vous m'avez emmené où ?

Je le fixe d'un œil accusateur.

– Tu es exactement là où tu voulais aller.

Le chauffeur remonte l'allée comme s'il s'attendait que je le suive.

– Je vous ai demandé de me ramener *chez moi* !

Mes yeux lancent des éclairs dans son dos tellement je suis indigné.

– Vraiment ?

Il s'arrête et regarde par-dessus son épaule, soulevant ses lunettes pour me lancer un long regard avant de les poser dans ses dreadlocks.

– Bonne chance, petit !

Il tire sur une manette et la porte de devant s'ouvre avec le même horrible grincement que la première fois.

– Non, non, pas question !

Je secoue la tête vigoureusement, pleinement conscient de l'ironie de la situation car, ayant prié pour avoir une chance de m'échapper et obtenant cette chance, je refuse maintenant de bouger de mon siège.

– Je ne descends pas ici !

Le chauffeur penche la tête sur le côté et plisse les yeux, me rappelant Mister Dasher Dashaway quand il voit quelque chose de perturbant.

– La balade est terminée, petit. Il n'y a nulle part où aller. Ici, c'est le terminus. Ton arrêt final.

– Mais vous devez me *ramener* ! *Chez moi*. À *Greentree*. Vous pouvez même me déposer au même arrêt de bus et je ferai le reste du trajet à pied. Peu importe s'il neige !

Le chauffeur secoue la tête, les yeux brillants.

– Ce n'était pas notre accord. J'ai respecté ma part du contrat, maintenant c'est à toi de respecter la tienne.

Il se dirige vers la porte.

– Mais je ne sais même pas où je suis !

Je suis en panique, agissant comme un gamin, mais je m'en moque. Le seul témoin est un malade mental. De plus, j'ai une bonne raison de paniquer.

– La balade est terminée, répète-t-il. C'est le termi…

– Arrêtez de dire ça !

Je vérifie mon téléphone, prêt à appeler mes parents, Dougall, la police, même Plum si elle peut me sortir de là, mais non seulement il n'y a pas de réseau et en plus la batterie est morte, ce qui veut dire que je ne peux même pas ajouter des preuves à mes notes. Ce qui veut aussi dire que je ne peux pas laisser d'autres indices à mes parents pour me retrouver.

– Dites-moi au moins où je suis ! je demande, ma voix semblant aussi désabusée que moi.

– Exactement là où tu voulais être.

Je secoue la tête, tellement frustré que je pourrais en pleurer.

– Et il semblerait que ce garde du corps dont tu parlais t'attende, comme tu l'avais prévu.

Le chauffeur déroule un de ses longs doigts osseux, découvrant un ongle encore plus long, et montre de l'autre côté de la porte une limousine noire rutilante avec une plaque minéralogique personnalisée où il est écrit « *NICK* » et le gars le plus balaise que j'aie jamais vu. Il porte un costume noir et une pancarte où il est écrit « NICK DASHAWAY ».

– C'est toi, non ?

– Oui, mais…

Ma voix n'est plus qu'un murmure. Je ne sais pas du tout quoi dire.

– Il vaut mieux ne pas le faire attendre. Ce fut un plaisir de t'avoir à bord.

Il me pousse un peu, beaucoup, même, et, n'ayant pas d'autre choix, je descends les marches du bus.

– Oh, attends, petit, j'allais presque oublier ! dit-il en se tapant le front comme dans les dessins animés, avec la tête qui bouge et les yeux qui roulent. C'est pour toi.

Il me met dans la main ce qui ressemble à un ticket de bus ordinaire, à part pour les brins de houx sur les bords.

– Ton ticket de retour, me dit-il. Il est valable cinq jours et cinq jours seulement. Fais attention de ne pas le perdre. C'est ton seul moyen de rentrer.

– Est-ce que je peux l'utiliser maintenant ? je demande.

– Non. Toi et moi, on en a fini pour aujourd'hui. Mets-le

juste dans un endroit sûr.

Il se frotte le menton en jetant un regard soupçonneux à la limousine mais le remplace rapidement par un sourire immense qui montre toutes ses dents en or.

– Cinq jours, petit. C'est tout ce que tu as.

Je fais un rapide calcul.

– Jusqu'à Noël alors ?

– Quand le réveillon de Noël se transforme en jour de Noël, une minute après minuit.

Je range le ticket tout au fond de la poche intérieure de mon sweat-shirt, me demandant si je suis sur le point de faire la même erreur encore une fois en montant dans une voiture avec un étranger. Mais quand je supplie des yeux le chauffeur, il secoue juste la tête et me pousse en bas des marches dans la chaleur étouffante.

Ne sachant pas quoi faire d'autre, je récite une prière, je me protège les yeux du soleil et je me dirige vers la limousine et le chauffeur qui tient une pancarte à mon nom.

MA VIE RÊVÉE DE STAR

10

5 jours, 11 heures, 2 minutes
et 22 secondes avant Noël

COMME LES ROIS MAGES EN GALILÉE

À première vue, je suis à peu près certain que le gros costaud qui porte une pancarte à mon nom n'est pas juste un garde du corps mais aussi un chauffeur. Ce qui expliquerait le costume noir, les lunettes de soleil aux verres miroirs et la casquette.

Il m'est aussi étrangement familier.

Je ne connais personne avec autant de muscles qui s'habille comme ça, mais il y a quelque chose dans sa bouche, son menton, sa mâchoire (ce qui est à peu près tout ce que je peux voir à cause des lunettes et de la casquette) qui me fait le regarder et penser *hmmm.*

Je ralentis, pas tout à faire sûr de ce que je suis en train de faire. Je réalise que je devrais commencer par me présenter, peut-être en disant quelque chose comme « Bonjour, je suis

Nick Dashaway, le mec sur votre pancarte » ou, mieux, « le mec dont le nom est sur votre pancarte » vu que *je* ne suis pas sur la pancarte.

Je suppose que je réfléchis trop parce que, avant que je puisse dire quoi que ce soit, il met le panneau sous son bras, ouvre la portière de la limousine et, vérifiant l'intérieur, me fait signe de monter.

Je m'assois sur le siège en cuir et je pose mon sac à dos sur le sol entre mes pieds. Alors que mes yeux s'habituent à l'obscurité, je remarque une ombre assise en face de moi. Elle a des gros bras musclés posés sur ses genoux, des cheveux gominés noirs qui ont l'air d'avoir été collés à ses tempes avec un des enduits du magasin de mon père et des yeux plissés confrontés à l'invasion imminente de sourcils marron indisciplinés.

Juste quand je suis sur le point de prendre mes jambes à mon cou, je réalise : c'est Ezer, Ben Ezer. Le manager de Josh Frost.

– Nick, à quoi tu joues ?

Ses yeux m'observent comme si on continuait une conversation que je ne me souviens pas avoir commencé.

Tout mon visage se fige. Je n'ai aucune idée de ce dont il veut parler.

– Nous faire attendre comme ça.

Il fait un bruit avec sa langue, comme s'il était le proviseur et que j'étais l'élève indiscipliné sur le point d'être puni.

– Je te conseille de ne pas laisser ton statut de star te monter à la tête. Tu es prévenu. Je ne supporterai pas ce genre d'attitude. Les affaires sont les affaires, Nick. Tu dois rester professionnel. Garder ton ego sous contrôle. N'oublie jamais que je suis ton manager, pas un de tes fans.

Fans ?

Je regarde dans la limousine, essayant de voir à travers les vitres teintées, mais je n'en suis que plus perplexe.

– Vous êtes *mon* manager ? je dis, bouche bée, certain qu'il s'agit d'une erreur.

– Charmant, ricane Ezer pendant qu'il se renfonce dans son siège en croisant les mains, vraiment charmant, Nick.

Il secoue la tête une fois, une seconde fois, puis enfonce la main dans sa mallette, pour en ressortir une énorme liasse de papiers qu'il me tend.

– C'est quoi ?

– Des contrats, des licences pour des lunettes de soleil, cette publicité au Japon, ton contrat pour ton nouveau livre. On a déjà discuté de tout ça. Signe juste là où j'ai mis une croix.

Le Japon ?

Ce qui sort de ma bouche, c'est :

– J'écris un livre ?

Même si je sais que ce n'est pas vrai – même si je suis à peu près sûr que je me suis endormi à l'arrêt de bus et que je fais ce rêve étrange –, l'idée m'inquiète beaucoup.

Je suis déjà à fond question devoirs, sans parler des devoirs supplémentaires pour lesquels je me suis porté volontaire. Et maintenant il faut que j'écrive un livre ?

– Ne sois pas ridicule, réplique Ezer en secouant la tête comme si j'avais dit quelque chose de stupide. C'est à ça que servent les biographes. Ils font tout le travail. Tu récoltes toute la gloire. Maintenant signe.

Il secoue un de ses énormes doigts en forme de hot dog vers la montagne de papiers sur mes genoux, mais tout ce que je peux faire, c'est fixer ses doigts avec une perplexité de plus en plus grande.

– Pourquoi tu hésites ? Tu as déjà fait ça des millions de fois.

Nick, j'ai *besoin* que tout soit signé avant qu'on arrive à la maison. Le tournage a déjà été retardé à cause de toi, on ne peut pas se permettre de perdre plus de temps.

Je regarde tour à tour les papiers puis Ezer.

– Le tournage ?

– Tu as bu ?

Il s'avance au bord de son siège et colle son visage au mien, ses narines remuant pendant qu'il renifle pour chercher des vapeurs d'alcool.

– Je ne crois pas, dis-je, me demandant si quelqu'un ne m'a quand même pas fait boire quelque chose sans que je m'en aperçoive.

Peut-être que c'est pour ça que je suis coincé dans ce monde bizarre ? Peut-être que la bougie de Plum avait une fumée hallucinogène ? Si je me réveille dans dix heures en priant pour avoir du café et de l'aspirine comme j'ai vu Holly le faire une fois, je saurai que je suis sur une piste, mais pour l'instant je suis aussi perdu qu'Ezer.

– Tu ne *crois* pas ? Il secoue une nouvelle fois la tête comme si c'était une sorte de *private joke* que lui seul peut comprendre. Le Mojo, Nick. La réponse correcte est *toujours* le Mojo. Tu es payé une fortune pour faire la publicité de ce produit, ne l'oublie pas.

– Écoute, dis-je en mettant les papiers de côté. J'ai longtemps rêvé d'un moment comme celui-là, mais maintenant que j'y suis, je ne me sens pas à l'aise. Je pense qu'il y a eu une erreur. Même si c'est un rêve, ça commence à être vraiment bizarre.

Ezer se frotte les yeux avec ses poings d'une manière qui a l'air vraiment douloureuse, puis soupire longuement, comme si je nécessitais une patience qu'il n'a pas.

– Bon, j'ai clairement entendu Josh voter pour moi, mais la dernière fois qu'on a parlé tu as dit que je ne l'avais pas. Tu sais, ce truc indéfinissable qui fait de quelqu'un une star. Tu m'as dit de me rendre service et de me trouver un nouveau rêve. Tu as dit qu'il n'y avait rien de mal à connaître ses propres limites. Tu as dit…

– Vraiment ? Il lève la tête et me regarde avec des yeux rouges injectés de sang. Je t'ai dit tout ça, à *toi* ?

Je hoche la tête. C'est la seule chose dont je suis sûr.

– OK, Nick, dit-il en passant sa grosse main sur son visage, son énorme montre en or m'éblouissant presque. Le truc, c'est que je suis fatigué. Ça a été une longue journée, une longue journée passée à t'attendre, devrais-je dire. Mais si tu ne te sens pas en confiance et que tu as besoin que je te remonte le moral, dis-le-moi. Arrête de jouer à inventer des conversations qui n'ont jamais eu lieu, OK ? Il croise les jambes et passe sa langue sur des dents si blanches et si alignées qu'on les dirait tout droit sorties de l'usine. C'est parti, reprend-il, et il s'éclaircit la gorge comme s'il se préparait pour un long monologue. Nick Dashaway, tu es un artiste immensément talentueux. Dès que je t'ai vu, j'ai su que tu deviendrais une star. Évidemment, tu étais brut de décoffrage, mais rien qu'un peu de coaching ne puisse arranger. Il se trouve que j'avais raison et, grâce à ça, tu es maintenant la plus grande star de moins de dix-huit ans au monde. Tes contrats publicitaires t'ont rendu multimillionnaire, toutes les filles entre huit et quatre-vingts ans t'adorent et ta télé-réalité, « La maison Dashaway », est diffusée partout dans le monde. En fait, ça a tellement de succès que nous sommes sur le point de tourner « Les Douze Jours avant le Noël des Dashaway » et on est tous très impatients. Il prend une profonde respiration. Ça va, c'est suffisant ? Tu te sens assez regonflé pour commencer à bosser ?

Je regarde par la fenêtre le flot continu de maisons, le soleil, les palmiers et une grande pancarte verte et blanche où est écrit

« Tinsel Hills, 34 000 habitants ». Au moment où on passe, je jure que je vois le nombre passer à « 34 001 ».

Je suis en plein rêve. Il n'y a aucune autre explication.

– Maintenant, si tu pouvais juste tenir le coup suffisamment longtemps pour signer ces papiers, je t'en serais éternellement reconnaissant. On a une émission à faire et on est très en retard sur le planning.

Je feuillette l'énorme pile, mais c'est écrit tellement petit et avec des mots tellement compliqués que seuls des avocats peuvent comprendre. C'est peut-être un rêve, mais je ne suis quand même pas sûr de vouloir signer quelque chose qui m'engage légalement.

– Est-ce que mes parents ne devraient pas regarder ces documents avant moi ? Tu sais, juste pour être sûr qu'il n'y a pas de problème ?

Vu la tête d'Ezer, c'est la remarque de trop.

Ses traits se creusent. Ses mains serrent ses genoux tellement fort que ses articulations ont l'air de vouloir transpercer sa peau.

– Tes parents ? Très drôle, Nick. J'espère que tu t'amuses bien parce que moi, pas du tout. Tes parents travaillent pour toi, ils sont employés par l'émission. Ils n'arrêtaient pas de poser des problèmes alors on a demandé ton émancipation. C'est moi qui t'aide à présent. Allez, au travail maintenant. On est presque arrivés à la maison et les caméras sont prêtes à tourner. Où est ce stylo hors de prix que je t'ai donné ?

Stylo hors de prix ?

Le stylo le plus cher que je possède est en plastique blanc marqué du logo rouge et vert « Droguerie Dashaway ». C'est certainement le moment où je vais me réveiller. Aussitôt que je vais me mettre à chercher un stylo que je n'ai pas, la limousine, Ezer, les contrats, la boisson énergisante Mojo, les supposés fans, même le contrat pour un livre, tout ça aura disparu en un éclair et je me retrouverai quasi mort de froid et probablement sans la moitié de mon nez, en train d'attendre le bus à Greentree.

– Poche avant de ton sac à dos, Nick. Dépêche-toi ! On est à deux pâtés de maisons !

Ce fut amusant le temps que ça a duré.

Enfin, un peu.

Je regarde une dernière fois la limousine, le visage contrarié d'Ezer et je fouille dans mon sac à dos. Mes doigts cherchent le stylo qui est habituellement là, celui avec les marques de dents sur les côtés, quand je touche quelque chose de lisse. C'est un de ces stylos très chers, comme ceux qu'on voit dans les films avec des avocats célèbres et des financiers de Wall Street qui signent des contrats à plusieurs milliards de dollars.

C'est le rêve le plus délirant que j'aie jamais fait.

– Super, dit brusquement Ezer en m'arrachant les papiers des mains et en les remettant dans sa mallette, on est arrivés. Tu dois t'habiller et aller au maquillage immédiatement. Tu pourras signer ça demain.

11

HOLLY LA MAGNIFIQUE

– Nick ! Nick, par ici ! Un petit sourire, Nick !

À la seconde où on tourne dans la rue, nous sommes assaillis par une horde de paparazzis qui hurlent mon nom, tapent sur les portières de la limousine, les vitres, le toit, en courant à côté de nous.

Ils me supplient de m'arrêter, de poser pour des photos, de répondre à leurs questions, mais quand je commence à baisser ma vitre, Ezer abat sa main sur la mienne et la referme.

– Tu plaisantes ? Quand est-ce que tu t'es vu dans un miroir pour la dernière fois ? Il secoue la tête. Tu veux vraiment te faire photographier avec *ça* ?

Je baisse la tête pour regarder le pull de Noël de ma mère, instantanément rouge de honte. En partie parce que Ezer a raison, le pull est immonde, et en partie parce que ma mère l'a tricoté avec de bonnes intentions et que penser à quel point il est horrible me fait culpabiliser.

– Je ne sais pas ce que tu as fait, mais on va s'occuper de toi et prétendre que cela n'est jamais arrivé.

Il fronce tellement les sourcils qu'on pourrait sans exagérer croire qu'il fait la grimace.

On tourne dans une longue allée sinueuse bordée de palmiers, de fleurs et de haies. Les grandes grilles en fer se referment derrière nous, gardant les paparazzis à l'écart, mais sans que cela ne les empêche de passer leurs téléobjectifs à travers les barreaux pour prendre des photos. Brusquement, Ezer me traîne hors de la limousine et me pousse à l'intérieur d'une maison climatisée qu'il dit m'appartenir, peu importe que cela ait l'air totalement improbable.

– Pourquoi tu ne monterais pas te changer avant d'aller à la coiffure et au maquillage pour qu'on puisse commencer à tourner ? Ça te va ?

Il sort son téléphone portable de sa poche et commence à s'éloigner.

– Monter ?

Je regarde désespérément autour de moi : les murs couverts d'immenses tableaux colorés, le gigantesque lustre en cristal qui pend au-dessus de nos têtes nous défiant presque d'oser nous mettre sous ses pointes acérées, la table ronde en verre qui ne sert à rien d'autre qu'à poser un vase de fleurs, et c'est juste l'entrée.

– Nick, je vais être honnête avec toi. La voix d'Ezer est tellement énervée que je ne peux pas m'empêcher de trembler. Ton petit jeu a cessé d'être amusant avant même d'avoir commencé. Alors, s'il te plaît, je t'en supplie, monte dans ta chambre et commence à te réinventer. Il y a une équipe tout entière qui t'attend, et je suis sûr qu'ils aimeraient que tu te reprennes pour qu'ils puissent rentrer chez eux avant minuit, reprend-il en se dirigant vers un énorme escalier avec une rampe en fer forgé. Quand tu es prêt, rejoins-nous dans la cuisine, qu'on puisse filmer la scène des cookies. Nick ? Tu me suis ?

– Je ne sais pas cuisiner, je dis, me recroquevillant sur moi-même quand je vois la tête qu'il fait.

– Sans rire. Il secoue la tête et murmure quelque chose d'inintelligible puis pointe du doigt l'escalier. Aujourd'hui, Nick.

Je monte les escaliers quatre à quatre, vu le besoin qu'a Ezer de me voir agir vite, même si je n'ai aucune idée de l'endroit où je vais. Malgré mon statut de célébrité avec un tas de fans, les personnes qui passent à côté de moi sont trop occupées à hurler dans leurs casques pour m'être d'une quelconque utilité.

Quand j'arrive sur le palier, je découvre un long couloir avec de grands murs blancs couverts de gigantesques peintures colorées et plusieurs portes qui ouvrent probablement sur des chambres, mais laquelle est la mienne ?

À Greentree, la chambre de mes parents est tout au bout, donc je me dis que je vais commencer par la porte la plus proche, juste à ma droite. Cela ne ressemble peut-être pas à la maison dans laquelle j'ai grandi, mais il y a généralement une sorte de plan que toutes les maisons suivent pour éviter que les gens ne se perdent.

Je frappe à la porte et immédiatement je me sens bête. Si c'est la porte de ma chambre, il n'y a clairement aucune raison de frapper. Mais il n'y a aucun moyen d'être sûr que c'est ma chambre avant d'ouvrir la porte, et la dernière chose que je veux, c'est me tromper et découvrir quelque chose de totalement embarrassant.

– Nick, enfin te voilà ! On t'a cherché partout. On était tous tellement inquiets. Ça va ?

La voix est familière, mais les mots sont dits avec un tel soulagement que j'ai besoin de me retourner pour être sûr que c'est bien elle, et ce que je vois me fait quasiment halluciner.

Ce n'est pas la Holly que je connais et déteste. Cette Holly est tellement différente que la seule chose que je peux faire, c'est la dévisager. Pour commencer, ses longs cheveux noirs qui masquent toujours son visage ont été remplacés par des boucles blondes vaporeuses qui bougent gracieusement comme si elle était une publicité vivante pour une marque de shampoing. Et au lieu de sa peau blafarde, cette Holly a l'air en bonne santé, comme si elle passait réellement du temps dehors.

Et ne me lancez pas sur sa robe rose et ses talons. On dirait une version poupée Barbie de Holly dans un univers parallèle étrange. C'est comme si la partie sarcastique de son cerveau avait été enlevée chirurgicalement et remplacée par le besoin de sourire.

La main de Holly se pose sur mon épaule et me tire vers une pièce spacieuse tout au bout du couloir avec une grande double porte, des kilomètres de moquette et un énorme lit rond en plein milieu.

– Tu ferais mieux de vite te changer. Tu sais comment Ezer devient.

Elle rentre dans la pièce, prend une pile de vêtements sur le lit et les dépose dans mes bras.

– J'aimerais vraiment qu'on puisse commencer rapidement. Tu te rappelles cette audition dont je t'ai parlé ? C'est aujourd'hui. Souhaite-moi bonne chance !

Une audition ? Depuis quand Holly auditionne-t-elle pour autre chose que le rôle de « sœur la plus pénible », qu'elle a décroché il y a déjà des années ?

Mais quand je la regarde à nouveau, debout devant moi avec un air plein d'espoir, tout ce que je peux faire, c'est marmonner « Heu, OK, bonne chance », puis la regarder sortir aussi vite qu'elle était apparue, pendant que je m'écroule sur le couvre-lit en fourrure (fausse, j'espère) et que je fais le tour de la pièce du regard.

C'est aussi moderne ici qu'en bas. La moquette est blanche, ce qui ne semble vraiment pas pratique, mais vu l'état, quelqu'un sait très bien se servir d'un aspirateur. Les étagères sur le mur du fond ressemblent à de longues lattes en métal flottant dans l'espace et sont remplies de trophées et de photos de moi posant avec des célébrités et des musiciens. Il y en a même une de moi debout à côté du Président où on sourit tellement tous les deux qu'on dirait un concours. Le bureau face à la fenêtre est fait dans une sorte de plastique rigide clair intégré directement au mur et arrive quand même à supporter le poids de tous les gadgets électroniques possibles et imaginables.

Il y a une grande salle de bains et un immense dressing à côté. Sans mentir, si on rassemble ces deux pièces, elles sont plus grandes que toutes nos chambres réunies à la maison.

Ce rêve est tellement précis que c'est presque comme s'il y avait un chef décorateur prêt à intervenir. Eh oui, malgré le fait que je ne me sois pas réveillé au moment de l'histoire du stylo, je penche toujours pour la théorie du rêve. Il n'y a aucun autre moyen d'expliquer cette situation.

Je vide le contenu de mon sac à dos sur le lit, mais au lieu des livres que je transporte habituellement il est plein d'objets qui ne m'appartiennent pas. Pour commencer, il y a des produits de toilette que je n'utiliserais jamais dans la vraie vie, comme de l'huile pour le visage et un pot d'un truc appelé Dashaway Do qui est censé être une sorte de gel pour cheveux, comme si j'avais ma propre ligne de lotions capillaires. Il y a même un petit tube de brillant à lèvres qui ne m'appartient absolument pas.

Il y a aussi un gros portefeuille en cuir noir bourré de billets de cent dollars et de cartes de crédit noires.

J'enfile les vêtements que Holly m'a donnés et je suis sur le point de mettre le portefeuille (vu que mon nom est sur les cartes de crédit et que c'est un rêve, autant les utiliser, non ?) et mon téléphone portable (au cas où je puisse le brancher) dans la poche arrière de mon jean siglé quand Ezer hurle derrière la porte :

– Ne m'oblige pas à venir te chercher, Nick, je suis sérieux ! Je…

Mais avant qu'il puisse finir, j'ouvre la porte et je passe devant lui à la recherche de la personne en charge de la coiffure et du maquillage. Tant qu'à rêver que je suis une Star internationale, autant en profiter avant que je me réveille.

12

DES LÈVRES SUR TWITTER

Je finis dans un salon qui ne ressemble pas du tout à un salon normal. Et par « pas du tout à un salon normal », je veux dire que ce n'est pas comme mon salon à Greentree.

Ce qui veut dire que c'est un salon vraiment, vraiment cool. Le genre de salon qu'on peut voir dans les maisons de stars. Il y a un écran plat qui prend quasiment tout un mur ; un énorme canapé en U qui a l'air vraiment confortable ; une longue cheminée rectangulaire au milieu du mur avec des petits morceaux de verres brisés à la place des bûches habituelles ; un bar rempli de Mojo, la boisson énergétique que je représente d'après Ezer ; des enceintes de dingue ; et une Xbox qui n'est pas encore sortie.

J'ai à peine le temps de profiter de la vue quand une femme avec des cheveux orange vif et des lèvres assorties me fait signe de m'approcher et me demande de m'asseoir.

– Ta peau est bien.

Elle pince mon menton entre son pouce et son index, tournant ma tête à droite et à gauche, m'inspectant comme si elle était médecin.

– Tu as utilisé l'échantillon d'huile que je t'ai donné ?

Elle me regarde en biais, attendant que je parle, en pinçant mon menton plus fort chaque seconde que je mets à lui répondre.

– Heu, oui, je suppose.

Je repousse ses doigts. Elle rigole sous cape et se met à fouiller dans tout un tas de brosses, de poudres et autres trucs inconnus.

– Eh bien, quoi que tu fasses, ça marche et je suis contente que tu aies suivi mon conseil et que tu ne te mettes plus au soleil. J'attends une carte de remerciements à ton trentième anniversaire.

Elle rigole encore plus. J'ai l'impression qu'elle a le rire facile.

– De toute façon tu n'as pas besoin de grand-chose. Peut-être un peu d'anticerne autour des yeux, une touche de poudre sur le nez et les pommettes pour éviter que tu ne brilles trop, un peu de mascara pour faire ressortir tes yeux noisette et une touche de gloss au milieu de ta lèvre inférieure comme on a fait la dernière fois. Ça te va ?

Elle s'avance vers moi en brandissant une petite brosse qu'elle a trempée dans un pot beige, mais mon premier et unique réflexe, c'est de la repousser.

– Je mets du gloss ?

Je plaque mes mains devant mon visage pour me protéger de son attaque imminente.

– Tes lèvres étaient en tête des tweets monde. Les filles entre dix et quatorze ans les adorent, et je suis là pour leur faire plaisir ! Maintenant ne bouge plus, ne fais pas durer ça plus longtemps que nécessaire.

Cette fois, quand elle revient vers moi, je ferme les yeux et je me rends. Ce n'est pas comme si quelqu'un de Greentree allait me voir maquillé, alors pourquoi ne pas jouer le jeu et voir ce que cela donne ? Quand elle me met un miroir devant la figure et me dit de regarder, je vois une version de moi avec des lèvres brillantes et un nez poudré qui me regarde.

– OK, beau gosse, occupons-nous de tes cheveux.

Elle tourne le tabouret jusqu'à ce que je sois nez à nez avec un homme rempli de tatouages et de piercings qui porte très probablement plus de maquillage que Holly et moi réunis.

– Je te promets que ça ne va pas faire mal !

Il rigole et s'avance vers moi avec un peigne dans une main et une bombe de laque dans l'autre, et la seule chose que je peux faire, vu les circonstances, c'est rester assis et attendre que ce soit fini.

★

Quand je suis envoyé dans la cuisine, tout le monde est tellement occupé à régler les caméras et les lumières que personne ne fait attention à moi, ce qui est un soulagement. Cela me donne le temps d'étudier la scène.

Si j'ai pensé que Holly ressemblait à une étrange version poupée Barbie d'elle-même, ce n'est rien à côté de ma mère, qui ressemble à la sœur Barbie de Holly. Une sœur plus âgée certes, mais de quelques années seulement. Comme si elles partageaient leurs affaires, leurs secrets maquillage et peut-être même leurs ex-petits copains.

La seule raison qui fait que je reconnais ma mère, c'est que Holly l'appelle comme ça – sauf qu'elle ne l'appelle pas vraiment « maman », elle l'appelle « Eileen ». Et comme Eileen est le nom de ma mère à Greentree, il me paraît censé que ce soit aussi son nom ici.

Je dois dire que j'aime bien l'idée d'appeler ma mère par son prénom. C'est quelque chose que je ne pourrais jamais faire à la maison. De plus, c'est impossible pour moi de l'appeler « maman » quand elle n'a pas l'air de pouvoir être la mère de qui que ce soit.

La version Greentree de ma mère s'occupe tellement peu de son apparence que, la plupart du temps, le maximum qu'elle puisse faire, c'est réussir à quitter la maison avec deux chaussures identiques.

Cette version-ci y fait clairement très attention. Ma mère a l'air d'une de ces femmes très riches qui passent leur temps entre les salons de coiffure, les centres commerciaux et la salle de sport. Elle ressemblerait à Mme Turtledove si Mme Turtledove était blonde, bronzée, et avait un corps qui avait été bizarrement comprimé à certains endroits et gonflé à d'autres.

À Greentree, Mme Turtledove est la seule personne que je connaisse qui essaye de ressembler à une riche Hollywoodienne, mais maintenant que j'en ai une vraie devant moi, elle est très loin du compte.

– Nick, salut, Nick !

Ma mère, Eileen, m'appelle de cette façon bizarre et très amicale. Ne vous méprenez pas, ma mère est toujours très amicale, mais c'est une version différente. Elle agit comme si on était les meilleurs amis du monde, pas mère et fils. Ses yeux sont dilatés et excités et sa main fait des petits signes comme Tinsley Barnes en fait avec ses copines.

– Nick ! Enfin ! dit Ezer d'un ton énervé qui fait bondir Eileen à ma défense.

– Ne parle pas à Nicky comme ça ! le réprimande-t-elle.

Nicky ?

Depuis quand ma mère m'appelle-t-elle « Nicky » ?

Nick, quasiment tout le temps.

Nicolas, quand elle est en colère.

Mais jamais, au grand jamais, *Nicky*.

Même pas quand j'étais bébé.

– Je suis sûre qu'il a une très bonne raison pour son retard.

Elle me fait un sourire si encourageant que, même si je suis surpris de l'entendre dire ça, je lui souris instantanément. Ma mère de Greentree ne supporte pas qu'on ne soit pas à l'heure et j'ai toujours espéré qu'elle se détende un peu et qu'elle arrête de faire un drame à chaque petit retard.

Quand je vois mon père, Joe, sa transformation est loin d'être aussi impressionnante que celle d'Eileen et Holly mais cela ne veut pas dire qu'il ressemble, même de loin, à mon père de Greentree.

Les rides de son front auxquelles je suis tellement habitué semblent avoir été repassées au fer et, quand il me fait un signe de la tête et me sourit depuis le fond de la pièce, je ne peux pas m'empêcher de remarquer que ses quelques mèches grises ont disparu, comme si quelqu'un avait trempé un pinceau dans du blond et les en avait recouverts.

On dirait un de ces pères qui passent leur temps dans des conseils d'administration et dans des golfs huppés. Le genre de personne bien trop importante pour mettre les pieds dans un endroit comme la Droguerie Dashaway – il enverrait un de ses nombreux assistants à sa place.

Ses yeux ressemblent toujours aux miens, sauf qu'ils ont l'air beaucoup moins stressés, ce qui est vraiment agréable à voir.

Il me fait un signe depuis l'endroit où il a été placé pour le tournage.

Je lui fais un signe aussi.

Comme les caméras sont prêtes, que le plan de travail de la cuisine déborde de plateaux remplis de cookies tout juste sortis du four et de tout le nécessaire pour les décorer, le réalisateur crie :

– « Les Douze Jours avant le Noël des Dashaway », jour un, scène un, première prise !

Immédiatement c'est le clap de début, qu'il fait avec un appareil noir et blanc, ce qui signifie, si je me rappelle bien le scénario qu'Ezer m'a donné pendant qu'on inspectait mes vêtements pour voir s'il y avait des peluches, que je dois m'avancer vers ma croix sur le sol, serrer Eileen dans mes bras, faire un check à Joe et complimenter Holly sur son collier pour qu'elle puisse le balancer sur son doigt, le montrer à la caméra et donner le nom du magasin où elle l'a acheté.

Ensuite, je dois me pencher pour caresser mon chien, Mister Dasher Dashaway, qui, toujours selon le scénario, rentrera en courant dans la pièce pile au bon moment pour nous rejoindre, Holly et moi, pendant que nous décorerons des cookies, comme les frères et sœurs préférés (et les plus célèbres) au monde, tandis que nos parents nous regarderont avec adoration.

Cela a l'air assez simple et c'est pour ça que tout se déroule sans problème jusqu'à ce que Mister Dasher Dashaway déboule dans la pièce, que ma mâchoire tombe par terre et que mes yeux sortent de leurs orbites.

– Qu'est-ce qui s'est passé ? je grogne, tellement choqué par la vision de mon chien que j'en oublie que les caméras tournent.

Mais *Oh mon Dieu !* Si la transformation en célébrités de mes parents et de Holly est réussie, celle de mon chien est totalement dingue.

La version Greentree de mon chien est plus belle à l'intérieur qu'à l'extérieur, pourrait-on dire. C'est un chien acheté à la SPA de race inconnue, avec un seul œil, des pattes énormes, un pelage noir et blanc parsemé de taches marron, de grandes oreilles et une toute petite queue.

La version célèbre est un petit chien blanc avec pedigree, parfaitement toiletté, dont l'habitat naturel est la poche intérieure d'un sac de couturier.

– Coupez ! hurle le réalisateur, et tout ce qui était en train de bouger s'arrête brusquement.

– Il y a un problème, Nick ?

Ezer me lance un regard pas très éloigné de celui qu'il m'a fait dans la limousine.

– Je…

Je regarde autour de moi. Tout le monde l'observe, attendant que je m'explique.

– Nick ?

Ezer lève un sourcil et tourne ses paumes vers le plafond. Un ultimatum silencieux.

– Non, hum.

J'avale ma salive et je regarde à nouveau Mister Dasher Dashaway, essayant d'accepter son horrible vision. Mais c'est trop me demander, alors je me détourne et je dis :

– Ça va. Tout va bien. Finissons cette scène.

Je me remets sur ma croix pendant que le réalisateur crie :

– « Les Douze Jours avant le Noël des Dashaway », jour un, scène un, deuxième prise ! Du début !

13

DES COOKIES PAR MILLIERS

On est au milieu de la dernière scène de la journée, celle où Holly décore accidentellement ma joue avec du sucre glace et où je me venge en lui faisant une moustache en glaçage rouge. Pendant qu'on sera occupés à se chamailler, Mister Dasher Dashaway sautera sur le plan de travail pour manger des cookies derrière notre dos. Sur ce, mes parents entreront dans la pièce et, au lieu de s'énerver comme la plupart des parents, se joindront à nous.

Je pense que je n'ai pas besoin d'expliquer qu'absolument rien dans cette émission n'est le moins du monde réel.

Chaque moment « spontané » est clairement indiqué dans le script, jusqu'à la petite rampe bien cachée dont Mister Dasher Dashaway a besoin pour sauter sur le plan de travail.

Même si je suis sûr que la version montée de cette scène montrera la bonne ambiance que le public adore, en vrai, Holly a eu une réaction allergique au glaçage qui a fait gonfler son visage. Elle est devenue toute rouge et Mister Dasher Dashaway a mangé tellement de cookies qu'il a vomi partout et a dû être remplacé par sa doublure, dont on se sert régulièrement, m'a-t-on dit.

J'ai compris depuis ce matin que jouer « vrai » dans une télé-réalité est épuisant. Je commence à me demander si je n'avais pas tout faux de croire que ce serait génial de vivre la même vie que Josh Frost.

Oh, et est-ce que j'ai précisé qu'on en est à la treizième prise ?

Mais qui compte ?

Je suis sur le point de crier « coupez ! » dans ce rêve, de remercier tout le monde pour sa participation et trouver le moyen de me réveiller pour retourner à ma vie normale, quand Tinsley Barnes entre.

La *même* Tinsley Barnes que celle de Greentree, mais en mieux si c'est possible. Ses cheveux ont l'air d'avoir été lavés avec de l'or fondu, ses yeux ressemblent à des saphirs précieux. Et pour ce qui est de son corps, eh bien disons juste qu'il est un peu plus… rembourré aux bons endroits.

Mais ce qui me saute aux yeux, c'est la manière dont cette nouvelle Tinsley me regarde. Je veux dire qu'elle me *voit*. Comme si elle faisait exprès de me regarder. Comme si ce n'était pas juste un horrible accident qu'elle regrettait instantanément.

Je prends une profonde inspiration pour me calmer et je la regarde à mon tour. Et là, ses lèvres esquissent un sourire pendant qu'elle se met à fixer ses chaussures.

– Nick, réveille-toi ! C'est à toi ! m'appelle le réalisateur.

C'est très gênant qu'il m'ait surpris en train de fixer Tinsley, mais maintenant que j'ai un public dont je ne me moque pas, je joue si bien que les derniers mots qui sortent de sa bouche sont :

– Et… coupez ! C'est tout pour aujourd'hui !

Tout le monde se met au travail, démontant l'éclairage et les caméras dans une frénésie telle que cela me rappelle le moment où la sonnerie a retenti pour la dernière fois à Greentree. Ce qui, bien sûr, me fait penser à Dougall, la seule personne qui n'a pas encore fait son entrée (en plus de Plum qui clairement n'a pas sa place dans ce rêve), et c'est vraiment dommage parce que ce serait drôle de le voir en célébrité.

J'enlève mon micro, je le jette sur le comptoir et je fonce vers Ezer. Je n'ai rien d'important à lui dire, mais comme Tinsley est debout à côté de lui, c'est la seule motivation dont j'ai besoin.

En plus, cela me donnera une chance de vérifier qu'elle m'a vraiment regardé, parce que, si j'ai raison, je ne vais peut-être pas être si pressé de me réveiller.

Ezer me regarde mais ne dit rien, ce qui rend les choses gênantes, vu que je ne sais pas quoi dire non plus. Je reste planté là comme un idiot, me dandinant d'un pied sur l'autre, en essayant de ne pas trop dévisager Tinsley.

Malgré le fait que je n'arrête pas de me répéter qu'à cet endroit précis et à ce moment précis je suis une Superstar internationale, je suis tellement habitué à être un loser que tout au fond de moi j'agis toujours comme si c'était le cas.

– Tu te souviens de Tinsley ? demande finalement Ezer après un long et douloureux silence. Je crois que vous vous êtes rencontrés il y a quelques années. C'est une de tes plus grandes fans. Il met la main sur son épaule. Elle chante très bien aussi. Peut-être que vous pourriez faire quelque chose ensemble ?

Je lève les yeux en même temps que Tinsley, ses yeux bleu profond rencontrant les miens alors que je marmonne quelque chose qui ressemble vaguement à « Bien sûr, quand tu veux » pendant que le loser en moi fait la danse de la victoire.

Tinsley rougit comme si une vague rose avait éclaboussé ses joues, et savoir que c'est à cause de moi en fait le meilleur moment de toute ma vie.

– Super. Ezer sourit avec l'air le plus heureux que je lui aie vu de toute la journée. J'ai quelques chansons en tête. Peut-être que vous pourriez y jeter un coup d'œil, tous les deux ?

Je hoche la tête comme si j'étais juste d'accord, mais tout au fond de moi la danse continue.

– Nick, tu es libre le reste de la journée et Tinsley, tu as du temps.

– Comme tu veux.

Tinsley baisse les épaules et entrelace ses mains pendant qu'elle se balance d'un pied sur l'autre. Je l'ai vue faire ça des dizaines de fois à Greentree quand elle parle à Mac Turtledove, seulement maintenant elle le fait pour moi.

– Ouais. OK. Pourquoi pas ?

Je hausse les épaules comme la Superstar internationale que je suis. J'essaye de ne pas m'évanouir quand Tinsley se rapproche tellement de moi qu'il n'y a plus que quelques centimètres entre nous.

– Je suis tellement fière que tu veuilles bien prendre du temps pour moi !

Le rose sur ses joues fonce tellement qu'il est impossible d'y résister.

– Je sais à quel point tu es occupé.

Je reste cool et je hoche juste la tête comme pour dire : « Ma vie de Superstar internationale est super occupée, mais j'ai toujours du temps pour les fans comme toi. »

– Je sais qu'oncle Ezer aimerait qu'on ait enregistré quelque chose pour le dernier épisode de Noël, mais c'est toi qui décides, Nick.

La première chose que je me dis, c'est : *Tinsley et Ezer font partie de la même famille ?*

Mais c'est vite remplacé par : *Tinsley Barnes sait comment je m'appelle !*

Elle regarde Ezer pour confirmation, les deux échangeant un regard que je ne comprends pas, mais qu'importe ? Enregistrer une chanson ensemble signifie passer *beaucoup* de temps ensemble. Juste quand je pensais qu'il était temps de partir, ce rêve prend une tournure qui rend les choses vraiment intéressantes.

– Pourquoi est-ce que vous n'iriez pas tous les deux au bord de la piscine ? dit Ezer. Je vais demander à Lisa de vous apporter à boire.

J'ai une piscine ?

Cool !

Même si je n'ai aucune idée de l'endroit où se trouve cette piscine, cela ne m'empêche pas d'emmener Tinsley vers une baie vitrée qui, je l'espère, mène vers le jardin, en lui disant :

– Après toi.

14

LA CLASSE INTERNATIONALE

Il se trouve que mon jardin est une réplique exacte d'un paradis tropical.

Je n'ai jamais été dans des endroits chauds, mais c'est le genre de jardin qu'on s'attend à trouver à Hawaii, Tahiti ou même à Los Angeles.

En ce qui me concerne, je pourrais très bien me retrouver tout à coup au milieu de l'Antarctique que je serais tout aussi heureux.

Avec Tinsley assise à côté de moi, ses pieds se balançant dans l'eau, une pile de nouvelles chansons entre nous, je vous jure que les palmiers, l'immense piscine avec sa rivière et ses trois cascades, le bar, le Jacuzzi, la fausse plage et la grotte font pâle figure en comparaison.

J'essaye de ne pas la dévisager, de juste regarder la pile de chansons, mais c'est dur de se concentrer sur quoi que ce soit quand les yeux de Tinsley sont mi-clos et qu'elle fredonne de sa voix mélodieuse.

– Qu'est-ce que tu penses de celle-là ?

Elle lève les yeux juste à temps pour me voir en train de la dévisager, alors je me mets à fixer la partition qu'elle tient à la main.

– Heu, oui, je réponds, essayant de cacher qu'ici, comme à Greentree, je suis incapable de déchiffrer une partition.

– On essaye ? demande-t-elle. Tu sais, juste pour s'amuser ?

– D'accord. Mais tu commences et je te suis, j'ajoute vite, espérant cacher le fait que je n'ai aucune idée de comment démarrer.

À la seconde où elle se met à chanter, c'est comme si tout le reste cessait d'exister. Ezer avait raison, la voix de Tinsley est incroyable. Elle est douce et en même temps forte, envoûtante, ce qui est étrange parce que c'est le seul défaut de la Tinsley de Greentree. Si les dernières années de concours de chant et de spectacles de fin d'année m'ont appris quelque chose, c'est que Tinsley a une voix affreuse.

Elle me regarde de côté, attendant que je me joigne à elle. Je ne suis pas du tout sûr de ce qui va se passer, mais je m'éclaircis la gorge, je croise les doigts et je me mets à chanter.

Et la vérité est que c'est affreux.

Mais vraiment, vraiment affreux.

Si affreux que Tinsley déraille et je suis sûr que c'est le moment où mon rêve s'écroule.

Sauf que je continue à chanter et qu'après un moment, même si c'est loin d'être génial, c'est assez bon pour finir la chanson sans la massacrer entièrement.

– C'était un peu rauque, rigole-t-elle. On aurait dû s'échauffer.

C'est sympa de sa part de s'inclure mais je crois qu'on sait tous les deux que je chantais comme une grenouille mourant d'une crise cardiaque.

– Malgré tout, elle est pas mal, cette chanson, tu ne trouves pas ?

Ses yeux se mettent à briller pendant qu'elle s'approche de moi et qu'elle pose le bout de ses doigts sur mes genoux.

– Mais c'est vraiment à toi de voir, Nick. Qu'est-ce que tu en penses ? On essaye encore ?

Qu'est-ce que j'en pense ?

Je pense que *Tinsley Barnes a la main sur mon genou ! Tinsley Barnes est en train d'avoir un contact physique avec moi et elle le fait exprès !*

Ce qui sort de ma bouche, c'est :

– Ouais, je vois le potentiel, d'une voix si rauque que je dois m'éclaircir la gorge trois fois pour qu'elle redevienne normale.

Mais cela n'empêche pas Tinsley de garder la main sur mon genou et de le serrer.

Je fais tout mon possible pour rester calme pendant que j'essuie discrètement ma main sur la jambe de mon jean, m'assurant qu'elle sera sèche quand je la mettrai sur celle de Tinsley.

Ce qui est exactement ce que je m'apprête à faire quand quelqu'un surgit derrière moi et dit :

– Lisa m'a dit de vous apporter ça.

La main qui s'approchait de Tinsley retombe à mon côté pendant que mes yeux s'ajustent, comprenant difficilement ce que je suis en train de voir malgré l'alarme qui résonne dans ma tête. *Plum !*

Même dans mon seul rêve parfait, dans mon seul instant parfait, Plum Bailey se débrouille pour tout gâcher.

Et le truc grave, c'est qu'elle a l'air aussi incongrue que l'ancienne Plum, mais d'une autre manière.

Au lieu d'être blonde et bronzée comme tout le monde ici, elle est aussi pâle que d'habitude et habillée presque tout en noir, avec les cheveux teints en noir aussi. Les bagues sont parties, laissant une rangée de dents blanches parfaitement alignées à leur place. C'est une version moderne et rock de Plum, et malgré tout c'est toujours Plum.

Tinsley se met à regarder son téléphone pendant que Plum prend deux verres de limonade sur son plateau et les pose devant nous.

Ses gros ongles vernis noirs tapotent impatiemment sa jambe pendant qu'elle me regarde en demandant :

– Vous avez besoin d'autre chose ?

La question est simple. Je devrais pouvoir répondre sans hésitation, mais je suis tellement scotché par son look, sans parler de la possibilité qu'elle travaille pour moi, que tout ce que je peux faire, c'est rester assis à la fixer.

Je ne peux pas me permettre d'avoir Plum dans les parages me suivant comme un toutou.

Elle va tout faire rater.

Je dois l'avoir dévisagée trop longtemps, parce que tout à coup Tinsley se lève en disant : « Heu, je pense que je devrais partir », en nous jetant tour à tour un regard à Plum et à moi.

– Quoi ? Non, ne pars pas ! je dis, passant de cool à désespéré si vite que je devrais avoir honte, mais je m'en moque. Elle est juste…

Je montre Plum du doigt, n'ayant aucune idée de la manière de finir cette phrase. Je sais qui elle est à Greentree mais je n'ai aucune idée de qui elle est ici.

Plum se renfrogne, souffle dramatiquement et se précipite vers la maison comme si elle ne pouvait pas s'éloigner assez vite.

Je me retourne vers Tinsley, sans comprendre ce qui vient de se passer mais totalement prêt à la supplier si nécessaire, quand je réalise que ce n'est pas elle qui a mal compris, c'est moi.

Il y a un garçon en train de traverser la pelouse pour venir vers la piscine qui ressemble étrangement à Mac Turtledove, et vu la manière dont lui et Tinsley se regardent, il est clair qu'il est la raison de son départ précipité.

Son visage s'éclaire quand elle le voit, puis elle se tourne vers moi et dit :

– Si ça te va, je demanderai à Ezer de réserver le studio.

Le mieux que j'arrive à faire, c'est hausser les épaules et faire comme si je m'en fichais, mon cerveau complètement occupé par le fait que mon rêve vient de tourner au cauchemar.

Comme Tinsley, le relooking de Mac tient plus à quelques améliorations qu'à des changements drastiques comme pour mes parents et Holly.

Mais comme pour Tinsley, il n'y avait pas grand-chose à améliorer.

Les différences sont quand même là. Comme les quelques centimètres supplémentaires. Les muscles en plus qui ont l'air d'être collés sur ceux qu'il avait déjà et son air cool qu'on voit de très loin.

Et le pire, c'est qu'il n'avait même pas besoin de tout ça.

– Salut, bébé.

Il enlace Tinsley, la serre contre lui et à la manière dont elle lui sourit, je me demande si ce n'est pas son rêve plutôt que le mien.

Tinsley tient les partitions serrées contre sa poitrine, l'air un peu mal à l'aise quand elle dit :

– Nick, Mac. Mac, Nick, sa magnifique tête se tournant de l'un à l'autre.

– Pas mal, dit Mac en regardant mon jardin comme s'il planifiait le jour où il vivra dans un endroit plus grand et d'où Tinsley ne voudra jamais partir.

– Heu, dit Tinsley d'une voix qui pourrait être adorable dans d'autres circonstances, on se voit bientôt ?

Je hoche la tête, espérant avoir l'air de ne prendre aucun engagement, mais ça ne trompe personne. Et comme si ce n'était pas suffisant, je décide d'attraper mon téléphone dans la poche de mon pantalon et de regarder mes messages sur un téléphone qui ne fonctionne plus.

Et ne pensez pas qu'ils ne remarquent pas ça non plus.

Encore une fois c'est bien joué, la classe internationale !

Quand ils sont enfin partis, je retourne dans la maison à la recherche d'une des nombreuses personnes qui semblent travailler pour moi, pour leur demander de me préparer un café extra fort.

Il est temps de se réveiller.

15

STARBUCKS EXPRESS

La première chose que je vois en arrivant dans la cuisine, c'est Plum qui parle à Dougall. Seulement, il me faut un instant pour réaliser que c'est Dougall parce qu'il a l'air d'un hipster de Hollywood qui ne saurait absolument rien sur le yeti, les soucoupes volantes ou les trous noirs.

Sa coupe à la Einstein est aplatie. Il porte un jean noir slim qui ressemble beaucoup au mien et une chaîne en cuir autour du cou avec un crâne en argent comme pendentif. Avec ses oreilles percées de plein de petits anneaux en argent et son T-shirt noir moulant des muscles que le Dougall de Greentree ne possède pas, il est définitivement en course avec Mister Dasher Dashaway pour le prix du Relooking le Plus Surprenant.

– Hey, Nick.

Il tourne la tête vers moi, ce qui fait tomber ses cheveux devant ses yeux.

Je hoche à peine la tête. C'est sûr que c'est sympa de voir mon meilleur ami depuis la maternelle ressembler à une star de cinéma, ce qui était exactement ce que je voulais pour lui. S'il s'était habillé comme ça à Greentree, on aurait été populaires facilement, mais ici, à Tinsel Hills, où presque tout le monde a l'air d'avoir un styliste, cela ne me sert à rien. Tout ce que je veux, c'est un triple espresso pour que je puisse enfin me réveiller, parce que se faire éclipser par Mac Turtledove dans la vraie vie, c'est une chose, mais dans un rêve, c'est vraiment cruel.

– Où est-ce que je peux trouver du café ?

Je pose la question à Plum, étant donné qu'elle semble parfaitement à l'aise dans ma cuisine.

Elle lève les yeux de son magazine comme si cela lui demandait un effort incroyable de me regarder.

– Ma mère revient dans une minute. Elle est partie au supermarché faire des courses pour toi.

Sa voix est aussi méprisante que son visage.

Je reste debout bouche bée, sans savoir ce qui me surprend le plus : le fait qu'elle a vraiment, vraiment (mais vraiment) l'air de me détester ou le fait que sa mère soit en train de m'acheter à manger.

Je me souviens que la mère de Plum s'appelle Lisa, donc je me dis que c'est la même Lisa qui lui a dit de nous apporter de la limonade à Tinsley et à moi. Elle doit être mon chef cuisinier ou quelque chose comme ça, ce qui est plutôt cool quand on y réfléchit.

Le problème, c'est que cela doit obliger Plum à passer beaucoup de temps dans ma maison et qu'elle doit m'en vouloir à mort. Je n'arrive pas à comprendre pourquoi j'aurais inclus quelque chose d'aussi horrible dans mon rêve.

À part peut-être pour le fait que j'ai toujours espéré que Plum arrête de m'aimer autant.

Ce qui, si c'était le cas, compterait comme un autre vœu exaucé.

Le truc, c'est que si tous mes vœux se réalisent, je pose encore une fois la question : *Que fait Mac Turtledove ici ?*

– Si t'as besoin de café, on va aller au Starbucks, mec.

Dougall passe la main dans ses cheveux et s'éloigne du comptoir comme si c'était une affaire réglée.

– Il y a un Starbucks ?

Je regarde si une caméra tourne quelque part, me demandant si c'est encore du placement de produit, comme avec le collier de Holly.

Ce rêve vous est présenté par le collier cœur en argent de chez Tiffany et le Frappucino caramel de Starbucks !

Une seule journée sur le tournage de ma télé-réalité et je suis déjà désabusé et cynique.

– Ben ouais, choisis un coin de rue, n'importe quel coin de rue.

Dougall secoue la tête et rigole comme si j'avais fait une blague, pendant que Plum feuillette les pages d'un magazine. Elle fronce les sourcils quand elle tombe sur une photo de moi, mais s'arrête sur celle d'un chanteur filiforme tatoué avec une expression douloureuse sur la figure, comme si elle pouvait le regarder jusqu'à la fin des temps.

– Plum, tu viens ? demande Dougall avant que je puisse l'en empêcher.

Elle rigole et lève les yeux au ciel.

– La prochaine fois, lui répond-il, ce qui la fait encore plus rigoler.

– C'est loin à pied ?

J'essaye de décider s'il faut que je prenne une veste ou pas.

– À pied ? dit Dougall en me regardant comme si j'avais dit quelque chose de délirant. Elle est bien bonne. Il secoue la tête et échange un regard plein de sous-entendus avec Plum. Pourquoi on marcherait alors que Sparks adore nous conduire ?

– Sparks ?

Malheureusement je l'ai dit à voix haute, point d'interrogation compris.

C'est pour ça que le chauffeur-garde du corps avait l'air si familier, il ressemblait à Sparks. Enfin, s'il avait grandi de trente centimètres et pris cinquante kilos de muscles.

– Ouais, Sparks. Qui d'autre ?

J'essaye de me justifier, mais j'échoue lamentablement.

– Je vais juste, heu… aller le voir et… lui dire de préparer la limousine.

Je me précipite hors de la pièce pour ne pas voir l'expression sur leurs visages.

Je ne suis pas assez rapide pour ne pas les entendre rire.

16

RETRAITE ANTICIPÉE

– Je ne sais pas comment elle fait, mais chaque fois que je la vois elle est de mieux en mieux, dit Dougall en s'allongeant sur la banquette en cuir, les pieds posés sur le rebord de la vitre teintée, faisant de l'arrière de ma limousine son propre salon privé.

– Qui ?

Je ferme la vitre de séparation avec Sparks. Un peu pour qu'il n'entende pas notre conversation, mais surtout pour que j'arrête de le fixer. C'est tellement bizarre de le voir tout plein de muscles.

– *Qui ?* demande Dougall en secouant la tête pendant qu'il prend son téléphone et regarde ses textos. Comment ça, *qui* ? Plum Bailey, voilà *qui* !

Je m'appuie sur le dossier de mon siège, essayant de comprendre ce qu'il me dit. OK, cette version de Plum est un peu mieux que la version de Greentree (en plus effrayante) mais quand même, il n'est pas sérieux ?

Est-ce que cela veut dire que le vrai Dougall de Greentree aime *réellement* mais secrètement la *vraie* Plum ? Est-ce que c'est pour ça qu'il insiste pour qu'elle traîne avec nous comme si on était encore à la maternelle et qu'il pense que c'est parfaitement normal d'être ami avec quelqu'un comme elle ? Est-ce qu'il a été amoureux d'elle tout ce temps sans me le dire ?

Je l'étudie de près, essayant de deviner, et je décide immédiatement que ce n'est pas possible. Le Dougall de Greentree est immunisé contre les filles. Cette nouvelle version doit vraiment avoir des goûts bizarres.

– Je ne sais pas comment tu peux te retenir en étant à côté d'elle toute la journée. Elle est tellement distante. Elle croit qu'elle est mieux que nous. Ça me rend fou !

– Vraiment ? Plum pense qu'elle est mieux que nous ?

Dougall abandonne son téléphone suffisamment longtemps pour prendre une canette de Mojo dans la poche réfrigérée placée le long de la banquette arrière. C'est la seule chose disponible avec de l'eau, et je ne peux pas m'empêcher de me demander si je les ai gratuitement vu que, d'après Ezer, ils me paient une fortune pour faire leur publicité.

Il ouvre la canette et prend une longue gorgée.

– Heu, ouais. Il s'essuie la bouche du revers de la main. Ça me fait de la peine de te le dire, mais elle te considère comme le pire des vendus.

– Quoi ? Pourquoi ? Parce que je n'ai pas la moitié du visage couvert de tatouages et d'eye-liner ?

Je secoue la tête et lève les yeux au ciel. C'est bien Plum, de ne pas comprendre que j'essaye de faire rêver les gens avec ma musique, et pas de leur faire peur comme le rocker famélique sur lequel elle bavait.

– Non, parce qu'elle pense que ta musique est « commerciale, fausse et de la merde », ce sont ses termes. Elle était en train de m'expliquer sa théorie quand tu es entré dans la cuisine.

Je fronce les sourcils. Je ne peux pas m'en empêcher. Même si je n'en ai absolument rien à faire de Plum, personne n'aime être critiqué.

– On s'en fout, mec, dit Dougall en haussant les épaules. Laisse les gens négatifs être négatifs. Tu es en train d'en faire une jaunisse ! J'ai raison ou j'ai raison ?

Il se penche vers moi, tentant un check de la main, et même si je n'ai pas vraiment le cœur à ça, je le fais avec autant de faux enthousiasme que possible.

Durant le reste du trajet, Dougall reste collé à son téléphone pendant que je regarde par la fenêtre, tentant de comprendre ce monde où les palmiers sont enrubannés de guirlandes lumineuses rouges et blanches pour les faire ressembler à des sucres d'orge et où Plum Bailey me fuit au lieu que ce soit l'inverse.

Sparks entre dans le drive-in du Starbucks, en marmonnant quelque chose sur mon intimité et le fait de ne pas provoquer de scène d'hystérie en faisant la queue dans le café. Tout ce que je vois, c'est que la limousine tient à peine dans l'allée, mais Sparks est un pro et, avant qu'on ait eu le temps de dire ouf, Dougall et moi sirotons notre café offert par la caissière, qui a totalement craqué quand je suis apparu par le toit ouvrant et que je lui ai fait un signe de la main.

Je ferais aussi bien de profiter des bons côtés de ce rêve tant que je peux.

Le problème dont je viens juste de m'apercevoir, c'est que, si c'est bien un rêve, cela veut dire que je me suis endormi à l'arrêt de bus, et que si je ne me réveille pas vite, je vais probablement mourir de froid.

– Pas mal, remarque Dougall en prenant sa paille qu'il commence à mâchouiller. C'est quand, la dernière fois que tu as payé pour un truc comme ça, ou autre chose en fait ?

– J'ai signé sur son bras, quand même. C'est un bon deal, non ?

Je souffle sur mon gobelet en carton et je prends une première gorgée hésitante, tellement mauvaise que je ne peux pas m'empêcher de grimacer.

– Tu es vraiment sérieux, pas de lait ni de sucre ? Dougall montre mon gobelet avec sa paille. Mec, c'est un quintuple espresso. C'est beaucoup de caféine.

– Je ne veux pas la diluer, je réponds, sans même savoir si c'est possible étant donné que je ne suis pas un buveur de café régulier.

En fait, je déteste ça mais je me suis dit que c'était le meilleur moyen et le plus rapide de me réveiller, ce que je suis toujours déterminé à faire, vu que j'ai déjà essayé de me pincer. Il faut être clair, c'est ça ou la mort par hypothermie.

Je me force à prendre une autre gorgée, puis quelques autres, parfaitement conscient que plus tôt j'aurai fini ce café, plus tôt je serai de retour sur mon banc à l'arrêt de bus de Greentree, probablement avec des engelures, mais au moins cela voudra dire que je ne suis pas mort.

– Jonah fait une soirée. Dougall me montre son téléphone et je regarde des échanges de textos que je n'arrive pas à lire. Tu crois qu'on devrait y aller ?

Son expression redevient sérieuse, comme si c'était une décision lourde de conséquences, qui devait être mûrement réfléchie. La seule chose que je me demande, c'est si le *Jonah* dont il parle est *Jonah*, le super célèbre acteur-mannequin qui fait toutes les couvertures de magazine.

– Bon, c'est vrai que sa dernière soirée n'était pas terrible. Je suis pas sûr qu'on doive retenter l'expérience.

Dougall tapote son menton avec sa paille, en regardant fixement son écran de téléphone, comme si la réponse était cachée dedans.

Je hoche la tête pour faire comme si je me rappelais cette dernière soirée et je prends une autre gorgée en attendant que la caféine fasse effet.

– En même temps, il l'a appelée « le Noël hawaïen » et il a bien dit que c'était un thème hawaïen, ce qui est plutôt génial si tu y penses. Ça va obliger toutes les filles à venir en jupe de paille et en Bikini… Il me jette un regard entendu. Plutôt dur de refuser ce genre d'invitation. J'ai raison ou j'ai raison ?

Il se penche pour un autre check de la main mais j'en ai vraiment marre, donc je dévie la conversation sur le sujet qui m'intéresse vraiment.

– En parlant de, heu, fille canon… tu sais quoi de Tinsley Barnes ?

Dougall plisse les yeux.

– La fille d'Ezer ?

– Sa nièce.

Il réfléchit un instant, ses yeux se rétrécissant tellement qu'ils deviennent quasiment invisibles.

– Ouais, elle est canon. C'est pas Plum Bailey, mais ouais, je vois ce que tu veux dire.

Il se concentre à nouveau sur son téléphone comme si la conversation était terminée mais je commence à peine.

– Oui, mais qu'est-ce qu'on *sait* d'elle ? À part le fait qu'elle soit incontestablement canon et tout ça.

– On ?

– Toi, moi, nous. Peu importe. Qui *est*-elle vraiment ?

– Tu veux dire à part l'évident : une fille canon qui vit avec Ezer ?

Dougall fronce les sourcils comme si lui demander de passer de son baromètre de fille canon à quelque chose de plus conséquent lui demandait un effort trop important.

– Oui, c'est quoi son histoire, par exemple ? Ses centres d'intérêt ? Est-ce qu'elle sort avec quelqu'un ?

La dernière question est posée comme si je venais juste d'y penser, comme si ce n'était pas important et la seule raison pour laquelle j'ai commencé cette conversation.

Dougall prend une expression quasiment ennuyée.

– Je sais pas, mec. Pourquoi tu ne demandes pas à Ezer ?

– Parce que je ne peux pas.

Il me regarde.

– Tu sais comment est Ezer. Il est toujours sur mon dos.

Je réponds ça vu que je ne peux pas dire la vérité : que je commence à sentir les effets de mon quintuple espresso, ce qui veut dire que je ne vais plus rester très longtemps dans ce rêve et que bientôt tout ça n'aura plus d'importance.

Dougall rigole et lâche son téléphone. *Enfin.*

– On fait une chanson ensemble, je lui dis. Tinsley et moi.

J'aime comment ça sonne, « Tinsley et moi », alors je le répète encore dans ma tête.

– T'es sérieux ? Tu penses que c'est bien pour ta carrière ?

Je suis pris au dépourvu par sa question. Honnêtement, je n'y avais pas pensé. Tout ce qui m'importait, c'était d'avoir une raison de passer du temps avec Tinsley. Tout le reste n'avait pas d'importance.

– Tu ne penses pas que c'est bien pour ma carrière ?

– Je pense que tu tombes exactement dans ce que Plum décrivait. Ils te trouveront encore plus commercial que tu ne l'es maintenant. Il ricane et ajoute : En même temps, tu es sûr d'augmenter considérablement ton compte en banque. Les gens adorent toujours les duos et si tu en fais un suffisamment mièvre, tes fans seront ravis.

Banque.

Image.

Critiques d'une fille gothique autour d'une table de cuisine.

Est-ce que c'est vraiment le monde dont j'ai toujours rêvé ?

– En y repensant, les chances d'impressionner tes détracteurs sont nulles, donc tu devrais probablement le faire. Si tu t'y prends bien, tu pourras être à la retraite à dix-huit ans, et tout ça n'aura plus d'importance, non ?

– La retraite à dix-huit ans ? Et je fais quoi après ?

C'est dans seulement cinq ans et la manière dont il le dit, comme si j'étais certain d'être oublié d'ici là, me fait l'effet d'une balle de revolver m'arrivant droit dessus.

– Je sais pas, que font les autres has been ? Ils font des cures de désintoxication, attendent une chance de passer à la télé, restent assis des heures sur le canapé de leur psy en pleurant sur ce qu'ils auraient pu être ? dit-il en rigolant.

– Un duo pour Noël, un seul, et tu me décris déjà comme un has been ?

Dougall s'agite sur son siège et se penche vers moi comme un médecin sur le point de diagnostiquer une maladie grave sans traitement possible.

– Ça m'embête d'être celui qui te l'apprend, mec, mais tu étais destiné à devenir un has been depuis le premier jour.

La manière dont il le dit, la manière dont il me regarde, fait que je ne peux pas m'empêcher de me demander s'il ne sait pas que tout cela n'est qu'un rêve étrange. Peut-être qu'il est dans le coup.

Mais quand il dit « Donne-moi le nom d'une star ado qui a réussi à durer », je sais qu'il veut juste marquer le coup.

Ce n'est pas comme si je me torturais le cerveau pour trouver un nom, je ne suis pas assez vieux pour connaître assez de monde. En même temps, je n'arrive à penser à personne.

– Exactement. Dougall sourit, clairement très satisfait d'avoir raison. Alors pourquoi ne pas accepter l'inévitable et te faire plaisir tant que ça dure ?

17

JUST DO IT

J'ai fini par m'habituer au goût du café et je ne déteste plus ça. Maintenant, ma tasse est vide, mon cerveau vibre, mon corps tremble comme s'il avait reçu une énorme dose d'adrénaline et je suis toujours dans la limousine, toujours dans ce rêve.

La seule différence, c'est que maintenant je m'en moque.

Dougall a raison.

Je dois me détendre et en profiter tant que cela dure.

Parce que, bon, quand même. Je suis une Superstar internationale avec un énorme compte en banque (comme dirait Dougall) et tout ce que je fais, c'est tenter de retourner dans un endroit où je suis un Intello boutonneux avec 132,59 dollars sur mon compte (grâce au chèque de Noël de ma grand-mère plus les intérêts).

Cela n'a aucun sens.

Sans parler du fait que plus je passe de temps avec cette nouvelle version de Dougall, plus je l'apprécie.

D'abord, il n'a rien à voir avec le Dougall de Greentree. Il est un million, un milliard, mille milliards de fois plus cool.

Ensuite, il a apparemment plein de numéros de stars. Bon, je suppose que techniquement ce sont mes numéros de téléphone, mais Dougall sait quoi en faire.

De plus, il sait s'amuser. Vraiment s'amuser. Pas le genre où on mange des chips en regardant des vieux documentaires sur Roswell assis sur un canapé recouvert de poils de chat. Cela fait un bon moment qu'on est ensemble et je ne l'ai pas entendu mentionner une seule fois le yeti, les trous noirs ou des théories complotistes. Le Dougall de Greentree ne tiendrait pas aussi longtemps sans parler d'un de ces trucs.

À en croire Dougall, qui est une autorité en matière de vie de célébrités, il est beaucoup trop tôt pour arriver à la soirée de Jonah. Apparemment, il n'y a qu'un loser pour se pointer dans les trois heures après le début d'une soirée, alors on décide d'aller manger un hamburger pour éponger la caféine.

Sparks est très bon pour éviter les paparazzis, ce qui n'est pas évident quand on conduit une limousine. Pourtant, même si on arrive sans une horde de photographes accrochés à nos basques et même si Sparks fait au préalable le tour du restaurant et consulte le manager pour qu'on ait les meilleures places, à la seconde où on entre, c'est le chaos total. Tout le monde sort son téléphone portable pour me prendre en photo pendant que le manager nous dirige vers une table privée à l'arrière du restaurant.

Sparks insiste pour monter la garde debout à côté de notre table. Il se tient droit, les pieds plantés largement dans le sol, sa tête faisant des allers-retours de droite à gauche, comme s'il cherchait des assassins potentiels. C'est plutôt cool d'avoir mon propre garde du corps, mais cela me gêne vraiment de l'avoir à côté et qu'il entende nos conversations. Je lui ordonne d'aller faire un tour, de manger un morceau, peut-être même de lire quelques chapitres de *Sa Majesté des mouches*, une blague qui tombe à plat, vu qu'il ne sait pas qu'à Greentree il nous a donné ce livre à lire.

Au début, il hésite, mais quand je lui lance une poignée de billets et que je lui demande carrément de dégager, il se décide. Pendant que je le regarde s'en aller, je me dis que c'est plutôt sympa de dire à un prof ce qu'il doit faire.

À la seconde où il part, notre table est envahie par des filles qui se jettent littéralement sur moi. Elles attrapent mon T-shirt, passent leurs mains dans mes cheveux, ce qui, pour une raison que je ne comprends pas, les fait couiner, tout en me disant à quel point elles m'aiment, qu'elles pleurent non-stop en écoutant ma musique, qu'elles ont des photos de moi accrochées partout dans leurs chambres et dans leurs casiers à l'école. Elles me demandent de dédicacer leurs serviettes et leurs T-shirts. Il y en a même qui me demandent de signer sur leur corps (surtout des bras, des jambes et des mains, sauf pour un front, ce qui me semble un peu bizarre).

Au début, c'est vraiment sympa. Ça sert à quoi d'être une Superstar internationale si on ne peut pas passer un peu de bon temps avec ses fans ? Et ce n'est pas comme si Dougall était en reste, vu qu'elles prennent aussi des photos de lui (avec un peu moins d'enthousiasme quand même).

Mais il ne me faut pas longtemps avant de réaliser que chacune de ces filles a envoyé un texto à tous ses contacts, parce que d'un coup le restaurant est rempli de fans et de photographes qui ne commandent rien à manger, ce qui énerve vraiment le manager et les serveurs. Du coup, je me retrouve à devoir demander à Sparks de revenir pour qu'il nous escorte jusqu'à la limousine où on s'installe pour manger nos hamburgers.

– C'est tellement mieux ! dit Dougall. C'est pas comme si tu pouvais incliner ton fauteuil et mettre tes pieds sur la table au restaurant.

Il appuie sa tête sur son siège, regarde le ciel et mâche pensivement.

– Peut-être que je devrais ouvrir un restaurant, je dis, la bouche pleine de frites. Un endroit où au lieu d'avoir des tables on aurait des sièges inclinables et des plateaux qui sortent des accoudoirs, et où au lieu d'être face à quelqu'un on ferait face à des écrans individuels où on pourrait regarder ce qu'on veut.

Je rigole comme si c'était une blague, mais en fait je suis super sérieux. C'est une idée qui pourrait vraiment marcher. En plus, à quoi cela sert d'avoir autant d'argent si je ne m'amuse pas avec en construisant des endroits cool où je peux passer du temps avec mes amis ?

– Mec, c'est génial ! dit Dougall en prenant une grande gorgée de son soda et en faisant des bruits de succion affreux quand sa paille racle le fond de son gobelet. Tu pourrais l'appeler Le Salon. Mais il n'y aurait pas d'enseigne. Il y aurait une entrée secrète et un numéro de téléphone secret aussi. Ce sera l'endroit le plus cool de la ville, les gens se battront pour réserver un siège inclinable ! Tu seras encore plus riche que tu ne l'es maintenant !

J'essuie du ketchup sur mon menton et j'acquiesce. Je ne comprends pas vraiment l'idée de ne pas avoir d'enseigne, ni de l'entrée secrète et du numéro secret parce que sans ça les gens ne trouveront jamais, mais j'ai déjà décidé de passer quelques coups de fil demain pour faire démarrer ce projet.

Je suis surpris de la rapidité avec laquelle on s'habitue à être riche. Je me suis toujours dit que cela devait prendre du temps, mais en quelques heures j'ai déjà lancé un business. Pourquoi s'arrêter là ? À quoi ça sert d'avoir un portefeuille bien garni si on ne le vide pas un peu ? J'ouvre la vitre de séparation et je dis à Sparks de nous conduire chez le concessionnaire Ferrari le plus proche.

Dougall jure que cela n'aura aucune importance qu'on n'ait pas l'âge légal pour conduire. Il dit qu'une fois qu'ils nous verront, moi en particulier, ils fermeront le showroom à tous ces pauvres rêveurs et ils nous donneront les clefs.

– Ils nous fileront même des produits Ferrari gratuitement, comme des T-shirts et des tasses à café, vu que chaque fois que tu sortiras avec un de ces trucs tu leur feras de la pub.

Ça me va. En fait, ça me va même très bien. C'est parfait. C'est pour cela que je suis tellement déçu quand on arrive devant le concessionnaire et qu'il est fermé.

Comme on ne peut pas essayer de Ferrari, on décide de faire le deuxième truc le plus cool. On dit à Sparks de nous emmener dans un centre commercial qui a un Apple Store, une boutique Nike et un Micromania, ce qui n'existe pas à Greentree. Là-bas, il faut traverser au moins trois villes avant de trouver un centre commercial et, même là, il n'y a qu'un seul de ces magasins. Mais ici, à Tinsel Hills, cela existe et c'est fantastique. Je ne sais même pas comment l'expliquer, à part dire que c'est trois étages de pur bonheur, avec tous les magasins dont on peut rêver, tous décorés pour Noël. Il y a même un gigantesque sapin qui commence au premier étage et monte jusqu'au troisième avec des milliers de décorations et, quand je découvre le village de Noël, je ne peux pas m'empêcher d'être bouche bée.

Quand j'étais petit, l'endroit où ma mère nous emmenait, Holly et moi, pour faire notre photo annuelle avec le Père Noël m'a toujours fait penser à un arrêt de bus recouvert de papier d'aluminium rouge et vert. Ce n'était pas très festif. Mais là, c'est un vrai village avec une forêt de faux sapins couverts de neige et un petit chalet en bois où le Père Noël attend que ses elfes lui amènent des enfants qui s'assoient sur ses genoux pour lui dire leurs souhaits pour Noël.

– Tu devrais y aller, me dit Dougall quand il me voit les fixer.

– Quoi ? Non !

Je suis gêné qu'il m'ait surpris.

– Sérieux, mec, une photo comme ça ferait exploser ton Twitter et ton Instagram ! Tes fans deviendront folles, tu battras le record de retweets, c'est sûr.

J'essaye d'entraîner Dougall et de me diriger vers l'Apple Store pour que je puisse m'acheter un nouveau téléphone, en lui disant qu'il n'y a pas moyen que je m'asseye sur les genoux du Père Noël, mais il est déterminé à me convaincre.

– Qui a parlé de s'asseoir sur ses genoux ? dit Dougall en faisant une grimace. Tu te comportes comme un mec et tu te mets à côté de lui. Tu lui dis que ton nom est un hommage au sien. Ça devrait lui faire plaisir.

– Depuis quand le Père Noël a besoin que je le rende heureux ? Être heureux, c'est un peu son job.

– Peut-être, mec, rigole Dougall, mais c'est quand même une bonne opération de communication. Sans parler des dirigeants du centre commercial qui feront tout pour te remercier, surtout si tu les inclus dans ton hashtag.

Malgré la pertinence de ses arguments, le risque de se retrouver dans une situation gênante est très grand.

Mais encore une fois, Dougall a l'air de savoir de quoi il parle quand il s'agit de ce genre de truc.

Avant que je m'en aperçoive, je suis entouré d'elfes surexcités qui me font passer devant des enfants qui hurlent et des mères qui me jettent des regards noirs. Ils m'amènent au Père Noël, qui me dit qu'il est mon plus grand fan, pendant qu'on met chacun un bras sur l'épaule de l'autre et qu'on sourit pour la photo. Une fois que c'est fait, Dougall et moi, on va à l'Apple Store où j'achète un nouveau téléphone et des tas d'autres trucs que j'ai sans doute déjà, mais c'est toujours bon d'avoir des réserves.

Dougall prend plein de trucs aussi et je paye tout avec ma

carte de crédit. Après tout, ça sert à ça d'avoir des amis riches.

Mais quand on est sur le point d'entrer dans le magasin Nike, je m'arrête net.

– Est-ce que c'est…

Ma main se lève et mon index se déplie, semblant être guidé par une force qui lui est propre.

– C'est pour *de vrai* ?

Je pointe le doigt vers une scène tellement incroyable que je ne sais même pas comment la décrire.

Parce que là, juste devant nous, allant du sol au plafond, il y a une immense photo de moi en train de chanter dans un stade plein à craquer de fans hystériques. Et juste devant, il y a un arbre de Noël composé entièrement de baskets blanches décorées d'étoiles dorées avec le logo Nike en rouge et vert, et le meilleur, c'est que ces baskets portent mon nom.

Le panneau dit :

Dashaways !

Le décompte de Noël commence avec une série limitée.
Disponibles seulement pendant les cinq prochains jours.

Le contrat avec le Mojo avait l'air cool, mais ça – *ça !* –, c'est d'un tout autre niveau. C'est Totalement Incroyable.

Je ne peux pas m'arrêter de regarder.

Je suis sur le point de faire une crise de tétanie.

– Ouais, elles sont cool.

Dougall hausse les épaules, pas aussi impressionné qu'il devrait l'être, allant même jusqu'à me jeter un regard comme si j'en faisais trop, comme s'il voyait ce genre de truc tous les jours. Peut-être que c'est le cas, mais pas moi. Il met sa main dans mon dos et m'entraîne à l'intérieur.

– C'est plutôt génial de la part d'Ezer de les lier à ton émission, ta chanson et tout.

– On devrait en acheter ! je dis. On en prendrait une paire pour tous les gens qu'on connaît.

Je suis sur le point de me mettre à chercher un vendeur quand Dougall me retient.

– Mec, j'en ai déjà trois paires. Et tu en as à peu près une centaine. Je ne vois pas pourquoi tu paierais pour des trucs alors qu'on te paye pour les porter. Pourquoi on n'achèterait pas d'autres trucs cool à la place ?

Je traîne des pieds. Malgré tout ce qu'il dit, je pense toujours que c'est incroyable de pouvoir acheter une paire de baskets qui porte mon nom.

C'est pas comme si Josh Frost avait eu des baskets à son nom.

On entre, mais dès que les clients du magasin commencent à me reconnaître, la magie disparaît et, pendant que Dougall est libre de faire son shopping gratuitement, je passe une heure à signer des boîtes de chaussures jusqu'à ce que la pyramide ait entièrement disparu, les clients partant tous avec au moins cinq paires chacun, et que le magasin soit vide.

À notre sortie, on est escortés par une équipe de sécurité du centre commercial, tous parlant discrètement dans leurs oreillettes, assurant notre protection et notre intimité, tout en poussant des chariots remplis de nos achats. Même comme ça, chaque fille qui me voit se met à hurler, à pleurer et à me supplier de poser pour des milliards de selfies.

– C'est pour ça que généralement on laisse ton styliste personnel faire le shopping à notre place, dit Dougall pendant qu'on monte à l'arrière de la limousine et que l'équipe de sécurité charge nos sacs dans le coffre.

J'ai un styliste personnel ?

Pas étonnant que je sois aussi bien sur mes photos !

Mais ce que je dis, c'est :

– Ouais mais parfois c'est bon de sortir. Tu sais, de voir du monde. Ils sont tellement contents quand ils me voient que j'ai l'impression de leur donner…

J'ai envie de dire « de l'espoir », mais ce n'est pas ça.

– Tu leur donnes une bouffée de magie Dashaway, dit Dougall. Une rencontre avec une vraie star. Ce serait vraiment un compliment super s'il ne s'était pas mis à rigoler tout de suite après. Peu importe, mec. En parlant de star, si on allait à la soirée de Jonah voir si les filles ont bien respecté le thème hawaïen ?

Je suis un peu vexé par son humour, mais je décide de ne pas relever. Après tout, ça doit être dur pour Dougall de traîner avec moi, avec tous ces gens qui crient mon nom et pas le sien. J'espère juste que personne à la soirée ne demandera mon autographe. Mes mains ont terminé leur journée.

18

VAHINÉS

– Et nous ? je demande. Est-ce qu'on doit suivre le thème ?

On est en chemin pour la soirée de Jonah et je me sens un peu nerveux. Rencontrer des fans, c'est une chose, ils sont contents quoi que tu fasses, mais rencontrer des célébrités, c'est beaucoup plus compliqué. Enfin, c'est ce que j'imagine, ce n'est pas comme si j'avais de l'expérience.

– Pas de problème, je m'en suis occupé.

Dougall prend un sac à ses pieds et en sort les deux chemises hawaïennes les plus affreuses que j'ai jamais vues. Une rouge et une bleue, mais les deux couvertes des mêmes dessins de vahinés, de fleurs, de surfs, d'arcs-en-ciel et de dauphins portant des lunettes de soleil.

– Je les ai achetées pendant que tu signais des autographes chez Nike. Ne t'inquiète pas, elles sont censées être affreuses, c'est le but. C'est ironique.

J'enfile la chemise par-dessus le T-shirt que je porte déjà, comme ça si Dougall se trompe et que ce n'est pas ironique mais juste embarrassant, je serai prêt à l'enlever en vitesse et à prétendre que cela n'est jamais arrivé.

– J'ai pensé qu'il valait mieux ne pas en faire trop avec le thème vu qu'il s'agit de notre première soirée de la nuit. On ne sait jamais ce qui peut se passer ensuite.

On descend à peine de la limousine quand je vois une fille portant une jupe en paille et un haut de maillot de bain rose à quelques mètres de moi.

– Mec, c'est pas… je commence à demander, mais avant que je puisse finir, Dougall tire sur ma manche et me traîne vers la limousine.

– Changement de programme.

Il fait de grands gestes à Sparks, sifflant bruyamment pour qu'il revienne, comme on ferait pour un chien, ce que je trouve très gênant.

– Fais-moi confiance, dit-il. Tu ne veux absolument *pas* aller là-bas.

Il regarde par-dessus son épaule et me jette un regard sérieux qui m'intrigue plus qu'il ne m'inquiète.

– Tu dois rester loin d'elle. Depuis que tu l'as larguée pour son ancienne meilleure amie, elle en a après toi. Ce n'est pas parce que tu as une mémoire sélective qu'elle a la même.

Aussi difficile que ce soit d'imaginer un tel monde, apparemment Dougall a raison. À la seconde où elle me voit, ses yeux se rétrécissent, sa bouche se pince et, après avoir murmuré quelque chose à la fille à côté d'elle, elle me fonce dessus juste au moment où Dougall ouvre la portière de la limousine et me pousse à l'intérieur.

– Merci.

Je regarde à travers les vitres teintées, déçu de voir qu'elle a renoncé à me pourchasser et se contente de fixer la voiture d'un regard noir. J'avais envie de voir ce que cela faisait d'être l'acteur principal d'un grand drame romantique – ou de n'importe quel drame impliquant une fille en colère qui n'est pas ma sœur.

– C'est pour ça que je suis là. Dougall s'assoit à côté de moi. Pense à moi comme à ton meilleur ami-agent artistique.

Je le fixe, quelque peu sonné par ses mots. C'est exactement le genre d'ami dont j'ai toujours rêvé, exactement le genre d'ami que je voulais que le Dougall de Greentree soit. Quelqu'un qui comprenne vraiment la valeur de la popularité et ce que cela implique de la conserver.

– Bon, on fait quoi maintenant ?

Je regarde à travers le pare-brise arrière une foule de gens se diriger vers la maison, déçu de manquer ma première fête avec des célébrités. C'est probablement plus sage de laisser Dougall décider. Il a l'air de connaître ce milieu bien mieux que moi.

– Tout ce qu'on veut. Il s'allonge sur la banquette. Il n'y a pas de limites. Dis-moi quelle est la dernière fois que quelqu'un a dit non au Superbe Nick Dashaway, comme t'ont surnommé les journaux ?

– Heu, il y a quelques heures quand Plum Bailey a dit que j'étais un vendu ?

À la seule mention de son nom, la figure de Dougall s'adoucit.

– Ouais, c'est le truc bien avec Plum. Elle est spéciale. Elle n'est pas comme les autres filles qui traînent chez toi. D'abord, elle n'aime même pas traîner chez toi. Ensuite, elle est impossible à impressionner. C'est ce que j'aime le plus chez elle. Elle est tellement…

Pendant que Dougall est occupé à chanter les louanges (apparemment très nombreuses) de Plum, Sparks freine devant un groupe de filles qui ressemblent à des mannequins, le genre qui porte des ailes d'anges dans les pubs Victoria's Secret et qui se dirigent droit vers la limousine.

– Nick, tu es là ?

L'une d'elles tape à la vitre et regarde à l'intérieur.

Je regarde Dougall, j'hésite sur la marche à suivre. J'ai échappé de justesse à une ex en colère et ça pourrait bien en être une autre. Quand il approuve de la tête, je descends la vitre.

– Je pensais bien que c'était ta voiture. Il n'y a pas beaucoup de limousines avec ton nom sur les plaques d'immatriculation.

Elle me regarde dans les yeux et sourit timidement. Bon, peut-être pas *timidement*. Elle n'a pas vraiment l'air timide. Elle me drague, en fait. Je ne suis juste pas habitué à utiliser ce genre de mots quand il s'agit de moi.

– C'est vraiment une chemise affreuse, mais si quelqu'un peut la porter, c'est toi.

Elle fait voler ses cheveux blonds derrière son épaule comme j'ai vu Tinsley le faire des milliers de fois devant Mac Turtledove et je reste assis à la regarder bouche bée en essayant de ne pas fixer sa jupe en paille et ses noix de coco.

– Tu pars déjà ? demande une des filles brunes.

Elle est habillée exactement comme la fille blonde, sauf que sa jupe en paille est plus courte.

– Cette soirée est nulle.

Le ton de Dougall est tellement condescendant que ça me gêne. On n'est jamais rentrés à l'intérieur donc on ne peut pas être sûrs.

– Je n'irais pas si j'étais vous.

La brunette regarde ses amies pour confirmation avant de se retourner vers nous.

– Vous en connaissez une meilleure ?

Son regard se pose sur le mien.

– Il y en a toujours une meilleure, dit Dougall en souriant. Et s'il n'y en a pas, on en commencera une, pas vrai, mec ?

Il me donne un coup de poing dans l'épaule un peu plus fort que nécessaire puis me jette un regard qui sous-entend que notre futur bonheur dépend de moi.

Je prends une profonde inspiration et je la regarde dans les yeux, comme Josh Frost le ferait, mais en mieux, parce que dans ce monde Josh Frost n'existe pas. J'ai pris sa place.

– On a plein de place.

J'ouvre la portière et je me pousse pendant qu'elles s'entassent toutes à l'intérieur. Je me dis que, comme il n'y a aucune conséquence dans les rêves, je ferais aussi bien de jouer le jeu et de voir où cela nous mène.

19

LE BOWLING

À ma demande, on finit dans un bowling et personne ne se plaint.

Ce n'est même pas un de ces bowlings modernes avec de la musique à plein tube et des lumières bleues. C'est un bowling normal, juste comme je les aime. Le plus surprenant, c'est que tous les autres prétendent l'aimer aussi.

En même temps, pourquoi ils n'aimeraient pas ? Comme dit Dougall, personne ne dit non au Superbe Nick Dashaway.

Je n'ai qu'à dire que le bowling, c'est tendance, et cela le devient.

Sparks nous escorte à l'intérieur, et c'est une bonne chose, parce qu'à la seconde où les autres joueurs me voient, ses qualités de garde du corps sont la seule chose qui m'empêche d'être piétiné jusqu'à ce que mort s'ensuive. Heureusement, le patron nous fait entrer rapidement dans son bureau pour nous protéger pendant qu'il évacue la foule et ferme l'endroit au public. Exactement le genre de solution parfaite qui ne me serait jamais venue à l'esprit, même si cela paraît évident. C'est très agréable d'avoir des fans, mais il n'y a vraiment aucune raison d'être célèbre si on ne profite pas des petits avantages qui permettent d'avoir un peu de paix et d'intimité.

Quand je propose de payer pour le dérangement, il refuse rapidement.

– Prenez juste une photo avec moi et postez-la sur Twitter. Et assurez-vous que le hashtag mentionne le nom du bowling. C'est tout ce dont j'ai besoin.

Puis il passe son bras autour de mes épaules et on sourit tous les deux pendant que Dougall prend la photo. C'est aussi simple que cela. Il offre même un T-shirt du bowling à chaque fille pour qu'elles n'aient pas froid en jouant en jupe en paille et noix de coco, et elles s'empressent toutes de le prendre même si aucune ne l'enfile.

Après qu'on a enfilé des chaussures de bowling, j'aide tout le monde à choisir une boule et on se divise en deux équipes de trois. La Blonde n° 1 se porte volontaire pour jouer la première (je sais, ce n'est pas bien de l'appeler comme ça mais je ne me rappelle déjà plus leurs prénoms et je suis trop gêné pour demander). Elle met la boule au milieu de sa poitrine (un geste typique d'amateur) et marche maladroitement jusqu'à la piste, ses doigts agrippés aux trous de toutes leurs forces. Quand elle effectue son lancer, son mouvement est tellement mauvais que la boule fait le voyage le plus lent du monde vers les quilles. Totalement nul.

Je dois admettre que c'est assez drôle à regarder. Surtout son visage qui devient tout triste et désappointé quand sa boule tombe dans la gouttière bien avant d'atteindre les quilles. Elle a vraiment l'air d'être surprise, comme si elle s'attendait à une fin complètement différente, ce qui rend les choses encore plus drôles.

Dougall se précipite pour la prendre dans ses bras. Son geste a l'air d'être fait pour la réconforter quand, clairement, il profite de la situation pour enlacer une jolie fille.

Au début, je suis énervé de voir comment il se débrouille

toujours pour obtenir ce qu'il veut, mais quand elle le repousse et vient vers moi les bras grands ouverts en disant : « Hey, Nick, je peux avoir un câlin de toi aussi ? », eh bien ça me rend triste que Dougall ait besoin de manœuvrer pour obtenir ce qui me vient si facilement.

Avant qu'elle puisse m'atteindre, la Blonde n° 2 s'assoit sur mes genoux, met ses bras autour de mon cou et dit :

– Bas les pattes, Tiffany. Il est à moi.

Puis elle m'embrasse sur la joue, laissant une trace de rouge à lèvres comme pour prouver que c'est vrai.

La rousse (je pense que son nom est Kayla, mais je ne suis pas prêt à prendre le risque de le prononcer à haute voix) rigole et prend une photo de la Blonde n° 2 et moi. Puis quand la Blonde n° 1 se glisse à côté de moi et que la rousse s'installe à côté d'elle, Dougall se joint à nous et prend des selfies qu'il poste immédiatement.

C'est marrant de penser que j'ai passé la plus grande partie de l'année à me plaindre d'être invisible pour les filles, et pourtant, maintenant que j'ai quatre filles super sexy qui se battent pour moi, je suis agacé par la manière qu'elles ont de tirer sur mes cheveux et mes vêtements en me disant sans cesse à quel point je suis mignon.

Peut-être que c'est parce que je ne suis pas habitué à ce que des filles fassent autant attention à moi (à part Plum mais, comme je l'ai dit, Plum ne compte pas). Tout ce que je sais, c'est que je me sens mal à l'aise. Ce n'est pas un comportement normal. Ou du moins, ce n'est pas un comportement normal quand c'est moi qui en suis l'objet.

Je me dégage pour aller chercher une boule, déterminé à les impressionner par une technique que je possède également dans ma vie à Greentree. Même si je sais que ce n'est qu'un rêve et que je devrais apprécier toute l'admiration qu'on me porte quelle qu'en soit la raison, je ne peux pas m'empêcher de vouloir qu'elles m'admirent pour ce que je suis vraiment.

Le truc, c'est que je suis un bon joueur de bowling. Et par « bon », je veux dire vraiment, vraiment bon. Je fais du bowling depuis que je suis petit et je suis considéré comme l'un des meilleurs dans ma catégorie. J'ai les trophées pour le prouver, même si ce n'est pas quelque chose que j'ai l'habitude de révéler sur moi-même.

À Greentree, Dougall et Plum sont les seuls du collège à connaître mes talents de joueur de bowling, principalement parce que aucun des élèves populaires ne serait impressionné. Tout ce qui les intéresse, ce sont les sports avec une balle plus petite et plus légère comme le football, le basket-ball et le base-ball. Aucun d'eux n'apprécierait le fait que, dans le monde du bowling, je suis ce qu'on appelle une ancre, ce qui veut dire que je joue toujours en dernier pour assurer le score. Mais ce soir, je décide de changer un peu et de jouer en deuxième.

Le problème, c'est que dès que je suis debout devant la piste, la boule prête dans mes mains, je suis submergé par une envie horrible de m'évanouir, vomir ou même les deux, ce qui m'empêche de bouger.

Ils me regardent tous, attendant de voir ce que je vais faire. Mais ici, dans ce monde étrange, je ne sais pas si je suis capable d'y arriver.

Je me dis que cela n'a pas d'importance, que même si je me rate complètement et que ma boule finit dans la gouttière, ils feront quand même comme si j'avais fait quelque chose d'extraordinaire. C'est comme ça quand on est célèbre, personne ne vous dit jamais la vérité. Mais pour une fois dans ma vie, même si c'est ma vie rêvée, je veux savoir ce que cela fait d'avoir une fille magnifique, ou dans ce cas précis plusieurs filles magnifiques, qui m'applaudissent comme je le mérite.

– Allez, Nick, tu peux le faire ! crie la brunette.

– Tu vas y arriver ! renchérit Tiffany.

Dougall me regarde avec le même genre de visage sceptique que le Dougall de Greentree a fait quand je suis monté sur scène pendant ce fameux concours de chant.

Je prends une profonde inspiration et je me concentre. J'ai une grosse pression, même si cela peut paraître ridicule.

Déterminé à prouver ma valeur et à montrer aux deux Dougall qu'ils se trompent, je fais quatre pas et demi en tremblant, puis j'envoie la boule et je la regarde descendre la piste et fracasser la quille du milieu si violemment qu'elle tombe et entraîne toutes les autres avec elle.

Et dès que les quilles sont repositionnées, je recommence.

Et encore.

J'explose toutes les quilles en faisant tellement de strikes que les employés et même le patron viennent voir. Les filles hurlent et sautent dans tous les coins, et quand Dougall se joint à elles, eh bien c'est juste ce dont j'avais besoin pour que le fiasco du concours de chant ne soit plus qu'un lointain souvenir.

20

20 DÉCEMBRE
4 jours, 14 heures, 32 minutes
et 24 secondes avant Noël

#HAWAÏCHIANTE

Apparemment, ce n'est pas parce qu'on est une Superstar internationale avec un énorme compte en banque, aucune supervision parentale et donc pas d'heure pour rentrer qu'on ne répond pas à une autorité supérieure.

Dans mon cas, cette autorité supérieure, c'est Ezer.

– C'est quoi, ça ?

Il se penche vers moi d'un air menaçant et me met son téléphone dans la figure.

J'entrouvre un œil, mais juste pour pouvoir localiser l'oreiller le plus proche et le mettre sur ma tête jusqu'à ce que je ne le voie plus. Cela ne m'empêche pas d'entendre ce qu'il dit, même si le son est étouffé.

– Très intelligent de te servir de ton compte Twitter comme ça ! (Même sous mon oreiller, j'entends que les mots sont pleins de colère.) Utiliser tes cent quarante caractères pour cette magnifique trouvaille : « On quitte la soirée hawaïchiante de Jonah ! » Apparemment il te restait des caractères à utiliser vu que tu as ajouté le hashtag PireSoiréeDeMaVie. (Il tire sur l'oreiller pour essayer de l'enlever mais je m'y accroche.) C'est quoi, ça, Nick ? T'es sérieux ? Clasher une autre célébrité comme ça ? Qu'est-ce qui t'a pris ?

La vraie réponse, c'est que je n'en sais rien. Des bribes de la nuit dernière commencent juste à s'assembler dans mon cerveau, quelque chose sur mon téléphone que les filles prennent à tour de rôle pour faire des selfies et… et les envoyer au monde entier.

À ce moment-là, cela semblait être la meilleure idée au monde. Les filles s'amusaient et Dougall trouvait ça super drôle. Et quand j'ai envoyé ce tweet sur Jonah, tout le monde a tellement ri qu'on est pratiquement tombés des canapés.

– En attendant, continue Ezer sur un ton un peu trop dramatique, il y a une photo de toi et Dougall sur Instagram avec une demi-douzaine de filles à moitié nues assez vieilles pour être vos baby-sitters. Tu pensais à quoi ?

– Elles n'étaient pas à moitié nues, je marmonne. Elles portaient des jupes en paille et des noix de coco, la soirée était hawaïenne…

– Quoi ? Je n'entends rien, Nick. Parle plus fort, s'il te plaît.

Ezer m'arrache l'oreiller et je n'essaye pas de l'en empêcher.

Des images de la nuit se bousculent dans ma tête. Tellement de choses qu'il semble impossible d'avoir fait tout ça en une seule nuit.

Mais si on en croit Twitter, Instagram et Ezer, tout est vrai.

– Je te jure qu'elles ont toujours gardé leurs vêtements.

– Je te crois, mais c'est seulement parce qu'elles étaient déjà quasiment nues !

Il me jette un regard noir, je le sens bien, mais pour l'instant je ne peux pas me résoudre à le regarder.

– Et elles n'étaient pas aussi vieilles que tu le dis. Elles avaient seize ans maximum.

– Seize ans ? Vraiment ? Tu es sûr ? Tu as vérifié leurs cartes d'identité, Nick ? Parce que dans une ville où on prend régulièrement des trentenaires pour jouer des ados, ça veut vraiment dire quelque chose.

– De toute façon, c'est quoi ton problème ?

Je m'assois tellement brusquement que j'en oublie que mon lit est non seulement rond mais aussi en plein milieu de ma chambre, ce qui veut dire que je manque de peu de tomber. Même si je me reprends vite, ne croyez pas qu'il ne s'en est pas aperçu.

– Sérieux, détends-toi un peu. Il ne s'est *rien* passé. On a pris des photos, on a fait un tour en voiture, joué au bowling, c'est quoi, le problème ?

Je sors du lit et je me dirige vers le dressing quand je m'aperçois que je suis déjà habillé. Apparemment j'ai dormi avec mes vêtements et ils ne sentent pas très bon.

Ils sentent la cigarette, comme si j'avais passé la nuit à côté d'un fumeur, ce qui doit être le cas vu que je ne ferais jamais quelque chose d'aussi stupide. C'est dégoûtant. En plus, je me rappelle parfaitement avoir signé une charte anti-tabac quand j'étais en cours d'éducation civique en sixième.

– Il ne s'est rien passé ? Tu en es sûr, Nick ? Peut-être que tu devrais jeter un œil à ton compte Twitter, vu que tu as tweeté en live toute la soirée.

Je tends la main vers mon téléphone, je veux savoir qui est responsable de l'odeur sur mon T-shirt, quand Ezer le prend avant que je puisse l'atteindre.

– Et comme ce n'était pas suffisant, toutes les photos ont aussi été postées sur tes comptes Instagram, Tumblr et Facebook. Il secoue la tête et prend une profonde inspiration, mais en fait il a l'air sur le point d'exploser. Qu'est-ce que je t'ai appris sur les médias, Nick ? Il marque une pause comme si j'étais vraiment censé répondre. J'ai dit que c'était super pour l'autopromotion jusqu'à ce que ça ne le soit plus. Jusqu'à ce que tu perdes le contrôle et que tu décides de documenter ton pétage de plomb en direct, ce qui est exactement ce que tu as fait.

– Bon, d'accord, j'ai fait une erreur. Qu'est-ce qu'ils vont faire, me virer ?

Je lève les yeux au ciel et je commence à me diriger vers la salle de bains quand il m'arrête net en disant :

– Non, Nick, personne ne va te virer. Ils vont juste arrêter d'acheter tes CD et de regarder tes émissions. Oh, et dès que tes ventes et ton Audimat vont baisser, les marques que tu représentes vont fondre comme neige au soleil. Et là, pour continuer à vivre de manière aussi luxueuse, on s'attendra à ce que *tu payes vraiment*. Mais sans revenus, tu ne pourras plus te l'offrir. Même si tu peux tenir quelques mois, il ne faudra pas longtemps avant que les banques ne saisissent tes maisons, tes voitures, tout ce qui compte pour toi. Tes employés seront au chômage parce que tu ne pourras plus les payer et ta famille sera à la rue, étant donné que tu perdras les maisons que tu leur as achetées. Mais c'est pas grave, vous pourrez tous vous serrer dans la même petite maison dans laquelle vous avez commencé avec rien d'autre que le souvenir de ta virée en ville avec ton prétendu ami Dougall et un groupe de filles qui ne t'utilisaient que pour se faire de la publicité.

– Tu en veux à Dougall ?

– C'est tout ce que tu retiens ? Dougall est un problème. Un vrai problème. La pire sorte de sangsue. Il n'est rien sans toi et ne crois pas qu'il n'en soit pas conscient. Mais pour le moment c'est juste une tache sur ta liste, parce que laisse-moi te dire que le scénario que je t'ai décrit est réel. Ça arrive tout le temps. Il n'y a pas de vaccin contre l'échec, surtout celui qu'on se crée soi-même.

Je secoue la tête. Ce n'est pas que je n'aie pas entendu parce que c'est le cas. C'est juste que je ne comprends pas pourquoi je suis encore ici.

Pourquoi je ne me suis pas réveillé et retrouvé à Greentree, congelé à l'arrêt de bus.

Comment est-ce que je peux décevoir autant de monde quand les rêves n'ont pas de conséquences ?

– Et si tu ne me crois toujours pas, si tu es encore dans l'illusion que tu peux faire ce que tu veux de ta vie parce que personne ne dira jamais rien au Superbe Nick Dashaway, réponds à ça : comment est-ce que tu vas vendre ta mauvaise conduite à tes fans de douze ans qui sont folles amoureuses de toi ? Et, plus important encore, comment est-ce que tu vas la vendre aux parents de ces petites filles qui leur donnent l'argent de poche qu'elles dépensent en produits Nick Dashaway ? Hein, Nick ? Dis-moi, comment tu vas faire ça ?

– Heu, je vais plaider la démence temporaire due à une surdose de caféine et un surplus de top models ?

J'essaye de faire une blague mais ça ne passe pas du tout.

– Tu veux te faire passer pour Hugh Hefner ? Trouve d'autres fans.

– Qui ?

Je plisse les yeux et, même si la question était sincère, ça ne fait qu'énerver Ezer encore plus.

Il marmonne dans sa barbe et me jette le téléphone pour que je puisse voir ma folle nuit, qui a l'air beaucoup plus folle sur les photos que dans mes souvenirs. Le seul moment dont je me rappelle vraiment, c'est à quel point j'étais ravi quand j'ai fait six strikes à la suite. Le reste est très flou.

– Oh, et pour ta gouverne, les joueurs du bowling que tu as fait jeter dehors pour que tu puisses avoir l'endroit pour toi tout seul…

Je rends le téléphone et je fronce les sourcils.

– Quoi ? Tu veux dire mes fans ? Ils étaient quasiment en train de m'agresser. En plus, c'est le patron qui l'a décidé, pas moi.

– Vraiment ? Eh bien apparemment ils ont changé d'avis. Ils n'ont pas apprécié d'être interrompus au beau milieu de leurs parties et ils expriment leur mécontentement sur Internet. Il faut gérer cette crise, Nick. Je te veux au studio avec Tinsley tous les jours à travailler sur une chanson de Noël parfaite qui, croisons les doigts, fera oublier à tout le monde la nuit où Nick a perdu les pédales. Et quand tu n'es pas au studio, je veux que tu te fasses tout petit. Pas de descente au drive-in du Starbucks pour avoir du café gratuit, pas de restaurants de quartier en demandant à Sparks de partir.

– Comment t'es au courant de ça ? je demande.

Je n'avais même pas encore mon nouveau téléphone à ce moment-là.

– Je sais tout, Nick.

Son expression devient très soucieuse, comme si sa colère s'était transformée en inquiétude.

Et vu que je ne supporte pas de décevoir qui que ce soit, je fais de mon mieux pour le convaincre que ce n'était pas aussi terrible qu'il le pense.

– C'était vraiment pas si grave. Les photos ne le montrent pas mais on a surtout parlé. Tout le monde fait ça à Greentree. Tu sais, avoir l'air plus cool qu'on ne l'est vraiment.

Au moment où je le dis, je réalise que je n'aurais jamais dû mentionner Greentree, mais comme c'est trop tard pour le retirer, j'espère juste qu'Ezer ne relèvera pas.

– Je ne sais pas ce que c'est ni où c'est, mais tu es déjà cool, dit Ezer. Maintenant tu dois apprendre à vivre avec la responsabilité que cela implique.

Même s'il commence à parler comme mon père, comme s'il ne voulait que le meilleur pour moi, il me crie dessus depuis tellement longtemps que c'est difficile de faire la transition.

– À quoi ça sert d'être une Superstar internationale, si je ne peux pas vivre ma propre vie ?

Ezer se tourne vers moi, les yeux brillants, les lèvres retroussées, comme s'il avait attendu que je pose la question.

– Le but, c'est de vendre des disques et tout ce sur quoi tu peux mettre ton nom avant que la vague ne retombe, que tu vieillisses ou que quelqu'un de plus mignon, plus jeune et surtout plus *nouveau* ne prenne ta place. Tu veux vivre ta propre vie ? Tu peux soit redevenir quelqu'un d'invisible, soit attendre d'être fini, ce qui, vu ce qui se passe, ne devrait pas prendre longtemps. Tu n'es pas un rocker indépendant, Nick. Tu es un ado propre sur lui dont rêvent les jeunes filles. Tu dois te comporter comme ça. Maintenant, reprends-toi et rejoins-moi en bas. Je vais effacer les photos de ton compte et gérer les premières urgences. Tinsley est déjà en studio à t'attendre.

– Est-ce que Tinsley a vu les photos ? je demande en espérant vraiment que ce ne soit pas le cas.

Mais Ezer ne répond pas, alors j'obéis et je me dirige vers la salle de bains.

21

PHÉNOMÈNE INEXPLICABLE

Pour l'instant, le plus étrange dans cette journée, c'est que je sois encore ici.

Toujours dans cette vie.

Toujours dans cette maison.

Toujours en train de me faire engueuler par Ezer.

Clairement, ce n'est pas un rêve.

Clairement, je ne suis pas en train de mourir lentement de froid à Greentree.

Je serais mort depuis longtemps si c'était le cas.

Ce qui m'amène à ma nouvelle théorie.

J'ai vu assez de documentaires avec le Dougall de Greentree sur les univers parallèles, les distorsions temporelles, les trous noirs, les portails spatio-temporels et autres phénomènes inexplicables pour savoir que les trucs bizarres pourraient vraiment exister et, même si je ne comprends pas tout, j'ai toujours trouvé ça fascinant.

En même temps, c'est une chose d'être fasciné par un concept et c'en est une autre de vivre l'un d'eux.

Comment expliquer sinon que je sois passé de l'Intello

boutonneux de Greentree à ici, dans ce monde bizarre, où je suis l'ado le plus célèbre de la planète ?

Un instant je suis en train de m'approcher de la mort par hypothermie, et une seconde plus tard un bus de Noël psychédélique m'emmène à Tinsel Hills… et…

Et…

Et… quand ce chauffeur de bus complètement fou m'a demandé où je voulais aller, j'ai dit « dans une autre vie, une vie meilleure et bien plus cool » et c'est à ce moment-là que la bougie de Plum s'est éteinte.

Plum !

C'est à cause d'elle, tout ça !

Elle m'a donné ce stupide gâteau d'anniversaire avec sa bougie débile qui, même si je ne comprends pas comment, a servi de porte pour me faire atterrir ici.

Est-ce qu'elle ne m'a pas quasiment *forcé* à faire un vœu ?

Est-ce qu'elle n'a pas dit un truc super lourd du style : « Choisis ton vœu avec soin, parfois ils se réalisent ! »

Ce qui veut dire que le vœu, pas la bougie, était la porte, mais c'est la bougie qui a rendu le vœu possible.

Peu importe. Une chose est sûre, c'est Plum qui a déclenché tout ça. Elle a réuni les conditions qui m'ont amené dans ce monde.

La question est : pourquoi est-ce qu'elle aurait fait ça ?

Est-ce que c'est pour que je me retrouve dans un endroit où les rôles sont inversés et où elle pense que je suis le plus grand loser-vendu au monde ?

Si c'est la vengeance qui la motive, je suis désolé de lui dire que cela va se retourner contre elle.

Pourquoi est-ce que je m'intéresserais à Plum quand j'ai été sommé de passer toute la semaine en studio d'enregistrement avec Tinsley Barnes en guise de punition ?

Et si je suis vraiment dans un univers parallèle et que le chauffeur de bus a dit vrai, il me reste quatre jours pour profiter de cette vie à fond avant que le ticket de retour n'expire.

Une minute après minuit.

Le jour de Noël.

La date butoir de mon rêve.

Je me dirige vers le dressing pour vérifier que le ticket est toujours dans la poche du sweat-shirt avec lequel je suis arrivé. En passant, je vois mon reflet dans la glace et je réalise à quel point j'ai été bête de boire autant de café pour essayer de rentrer chez moi.

Je n'en reviens pas, tellement je me suis comporté comme un imbécile.

Vraiment. Quelle idée débile.

Sérieusement, est-ce que mon image d'Intello boutonneux n'était pas une occupation à plein temps à Greentree ?

Au moins ici j'ai une image qui vaut la peine d'être entretenue.

Sans parler du fait que j'ai été totalement dévasté de voir Tinsley avec Mac Turtledove, comme si je ne pouvais pas rivaliser avec lui, ce qui avec le recul est hilarant.

Ce n'est pas parce que Mac est toujours plus grand que moi, qu'il a de plus gros muscles et qu'il est plus beau que moi qu'il peut concurrencer mon statut de Superstar internationale.

Tinsley mérite quelqu'un de mieux que Mac.

Quelqu'un comme moi.

Et puis, je retrouverais quoi en rentrant ?

Une vie de mec invisible où Tinsley Barnes me marche littéralement dessus sans même ralentir ?

Une peste comme sœur et des parents complètement stressés par leurs arriérés d'impôts et leurs bilans annuels ?

Pourquoi est-ce que je voudrais retrouver ça quand je peux

rester ici à Tinsel Hills et vivre ma vie de star la plus sexy et la plus célèbre au monde avec le genre de famille et d'amis dont j'ai toujours rêvé ?

Bon, peut-être qu'il va me falloir un peu de temps pour m'habituer à la nouvelle version de Mister Dasher Dashaway, mais avec une Holly aussi gentille et des parents tellement contents et détendus qu'ils me laissent faire ce que je veux, cela vaut vraiment le coup.

J'ai quatre jours pour décider, mais en fait mon choix est déjà fait.

Je ferme la poche de mon sweat-shirt et je descends au rez-de-chaussée où la mère de Plum, Lisa, me rattrape à la porte et essaye de me donner un verre rempli de quelque chose qui ressemble à du vomi vert.

– Ezer a dit que tu ne te sentais pas bien. J'ai pensé que ça pourrait t'aider.

J'observe le verre suspicieusement, sans faire aucun geste pour le prendre.

– C'est un remède contre… la gueule de bois.

Elle se balance sur ses pieds comme si elle était gênée pour moi que j'en sois arrivé là.

– Je n'ai pas la gueule de bois. Je repousse le verre. Je ne me suis jamais senti aussi bien ! j'ajoute en adressant mes mots à Plum qui me regarde cachée derrière la couverture d'un livre qui a l'air aussi sérieux et ennuyeux qu'elle.

Pendant un instant, j'hésite à lui soutirer des informations, pour savoir ce qu'elle sait sur le cupcake, le vœu, et comment j'ai atterri ici, mais franchement : *Ça intéresse qui ?* Je suis là. C'est fantastique et je n'ai aucune envie de retourner à ma vie de loser invisible. En plus, je suis sûr que notre conversation serait aussi pénible que la dernière et je n'ai vraiment pas envie de ça de bon matin.

Une fois que je suis installé dans la limousine, Tinsley m'envoie une magnifique photo d'elle souriant et tenant deux tasses de café rouges de chez Starbucks à la main.

« Elles ne resteront pas chaudes éternellement. Dépêche-toi ! » écrit-elle, ignorant complètement l'ironie derrière ses mots.

Je ne resterai pas super sexy éternellement.

Tinsley n'attendra pas éternellement.

Je dois faire vite.

Je prends ça comme un signe que je suis sur la bonne voie, je dis à Sparks de se dépêcher, je ferme la vitre de séparation et je m'affale dans mon siège les pieds contre la vitre, regardant la photo de Tinsley jusqu'à ce que la limousine arrive à destination.

SAGE OU PAS SAGE

22

21 DÉCEMBRE
3 jours, 6 heures, 23 minutes
et 12 secondes avant Noël

COOL COMME ÇA

Comme je le soupçonnais, il est absolument vrai que les filles préfèrent les *bad boys*. Les mecs qui sont parfois imprévisibles, peut-être même un peu rebelles.

Je suis passé directement de la crise de nerfs d'Ezer sur ma folle virée en ville avec Dougall au studio où Tinsley m'attendait avec ma tasse Starbucks aux couleurs de Noël, et il est évident que le pouvoir a changé de mains.

J'ai attrapé mon café sans même prendre la peine de demander si c'était bien le mien, et vu la manière dont elle m'a regardé, il était clair que c'est moi qui avais le pouvoir.

Elle s'est assise sur un tabouret de bar, a croisé les jambes et m'a montré son téléphone de loin.

– Je suis surprise que tu ais réussi à venir après la nuit que tu as passée.

Sa voix était un peu pincée mais je ne lui ai pas répondu.

J'ai pris mon temps pour boire mon moka à la menthe, ce qui en passant est la règle n° 1 pour avoir le contrôle d'une situation. Pas de siroter un moka à la menthe, mais de la faire attendre. Le truc avec le pouvoir, c'est qu'il faut l'assumer et l'utiliser pour ne pas le perdre.

Puis quand j'ai été prêt, je l'ai regardée et je lui ai dit :

– Je croyais qu'Ezer avait effacé tout ça.

Ses lèvres se sont pincées pendant qu'elle m'a dévisagé d'un autre œil.

– Il ne peut pas effacer mes captures d'écran.

Elle a froncé les sourcils en regardant ses chaussures pendant que j'ai fait une danse de la victoire dans ma tête.

Tinsley Barnes a fait une capture d'écran d'une de mes photos !

C'est tout ce que j'avais besoin d'entendre.

J'ai regardé autour de moi et j'ai haussé les épaules comme si ce n'était pas grave.

– On devrait sans doute s'y mettre. J'ai tout un tas d'interviews et de photos qui m'attendent après ça et en plus on tourne ce soir.

Elle s'est éclairci la gorge et a passé la main dans ses superbes cheveux.

– Quand tu veux, je suis prête.

Et cela n'a été qu'une douce musique depuis.

Sauf quand ça ne l'était pas.

Les deux premières prises étaient affreuses.

Puis on est passés graduellement de vraiment affreux à juste mauvais, jusqu'à ce que vers la fin de la session on n'ait plus envie de se boucher les oreilles et de hurler pour couvrir la voix de l'autre, ce qui est le moment qu'Ezer a choisi pour arriver, écouter quelques prises et nous dire d'arrêter pour aujourd'hui et de reprendre demain, même heure, même endroit.

Ce qui m'amène à aujourd'hui.

Non seulement on a chanté la chanson en entier sans une seule hésitation, mais il n'y a eu aucun signe de Mac Turtledove, ce qui veut sans doute dire que Tinsley a décidé de passer à quelque chose de mieux et de plus sérieux, c'est-à-dire moi.

Cela marque aussi le premier jour depuis que je suis arrivé où on ne filme pas un nouvel épisode des « Douze jours avant le Noël des Dashaway », Ezer ayant déclaré qu'ils avaient assez d'images pour faire quelque chose et que tout le monde avait besoin d'une nuit de repos.

Tout cela mérite d'être célébré, et c'est pour ça que j'organise une soirée.

Cela fait partie de mon plan pour faire évoluer ma relation avec Tinsley vers quelque chose de plus personnel. Ce soir, je vais l'embrasser.

Malgré tout le temps qu'on passe en studio et l'augmentation des apparitions de Tinsley dans mon émission, où on lui demande surtout de rire à mes blagues et d'être jolie, on n'est jamais seuls assez longtemps pour que je lui montre ce que je ressens pour elle.

Ezer est toujours là, ce qui m'empêche ne serait-ce que de lui prendre la main car ses yeux de fouine sont toujours en train de nous observer comme le chaperon le plus lourd de la terre entière.

Eh bien ce soir tout ça va changer.

Quand Tinsley va voir ce que j'ai prévu, elle ne pourra pas me résister.

On est en train de finir notre session du jour, tous les deux en train de ramasser nos affaires, quand je lance l'air de rien :

– Oh, je pense que je t'ai dit que j'organisais un petit truc entre amis ce soir, tu devrais passer si tu n'as rien d'autre à faire.

Tinsley me regarde bizarrement et murmure en se retournant :

– D'après ce que j'ai entendu dire, ce n'est pas un petit truc.

Elle a raison sur ce point. C'est aussi éloigné d'un « petit truc » que ça peut l'être. J'ai mis toute mon équipe sur le coup pour organiser cette soirée et s'assurer que tout soit parfait. Cela me coûte une fortune d'ailleurs, mais si cette soirée m'amène le genre de récompense que j'espère, ce sera de l'argent bien dépensé.

Je hausse juste les épaules et je dis :

– Tu peux passer à partir de huit heures, si tu veux.

Appliquant ainsi la règle n° 2 des mecs qui se la jouent cool : ne jamais avoir l'air trop excité par quoi que ce soit, jamais.

Il faut attendre que les bonnes choses viennent à toi. C'est pour ça que les stars sourient rarement dans les selfies, elles savent qu'il vaut mieux avoir l'air blasé qu'excité.

Mais quand elle ne répond pas et fait comme si elle ne m'avait pas entendu, je réalise pour la première fois qu'elle va peut-être choisir de *ne pas* venir.

Ce qui ruinerait toute l'idée d'organiser une telle soirée.

Ce qui me fait immédiatement transpirer.

– Heu, je ne sais pas, Nick, dit-elle en jetant son sac sur son épaule. Ezer veut qu'on soit en studio de bonne heure et tu sais comment il devient quand on est trop fatigué ou en retard ou, Dieu nous en préserve, les deux.

Elle sort du studio et prend l'escalier plutôt que d'attendre l'ascenseur qui, je l'admets, est un peu lent, mais vu la manière dont elle se précipite, les semelles de ses sandales claquant bruyamment sur les marches, je me demande si elle n'essaye pas de me rembarrer, ce qui ne fait qu'augmenter ma transpiration.

Je suis sur ses talons. Le bruit sourd de mes baskets sur les marches sonne aussi creux et désespéré que moi.

– Ce n'est pas parce que Ezer est né déjà vieux qu'on doit se comporter comme ça nous aussi. J'essaye de ne pas avoir l'air essoufflé et paniqué mais je n'y arrive pas vraiment. Viens avec lui si tu veux, j'ajoute en le regrettant instantanément. Ce serait vraiment dommage que tu rates cette soirée, Tins, ça va être grandiose.

Elle atteint le rez-de-chaussée et s'arrête devant la porte d'entrée en verre dépoli. Elle mouille ses lèvres comme si elle goûtait son gloss à la vanille pendant qu'elle évalue ses options.

– Amène Ezer *et* un ami, si tu veux, plus on est de fous plus on rit !

Je pleure intérieurement : je suis passé de mec paniqué à mec pathétique.

– C'est quoi le nom de ton petit copain, déjà ?

Je prends l'air d'avoir du mal à me rappeler, même si je ne pourrais sans doute jamais oublier le nom qui me hante depuis la maternelle.

Elle plisse les yeux et penche la tête sur le côté.

– Tu veux dire Mac ?

Je retiens mon souffle en attendant la suite. Est-ce qu'elle va confirmer qu'ils sont toujours ensemble ? Se mettre à rire en me disant qu'elle et Turtledove, c'est du passé ?

Les secondes passent…

Le silence dure.

– Bon… peut-être… dit-elle finalement. J'ai des trucs à faire à la maison… et je ne suis pas sûre qu'Ezer voudra venir, alors j'aurai besoin de quelqu'un pour m'emmener…

Elle met sa main sur la poignée de la porte et la pousse.

– Je t'enverrai la limousine !

Je le dis tellement vite qu'il est clair pour tous les deux que j'ai complètement abandonné toute trace de cool.

– Crois-moi, ça ne dérangera pas Sparks.

Je mets ma main sur la sienne comme si j'essayais d'être poli en lui ouvrant la porte alors qu'en fait j'essaye de conclure ce marché avant qu'elle ne monte dans la voiture d'Ezer qui attend dehors, qu'elle ne commence à envoyer des textos à Mac et oublie mon existence.

– Tu ferais ça ?

Elle m'étudie. Son visage est si près du mien que je peux compter ses cils, voir chaque touche de bleu dans ses yeux et pourtant il est impossible de savoir ce qu'elle pense.

– Bien sûr, je réponds. Pourquoi pas ?

J'ose à peine croire que je viens d'offrir à Tinsley et Mac d'utiliser ma limousine.

Elle continue à me fixer en mouillant encore ses lèvres.

– Bon… d'accord, dit-elle finalement, ce qui n'est pas exactement la réponse enthousiaste que j'espérais.

– Super, ça commence à huit heures.

Je la laisse ; je ne veux pas prendre le risque de faire durer cette conversation plus longtemps et de donner à Tinsley une chance de changer d'avis. Je me dirige vers la limousine où Sparks retient les mêmes fans qui attendent au même endroit tous les jours en espérant que je déclare mon amour éternel à l'une d'elles et que je l'épouse, tout en repassant dans ma tête notre conversation et en arrivant à la conclusion hallucinante que je me suis fait des illusions.

C'est Tinsley qui a le pouvoir depuis le début.

23

OPÉRATION BAISER SOUS LE GUI

À 20 h 35, la musique est à fond, ma maison est pleine à craquer, et pourtant je reste planté derrière les fenêtres à faire les cent pas. Je suis tellement concentré sur l'arrivée de Tinsley que je ne peux même pas profiter de ma propre fête.

– Mec, qu'est-ce qui t'arrive ? Dougall surgit derrière moi et me met un verre en plastique rouge dans la main. Il se passe des trucs dingues à la piscine et tu rates tout.

Je prends une gorgée et la recrache immédiatement.

– C'est quoi, le problème, mec ? C'est juste du Mojo – ta boisson préférée, rigole-t-il. Peut-être que j'ai un peu agrémenté ton verre, mais c'est seulement pour t'aider à te détendre. Tu vas faire un trou dans la moquette si tu ne te calmes pas un peu.

Je lui rends le verre, énervé après lui. La dernière chose dont j'aie besoin, c'est d'embrasser Tinsley avec une haleine de Mojo frelaté. Dougall sait à quel point cette soirée est importante pour moi, je l'ai quasiment laissé l'organiser. Étant donné que j'ai passé la majeure partie de mon temps enfermé en studio d'enregistrement avec Tinsley, je me suis dit que ce serait bon pour lui d'avoir quelque chose d'autre à faire que de me déranger quand j'essaye de travailler.

Dougall pose le verre sur une table et se retourne vers moi.

– Heu, ça m'embête de te le dire, mais cette soirée, c'était ton idée, tu te rappelles ? Pas qu'on ait besoin de toi pour s'amuser, mais les gens aiment bien voir leur hôte de temps en temps.

– Ouais, eh bien…

Je m'arrête. Je ne me rappelle plus ce que j'allais dire.

Sparks vient juste de garer la limousine.

Il descend et fait le tour pour ouvrir la portière.

Quand Tinsley descend à son tour, je retiens mon souffle en attendant de voir si Mac est avec elle.

Je me tourne vers Dougall, l'attrape par les épaules et le secoue si fort que son verre de Mojo se renverse sur le sol mais je m'en moque.

– Qu'est-ce qu'il y a, mec ?

Dougall enlève mes mains de ses épaules et regarde par la vitre en plissant les yeux, mais Tinsley est déjà en train d'arriver à la porte d'entrée, donc il n'y a rien à voir.

– Rien. Rien du tout. Juste…

Je regarde autour de moi, osant à peine croire que tout se passe comme je l'avais prévu. Tinsley est venue à la soirée toute seule. Elle a clairement oublié Mac Turtledove.

– C'est qui, la fille la plus sexy ce soir ? je demande.

– Tu veux dire à part Plum ?

Dougall pose son verre vide à côté du mien sur la table.

Je lève les yeux au ciel.

– Oui. À part Plum, qui est la fille la plus sexy, ou même la deuxième fille la plus sexy ? J'ai besoin que tu m'amènes vers elle, fissa. Tinsley est sur le point d'entrer !

★

Ce n'est peut-être pas très classe de faire ça, attendre derrière une fenêtre qu'une fille arrive, juste pour l'ignorer quand elle apparaît, mais je ne pouvais pas prendre le risque de lui faire peur en lui montrant à quel point j'étais totalement angoissé à l'idée qu'elle ne vienne pas.

Donc le temps que Tinsley arrive et sorte dans le jardin, je suis en grande conversation avec un groupe de super jolies filles que je n'ai jamais vues avant et ne reverrai sans doute jamais, mais il n'y a aucune raison que Tinsley le sache.

« Elle est tellement bien ta soirée », disent-elles. « Ta maison est top » et « Oh mon Dieu, j'ai *tellement* aimé cette épisode où toi et Holly vous disputez à coup de cookies de Noël. C'était trop drôle ! »

Elles sourient de ce sourire totalement faux, comme si elles me voyaient à travers un voile de projecteurs et de billets de banque, et tout ce que je pense, c'est que Tinsley ne me regarde jamais comme ça, comme si j'étais le moyen le plus rapide de grimper l'échelle sociale.

OK, je l'aide à construire sa carrière en enregistrant un duo avec elle et en la laissant apparaître dans mon émission, mais Tinsley m'aime pour moi. Je n'ai pas le moindre doute là-dessus.

Je ne sais pas si elle me voit comme un petit copain potentiel (même si j'ai bien l'intention de le découvrir ce soir), mais je peux dire avec certitude qu'elle est l'une des rares personnes, avec Ezer et ma famille, qui me traite comme un être humain normal et ne me lèche pas les bottes depuis que je suis arrivé ici.

Tinsley est toujours très gentille, c'est son caractère, mais elle ne fait jamais rien d'hypocrite, comme se forcer à rire à une de mes blagues. Dougall fait ça tout le temps et ça commence à me taper sur les nerfs. Parfois, j'aimerais qu'il soit plus honnête, comme le Dougall de Greentree, ce qui peut paraître bizarre, vu à quel point je voulais que le Dougall de Greentree se comporte comme celui d'ici.

Je sais que cela peut sembler ridicule, mais quand on est une Superstar internationale, avec pratiquement tout le monde qui applaudit à tout ce que vous faites, il est impossible de savoir qui est sincère et qui ne l'est pas.

Quand je vois Tinsley déambuler avec un verre à la main, j'ai vite fait de laisser tomber les filles à qui je parle et de me diriger vers elle.

– Si c'est Dougall qui t'a donné ce verre, tu devrais réfléchir à deux fois avant de le boire. Ma voix est calme, mon air, encore plus calme. Il a une mauvaise influence.

– Tu parles de Dougall ou de toi ?

Tinsley jette son verre dans la poubelle la plus proche pendant que je fais une grimace, prétendant être terriblement vexé par sa question.

– Ne crois pas tout ce que tu lis, je lui dis. Au fond, je suis un ange.

– Vraiment ?

Elle penche la tete sur le côté, ses cheveux tombant gracieusement en cascades blondes sur son épaule. À cet instant, sa beauté est tellement envoûtante que je dois penser à respirer.

– Un jour, si tu as de la chance, je te montrerai mon auréole, je réussis à répondre.

Je suis assez fier de moi sur ma répartie et le ton cool et un peu *bad boy* avec lequel je l'ai dit étant donné mon état de nerfs.

C'est le genre de réplique qui ferait tomber n'importe quelle fille folle amoureuse de moi sur-le-champ.

Ce qui explique pourquoi je ne comprends pas la réaction

de Tinsley. Elle se met à rire d'une manière totalement forcée et se tourne pour regarder un groupe en train de s'amuser à plonger dans la piscine.

Je reste à côté d'elle sans rien dire, pas vraiment à l'aise avec la manière dont les choses se sont passées et pas vraiment sûr de ce que je dois faire maintenant. Il est possible que j'aie mal interprété les choses.

Elle est probablement juste gagnée par l'excitation de cette soirée, ce qui est parfaitement compréhensible étant donné que c'est le genre de soirée qu'on ne voit que dans les films.

Ma soirée n'a pas de thème comme celle de Jonah mais c'est seulement parce qu'elle est tellement énorme qu'on ne peut pas la réduire à une seule chose.

Il y a des serveurs qui circulent entre les invités avec de grands plateaux garnis non pas de ces amuse-bouches ridicules que les adultes servent pendant leurs soirées, mais de vraie nourriture. Des bonnes choses comme des mini-hamburgers, des mini-pizzas, et des petites tasses de frites, ce qu'on *a vraiment envie de manger.*

Il y a un chariot de glaces avec une fontaine de caramel et de chocolat et un DJ à côté de la piscine qui mixe de la super musique, beaucoup de la mienne d'ailleurs.

Il y a même des Photomaton où on peut choisir son propre fond et qui, vu la file d'attente, sont un véritable succès.

Tout autour de moi, il y a des centaines de personnes que je ne connais même pas. Certains célèbres comme moi.

Mais personne *d'aussi* célèbre que moi.

Et c'est exactement ce que je me dis pour me donner du courage quand je regarde Tinsley et que je lance :

– T'as amené un maillot de bain ?

Je montre la piscine qu'elle regarde déjà. Beaucoup de monde flotte dans la rivière et est allongé sur la fausse plage.

– Elle est chauffée. La dernière fois que j'ai vérifié, elle était à 32 °C.

Quand elle secoue la tête, je fais de mon mieux pour ne pas montrer ma déception. Je n'ai pratiquement pas eu le temps de profiter de cette piscine et j'avais vraiment envie de le faire avec elle.

– Ouais, je suis d'accord, je dis. Ça fait bizarre de se baigner si près de Noël.

– Vraiment ?

Elle plisse son nez et me regarde avec attention.

– Heu, oui, enfin, chez moi à Gr… Heu, tu sais, dans les films, Noël, c'est toujours dans un endroit froid et enneigé.

– J'aimerais bien voir ça. Ses yeux deviennent rêveurs et elle soupire. Tu sais, un Noël blanc ? J'ai vécu ici toute ma vie et je n'en ai jamais vu.

Enfin. Jusqu'à maintenant j'étais sur la corde raide, mais ça, je gère.

– Tu ferais mieux de rester, alors, je dis. Parfois les vœux se réalisent.

★

À dix heures, comme je l'avais prévu, une fine couche de neige commence à tomber dans mon jardin grâce aux professionnels de la neige artificielle que j'ai engagés.

Au début, il faut un moment à tout le monde pour réaliser ce qui arrive, mais quand le personnel déguisé en lutins du Père Noël sort des luges et que les serveurs grimés arrivent avec des plateaux remplis de chocolats chauds et d'accessoires pour fabriquer des bonshommes de neige – carottes, bonnets noirs, écharpes rouges et galets noirs brillants pour faire les yeux –, eh bien c'est là que le vrai délire commence.

Tout le monde se roule dans la neige, fait des batailles de boules de neige et des selfies pleins de neige. On parlera de cette soirée longtemps après qu'ils auront oublié toutes les autres.

Heureusement, comme je l'ai prévu, Tinsley et moi sommes debout juste sous le gui que j'ai accroché à un palmier. Le moment que j'ai tant attendu est enfin là.

– Oh, Nick !

Tinsley ouvre les bras et se met à tournoyer sous la neige qui tombe sur ses joues, la faisant ressembler à une sorte de fée blanche irrésistible.

– Je ne peux pas croire que tu aies fait tout ça ! C'est juste… magique !

Elle s'arrête devant moi les yeux brillants et avec un air si radieux que je ne peux pas résister plus longtemps.

Je me rapproche, montre maladroitement le gui suspendu au-dessus de nous et dis « Oh, regarde ça ! » comme si le moment n'avait pas été soigneusement chorégraphié. Je vois avec étonnement sa figure s'adoucir et ses lèvres s'entrouvrir, comme si elle savait ce qui allait se passer et qu'elle avait parfaitement l'intention de m'embrasser elle aussi. Comme si elle ne penserait même pas à hurler et à s'enfuir.

– Nick… Elle se rapproche de moi, ses doigts touchant mon bras. Nick ? répète-t-elle.

Mais le moment est gâché dès que j'aperçois le caméraman caché derrière un palmier.

24

JE SAVAIS QUE TU POSERAIS UN PROBLÈME

– Sérieusement ?

Je fais les cent pas sur le tapis dans mon salon dès que les invités sont partis, ce qui a commencé juste après que j'ai repéré le caméraman, puis Ezer, et bien avant que le feu d'artifice n'ait démarré.

– Tu as sérieusement filmé ma soirée ? Il n'y a donc rien de sacré pour toi ?

– Sacré ? rigole Ezer. Dis-moi, Nick, qu'est-ce qui est sacré à tes yeux ?

Il appuie sa tête sur le coussin du canapé et me toise du regard.

– Mon intimité, pour commencer ! Tu as envahi mon espace personnel sans ma permission ! Tu t'es immiscé dans un moment privé… sans parler de mon… intimité !

OK, peut-être que c'était un peu répétitif. C'est difficile pour moi de m'exprimer clairement quand je suis aussi énervé. Sans parler du fait que je ne savais même pas qu'il était là. Sérieusement, même ma famille savait qu'il ne fallait pas venir.

– Ton intimité ? dit Ezer. Permets-moi de te rappeler, Nick, que d'après notre accord j'ai tous les droits de filmer ta soirée. Sans mentionner le fait que tu as joyeusement abandonné toute idée d'intimité le jour où tu as signé pour devenir une célébrité avec sa propre émission de télé-réalité. Avant, quand tu vivais ta vie d'inconnu, tu avais plein d'intimité et, si tu te rappelles bien, tu rêvais du contraire. Tu étais impatient de devenir célèbre, et maintenant que tu l'es devenu, tu t'en plains. Tu ne peux pas tout avoir, Nick. Je dois être honnête avec toi, tu commences vraiment à me fatiguer.

À la manière dont il souffle, ferme les yeux et passe une de ses grosses mains sur son visage, j'ai peur qu'il essaye de me renvoyer parce que je suis trop difficile – et alors je n'aurai plus d'accès à Tinsley.

Mais il ne me faut que quelques secondes avant de me rappeler que je suis le seul client d'Ezer.

Il ne peut pas se permettre de me virer.

J'ai le pouvoir et je dois commencer à agir en conséquence.

– C'est terminé, Ezer. Plus de guet-apens dans mon jardin. Plus de tournage secret sans mon accord, ce qui veut dire que ce ne sera plus secret, donc oui, plus de tournage secret, comme je viens de le dire.

Je continue à faire les cent pas, regrettant de ne pas être meilleur en expression orale, surtout dans des moments comme celui-là.

– Je pense que tu changeras d'avis quand tu verras la version finale.

Il inspecte ses ongles, agissant comme s'il n'avait pas pris la peine d'écouter un seul mot de ce que j'ai dit.

– J'en doute.

Je suis debout devant lui, les bras croisés, essayant d'avoir l'air plus grand, plus autoritaire, bien qu'il ne semble pas le remarquer.

– J'ai entendu dire qu'on avait de belles images de toi et Tinsley. Tu n'aimerais pas revoir cette expression sur son visage quand la neige commence à tomber ? J'imagine que c'était le but de ces canons à neige, de toute cette soirée, en fait. Dis-moi, Nick, j'ai tort de penser que tu as organisé tout ça pour Tinsley ?

Je fais de mon mieux pour ne rien montrer et continuer à regarder Ezer dans les yeux. Mais tout ce qu'il vient de dire me fait me sentir honteux et transparent. C'est comme s'il avait une vision au rayon X et qu'il pouvait voir à travers moi. C'est une bonne chose que Sparks ait ramené Tinsley chez elle. Je ne supporterais pas qu'elle assiste à cette débâcle.

– À demain, Nick.

Ezer se lève du canapé et abat sa grosse main sur mon épaule mais je suis rapide et je l'évite, sa main retombant à son côté. Il ne réagit pas, ne semble même pas le remarquer. Il se dirige juste vers la porte en disant :

– Dix heures précises. Ne sois pas en retard.

Comme toujours, il a le dernier mot.

Dès qu'il est parti, je m'écroule dans le canapé, entouré de l'énorme bazar qui attendra que l'équipe de nettoyage arrive demain matin. Il y a des verres en plastique retournés dégoulinants de Mojo sur toutes les surfaces disponibles, une lampe cassée, des tapis roulés, des meubles déplacés… Je ne sais pas comment les gens célèbres font des soirées comme ça régulièrement. C'est vraiment destructeur.

– Si tu veux mon avis, tu t'en es bien sorti.

Dès que j'entends la voix de Plum, mon cœur fait un bond dans ma poitrine. Je ne savais pas qu'elle était là, je ne l'ai certainement pas invitée.

Je me retourne et je la trouve assise bizarrement dans la chaise boule qui est suspendue au plafond par une énorme chaîne en argent, les talons sur ses genoux comme une sorte de maître yogi, avec un livre ouvert posé sur un chapeau de Père Noël. Elle a l'air d'avoir passé la majeure partie de la nuit comme ça.

De toute manière, ce n'est pas comme si son avis m'intéressait, même si c'est positif. Connaissant cette Plum de Tinsley Hills, elle essaye juste de m'attendrir pour que l'insulte qui suit ait plus d'impact.

– Où est Dougall ? je demande, certain que c'est lui qui l'a invitée.

Elle hausse les épaules et fait une grimace.

– Comment je le saurais ? Il y a à peine une heure, j'étais encore en train d'aider ma mère.

Il est temps d'engager un nouveau chef cuisinier. Un qui n'a pas une fille pénible qui insiste pour traîner dans les parages juste pour me juger.

– Ezer n'avait pas le droit de te filmer sans ton accord. J'ai pas signé une renonciation à mon droit à l'image. Et toi ?

Elle fait ce truc où un de ses sourcils se lève pendant que l'autre ne bouge pas.

– À la seconde où j'ai vu les caméras, je suis partie. Ce qui est plutôt nul, vu que j'ai raté le moment où il s'est mis à neiger.

Je prends ma tête dans mes mains.

– Je suis à peu près sûr d'avoir vendu ma vie à Ezer le jour où on s'est rencontrés.

Quand mes yeux osent croiser les siens, je suis surpris de voir qu'elle n'arbore pas son expression habituelle de donneuse de leçons. Elle a l'air sincère. Peut-être même inquiète. Sans aucun but ni motif ultérieur. Comme si elle s'était métamorphosée en la version opposée de ce que j'ai appris sur elle, me rappelant la Plum de Greentree.

On reste assis comme ça un moment, sans parler autrement que par nos regards. Puis elle se déplie, sort de la chaise et dit :

– Même avec les caméras, cette soirée était incroyable.

Elle met ses cheveux derrière ses oreilles mais ses boucles, comme à Greentree, retombent.

– Bien que je ne sois pas sûre que tu doives recourir à de telles extrémités pour qu'une fille t'embrasse…

Je ferme les yeux en grognant. Apparemment je suis tellement transparent que même Plum a vu à travers mon jeu.

– Ça n'a pas besoin d'être aussi compliqué, Nick. Elle s'arrête, attendant que je prenne conscience de ce qu'elle dit. Ça n'a pas besoin d'être un énorme truc. Si elle en a envie, tu le sauras en la regardant dans les yeux, à la manière qu'elle a d'envahir ton espace personnel.

Elle met son sac sur son épaule, se préparant à partir, mais aussi étrange que cela puisse paraître, je ne peux pas la laisser s'en aller. Si elle a une vision plus claire de ces choses, j'ai besoin qu'elle la partage avec moi pour que j'arrête de tout rater.

– Qu'est-ce que tu en sais ? je rétorque.

Seulement je le dis sur un ton défensif, alors que ce que je veux vraiment demander, c'est qu'est-ce qu'elle sait de la volonté de Tinsley de m'embrasser – vu qu'elle est apparemment si douée pour savoir ce que les gens pensent.

– D'abord, je *suis* une fille.

Elle croise les bras sur sa poitrine et se déhanche. Elle est tellement sûre d'elle et de son sujet que je me demande qui elle a bien pu embrasser. Peut-être quelqu'un comme le rocker famélique qui avait l'air de tellement l'obséder dans ce magazine ?

À cette pensée, je me sens déprimé.

Je ne comprendrai jamais ce que les filles pensent vraiment.

Ou pourquoi elles font ce qu'elles font.

Disent ce qu'elles disent.

Aiment les gens qu'elles aiment.

Elles sont quasiment le plus grand mystère dans l'univers.

– Elle voulait m'embrasser, dis-je.

Je ne sais pas trop pourquoi mais j'ai besoin de m'expliquer. Je ne peux pas la laisser partir en pensant que je suis pathétique et mythomane.

– C'était là, dans ses yeux, comme tu l'as dit.

– D'accord.

Plum hausse les épaules et les laisse retomber, comme si c'était acquis. Mais ça ne l'est pas. Loin de là.

– Mais ensuite j'ai vu la caméra et…

Ma voix n'est plus qu'un murmure, pas besoin de continuer.

– Tu sais ce que c'est, ton problème, Nick ?

Ses doigts triturent sa manche pendant que sa bouche esquisse un sourire, comme si elle ne pouvait pas attendre de me le dire.

Je la regarde avec inquiétude. En ce qui la concerne, la liste de mes problèmes est infinie et je ne suis pas sûr d'avoir envie de l'entendre. Malgré tout, j'ai le sentiment qu'il faut que je la batte à ce petit jeu, qu'elle ne pense pas qu'elle puisse m'atteindre, quoi qu'elle fasse.

– Que je suis un vendu qui essaye de faire passer pour de la musique sa soupe commerciale ?

– Non, pas ça. Elle balaye ce que je viens de dire d'un geste de la main, sans même essayer de nier. Tu es un romantique, Nick Dashaway. C'est ça, ton problème. Et cette ville est brutale pour les gens comme toi.

Elle me regarde pendant un long moment, à travers d'épaisses couches de mascara et d'eye-liner noir, comme si elle voulait s'assurer que ses mots ont bien pénétré mon cerveau.

Satisfaite, elle se dirige vers la porte, et c'est à ce moment-là que je réalise combien je veux qu'elle reste.

Mais c'est probablement seulement parce que je ne veux pas être seul.

Je n'ai quasiment eu aucun moment à moi et je suppose que je me suis tellement habitué à être entouré de célébrités, de fans et d'employés de l'émission de Nick Dashaway que j'ai oublié combien il était agréable d'être traité comme une vraie personne.

Je suis sur le point de la retenir, mais je mets quelques secondes de trop à me décider.

– Bonne nuit, Nick, dit-elle presque comme si elle n'y avait pas pensé avant.

Ses cheveux noirs se balancent sur ses épaules, elle pose le chapeau de Père Noël sur la table d'entrée et me laisse dans cette grande maison vide, seul avec mes pensées.

25

22 DÉCEMBRE
2 jours, 7 heures, 32 minutes
et 43 secondes avant Noël

DEVINE QUI VIENT DÎNER CE SOIR

À la troisième prise, c'est parfait.

Ou du moins, c'est ce que dit Ezer.

Si ça dépendait de moi, je choisirais de recommencer mais il insiste et dit qu'il a tout ce dont il a besoin.

– S'il manque quelque chose, on s'arrangera en postproduction.

– Mais je ne veux pas que ça ait l'air trop travaillé, j'insiste, surpris de voir qu'au bout de seulement trois jours je commence déjà à être lassé du style préfabriqué de Nick Dashaway. Je veux quelque chose de brut, un peu rauque. Peut-être qu'on devrait essayer une version acoustique, juste pour voir ?

Ezer me regarde comme si j'étais fou.

– Tu es une star, pas un artiste. Sois-en heureux. Ça veut dire que tu n'as pas besoin de reconnaissance, d'argent ou de quoi que ce soit d'autre.

Je commence à objecter mais Tinsley me coupe :

– Je suis d'accord avec Nick. Elle me regarde en coin, comme si on était tous les deux dans la même galère. Ce serait sympa d'essayer et ça rendra peut-être mieux dans l'émission. Tu sais, ça aura l'air plus spontané, moins répété.

– Ouais, j'enchaîne, encouragé par l'argument de Tinsley. On pourrait mettre des chaises à côté d'un sapin de Noël et Tinsley pourrait jouer de la guitare et je…

– Ça me plaît.

Ezer approuve de la tête et plisse les yeux en regardant au loin, comme s'il voyait toute la scène défiler sur le mur du fond.

– Ça pourrait marcher.

Le hochement de tête est de plus en plus convaincu.

– Évidemment on aura besoin d'un sapin, je dis.

Ce qui, maintenant que j'y pense, est quand même bizarre. On filme le « décompte de Noël » depuis le jour où je suis arrivé mais ma maison n'est toujours que partiellement décorée.

– On s'en est occupés. On s'est occupés de tout, dit Ezer. Bien que j'aime l'idée de Tinsley. Je vais vous dire, vous faites une version acoustique et si elle est bonne, on la mettra dans l'épisode où on décore le sapin. Bien vu, Tins.

Il met la main sur son épaule et la serre dans ses bras avant de nous emmener vers la sortie. J'essaye de ne pas être trop vexé par la manière dont les choses se sont passées. Si Ezer veut féliciter Tinsley pour quelque chose qui était clairement mon idée, grand bien lui fasse. Tant qu'il est d'accord, peu importe qui récolte ses louanges.

– Hé, je viens juste de penser à quelque chose.

Ezer est debout devant les portes d'ascenseur, se frottant

les mains comme quand il rêve à de grosses liasses de billets de banque.

– À la seconde où l'épisode sera diffusé, on mettra la chanson en vente. On verra si on peut négocier une exclusivité avec iTunes, je suis sûr qu'ils seront ravis. On leur donnera même les deux versions, studio et acoustique, comme ça on pourra les voir se battre pour la première place. Quoi qu'il arrive, tu auras la première et la deuxième place au Top 50 !

C'est un bon plan, il n'y a pas à dire. C'est juste que je trouve bizarre la manière qu'il a de faire croire que c'est pour moi qu'il fait ça, comme s'il ne recevait pas une grosse part du gâteau. Je ne suis peut-être jamais allé chez lui, mais à mon avis il a la belle vie.

– Pourquoi est-ce que tu ne m'invites jamais chez toi ?

Je protège mes yeux du soleil tandis que je les suis, Tinsley et lui, dehors.

– Pourquoi est-ce que tu viens toujours chez moi et jamais l'inverse ?

– Tu veux venir ?

Ezer s'arrête devant son énorme 4 x 4 noir.

Je hoche la tête, sans jamais le quitter des yeux. Je veux voir où il vit. Peut-être apercevoir la chambre de Tinsley. Tout est bon pour être près d'elle et, je l'espère, finir ce que nous avons commencé à ma soirée.

– Très bien. Pourquoi est-ce que tu ne viendrais pas dîner ce soir ?

Je soutiens son regard, pas certain que ce soit aussi facile. Mais quand je regarde Tinsley et que je la vois sourire, tout excitée, je réalise à quel point travailler avec Ezer m'a rendu parano.

– Super, je réponds. On se voit à sept heures.

★

Comme je le pensais, Ezer vit très confortablement.

Sa maison est immense. Elle ressemble à un château avec beaucoup de pierres et de grandes tours. La seule chose qui manque, c'est un pont-levis et des douves pleines d'alligators.

La première chose que je fais quand la domestique ouvre la porte et me conduit à l'intérieur, c'est de chercher à repérer les caméras.

Est-ce que j'ai dit à quel point il m'avait rendu parano ?

S'il y a une chose dont je suis sûr, c'est qu'Ezer ne raterait pour rien au monde une séquence exploitable dans « Les Douze Jours avant le Noël des Dashaway », mais apparemment ce soir tout a l'air normal.

Je suppose qu'il accorde plus d'importance à son intimité qu'à la mienne.

La domestique m'amène au salon où Tinsley, assise dans un canapé à côté d'une cheminée, est en train de jouer de la guitare et de chantonner, comme si elle ne venait pas de passer la journée à faire exactement la même chose, pendant qu'Ezer hurle dans son téléphone dans la pièce d'à côté.

– Nick, donne-moi juste une seconde.

Il a passé la tête dans la pièce et mis sa main sur le haut-parleur pendant qu'il murmurait.

– Pourquoi est-ce que vous ne répéteriez pas un peu ?

Puis, avant qu'on puisse répondre, il est de nouveau en train de hurler dans son téléphone.

Tinsley se pousse pour me faire de la place. Elle reprend du début, pendant que je m'éclaircis la voix, que j'attends quelques secondes et que je reprends avec elle. Elle est tellement jolie dans sa robe bleue, avec ses cheveux tombant en cascade autour de son visage, qu'il faut que je me concentre pour continuer à chanter. Nos voix se marient tellement bien que je suis complètement dans la chanson quand Ezer apparaît, tape dans ses mains bruyamment et dit :

– C'est ça ! C'est exactement ce que je cherche ! Maintenant, si vous pouvez juste refaire exactement la même chose demain en studio, on sera disque de platine !

Je ferme les yeux et je grogne. J'en ai tellement marre du studio. C'est super d'avoir accès à Tinsley pendant des heures, mais on ne fait que travailler. Sans parler du fait que je n'arriverai jamais à l'embrasser dans cette stupide pièce qui est toujours pleine d'ingénieurs du son et d'Ezer.

– Assez parlé boutique pour aujourd'hui, dit-il. Allons vous nourrir tous les deux. Vous allez avoir besoin de beaucoup d'énergie pour demain.

Il nous entraîne dans une salle à manger qui se fond très bien dans le thème château moderne, avec son immense table, ses grands chandeliers en fer forgé disposés au centre, ses lourdes chaises en bois avec des pieds sculptés comme des griffes et tellement d'assiettes débordant de nourriture qu'il est difficile de tout voir en une fois. Quand Ezer s'assoit en tête de table sur un large coussin violet, il ne lui manque plus qu'une couronne.

Je dois admettre que, même si je me suis moqué intérieurement de lui et de son château, la nourriture est vraiment bonne et la conversation n'est pas aussi ennuyeuse que je le redoutais. Peut-être que c'est le luxe d'être assis pour prendre un repas plutôt que de toujours manger sur le pouce, peut-être que c'est le verre de vin dans la main d'Ezer, peu importe, c'est à peu près la première fois qu'Ezer se détend et parle de choses qui n'ont rien à voir avec de nouveaux contrats publicitaires, les audiences de l'émission ou le nombre de copies de *Douze jours* vendues sur iTunes.

C'est tellement sympa, presque comme d'être en famille, que je me surprends à vouloir que cela dure plus longtemps pour que la soirée ne finisse jamais. Cela me décide aussi à passer plus de temps avec ma vraie famille, vu que le seul moment où je les vois c'est quand on tourne, et même là chaque instant est écrit dans le script. Une fois que je m'en suis plaint à Ezer, il m'a dit qu'il n'avait pas eu d'autre choix que de me garder à l'écart d'eux. « Ils ne feront que te poser des problèmes », a-t-il dit, ce qui n'a aucun sens.

Du peu de temps que j'ai passé avec eux, ils m'ont semblé très gentils et encourageants, toujours prêts à aider, même Holly, ce qui n'est pas quelque chose que je peux dire de la Holly de Greentree.

Je commence à penser qu'Ezer a d'énormes problèmes de contrôle.

Quand le dessert arrive, je suis sur le point de commencer, mais Ezer et Tinsley déclinent tous les deux le leur, donc je refuse le mien aussi. Aussitôt après, les assiettes sont enlevées, Ezer recommence à hurler dans son téléphone et ce sentiment chaleureux d'être en famille a disparu.

Tinsley m'emmène dans le salon et, dès que nous sommes seuls, elle fait une imitation remarquable d'Ezer, qui me fait tellement rire que j'en suis presque à m'étouffer ; mais quand on s'installe dans le canapé et qu'elle me dit que mon manager n'est pas vraiment son oncle, que ses parents sont morts quand elle était bébé et qu'Ezer, le meilleur ami de son père, s'est dévoué pour l'élever, eh bien soudainement il n'est plus aussi facile de rire de lui.

C'est la dernière chose à laquelle je m'attendais. Je suppose que c'est parce que c'est un acte vraiment bon et noble, et je ne m'attendais pas à ça de la part d'Ezer.

– Au début, il m'a élevée tout seul, dit-elle en s'enfonçant dans le canapé et en croisant une jambe sur l'autre pendant que ses souvenirs lui reviennent. Il n'a pu payer une nounou que lorsque j'ai eu huit ans et qu'il a commencé à produire un boys band qui a cartonné. Quand l'argent a commencé à couler à flots, la première chose qu'il a faite, c'est d'acheter cette maison et d'engager quelqu'un pour s'occuper de moi. Sans lui, je n'aurais rien de tout cela.

À la seconde où j'entends ça, je ne peux pas m'empêcher de me sentir coupable de l'avoir accusé dans ma tête d'être un tyran, quand tout ce qu'il a fait, c'est essayer de me protéger.

– Quand le groupe s'est séparé, il avait prévu de prendre de longues vacances, peut-être même de tout arrêter. Elle mouille ses lèvres et me regarde droit dans les yeux. Mais il t'a entendu chanter et il s'est dit que les vacances pouvaient attendre.

Je me rapproche, désireux d'en apprendre plus tout en faisant semblant d'avoir déjà entendu cette histoire, comme si je l'avais vraiment vécue.

– Il a dit que tu étais brut de décoffrage, mais que ce n'était rien qu'un bon coaching ne puisse corriger.

Ses lèvres esquissent un sourire et elle est tellement jolie que je suis obligé de détourner mon attention vers le verre de Mojo qui est posé juste devant moi.

Comment ai-je pu autant me tromper ? Tout ce temps j'en ai voulu à Ezer, pensant qu'il était le méchant, toujours en travers de ma route, toujours en train de me dire quoi faire, quand en fait ce n'est pas le cas du tout.

– Il a dit que tu lui faisais penser à lui quand il avait ton âge.

Hein ?

J'étais tellement perdu dans mes pensées que je n'ai pas entendu ce que Tinsley racontait. Mais cette phrase a retenu mon attention parce que c'est exactement ce que Josh Frost avait dit.

– Ezer chantait ?

J'ai beau essayer de l'imaginer, c'est impossible. Il est plus facile de l'envisager catcheur que chanteur.

– Mais non, idiot, je pensais que tu savais ça !

Elle me donne un petit coup d'épaule et sa main reste sur moi quelques secondes de plus que nécessaire, mais je suis tellement occupé à essayer de trouver quelque chose à dire pour couvrir ma gaffe que j'oublie de profiter du toucher de Tinsley. Et juste quand je commence à le faire, sa main retourne sur ses genoux.

– Il voulait dire que vous étiez tous les deux ambitieux et décidés à réussir. Ezer a essayé de chanter, mais il ne lui a pas fallu longtemps pour réaliser qu'il n'avait pas ce qu'il fallait, tu sais, ce truc qui fait que les gens te regardent ?

Elle penche la tête sur le côté et plisse le nez un tout petit peu, mais, aussi irrésistible qu'elle ait l'air, je ne peux pas m'empêcher de penser : *Ouais, ce truc. Ce truc indéfinissable que je n'avais pas à Greentree mais que j'ai ici, même si je suis exactement le même.*

– Enfin, c'est mignon de voir qu'il te considère comme son fils.

J'attends la chute, sûr qu'elle plaisante. Vu la manière dont Ezer est toujours en train de me faire la morale, je pensais qu'il me considérait comme son plus gros problème. Mais comme elle n'ajoute rien, je dis :

– T'es sérieuse ?

– Ben oui.

Elle s'enfonce encore plus dans le canapé, croise les jambes comme si c'était aussi simple que ça.

– Surtout parce que tes parents sont un peu absents. Il pense que c'est son boulot de s'occuper de toi.

– C'est pas vrai, je dis, soudain sur la défensive.

Tinsley me regarde, ses mains s'agitant nerveusement, son visage prudent.

– Ils ne sont pas absents, ils sont juste…

Ma voix s'éteint, je n'ai rien à dire. Tinsley ne connaît même pas mes parents. Et comment le pourrait-elle quand tout ce qu'ils se disent vient d'un script ? Je les connais à peine moi-même.

– Je suis désolée, je ne voulais pas dire…

Elle met une main sur mon bras et me lance un regard d'excuse.

– Ça va. Je me penche vers elle. Peut-être que tu as raison… tu sais, sur leur absence. Après tout, ils ne sont quasiment jamais là…

Ce n'est pas juste de dire cela et pas totalement vrai, mais avec le feu dans la cheminée, la musique douce et le visage de Tinsley à quelques centimètres du mien me regardant comme si elle allait peut-être m'embrasser, eh bien les mots n'ont pas beaucoup d'importance.

Apparemment Plum avait raison, ça n'a pas besoin d'être un gros truc.

Quand une fille a envie d'être embrassée, on le sait à son regard, à la manière qu'elle a d'envahir votre espace.

Je mouille mes lèvres, un peu gêné qu'elles soient légèrement gercées, mais déterminé à profiter de cet instant. Je ferme les yeux comme je l'ai vu faire dans les films, prêt à sauter le pas, quand Ezer déboule dans la pièce.

– La fête est finie. J'ai besoin que vous soyez en studio de bonne heure demain.

26

23 DÉCEMBRE
1 jour, 16 heures, 21 minutes
et 16 secondes avant Noël

TU ENTENDS CE QUE J'ENTENDS ?

On dit qu'il faut vingt et un jours pour créer une habitude, mais je suis à Tinsel Hills depuis moins d'une semaine, et déjà chaque jour se ressemble.

La première chose que je fais après avoir été réveillé par un appel téléphonique à sept heures, c'est de ramasser l'emploi du temps que la mère de Plum glisse sous ma porte et qui ressemble généralement à ça :

8 heures : Petit déjeuner dans la limousine.

9 heures : Rendez-vous avec Tinsley au studio d'enregistrement.

13 heures-13 h 15 : Pause-déjeuner au studio.

17 heures : Retour à la maison pour filmer « Les Douze Jours avant le Noël des Dashaway ».

18 heures : Dîner (coincé entre la coiffure, l'habillage et le maquillage ou pendant le tournage).

Minuit : Tomber épuisé (et quelque peu frustré) dans mon lit.

OK, peut-être que j'ai ajouté la dernière ligne. Ce n'est pas comme si je me plaignais, vu que j'avais aussi un emploi du temps chargé à Greentree, sauf qu'il n'était pas aussi excitant. Toujours est-il que tout ce temps passé à tourner et à enregistrer des chansons ne laisse pas beaucoup de place pour autre chose. Je ne cherche pas à faire le difficile, mais mon ticket de bus expire demain soir une minute après minuit, et j'ai besoin de décider si je reste ici ou si je rentre à la maison.

Je pensais avoir pris ma décision, le deuxième jour que j'ai passé ici. J'étais sûr de rester et de ne jamais le regretter. Mais il y a un petit truc qui m'embête, qui empêche ma vie rêvée d'être aussi parfaite que je veux (à part le fait que je n'ai toujours pas embrassé Tinsley), et aujourd'hui c'est le jour où j'ai décidé de faire quelque chose à ce sujet.

Je suppose que dîner avec Ezer hier soir m'a fait réaliser à quel point passer du temps avec ma famille me manquait. Attention, j'aime qu'ils restent à l'écart et qu'ils n'essayent jamais d'exercer leur autorité sur moi en m'imposant des heures pour rentrer et toutes sortes de règles comme la plupart des parents – Ezer s'en charge. Mais vu qu'ils sont la famille dont j'ai toujours rêvé, je ne peux pas m'empêcher de penser que ce serait sympa de passer un peu plus de temps avec eux.

C'est pour ça que ce matin, au lieu de faire semblant de boire un des affreux smoothies de Lisa prétendument bons pour la santé et de demander ensuite à Sparks de m'emmener au drive-in du Starbucks sur le chemin du studio d'enregistrement pour que je puisse manger quelque chose de correct, je vais prendre mon petit déjeuner en famille. On va pouvoir passer du temps ensemble et avoir le genre de conversation agréable non scriptée que j'avais avec ma famille de Greentree, mais en mieux.

★

Je les entends discuter dans le hall d'entrée, alors je m'arrête en haut des marches, espérant rester invisible suffisamment longtemps pour savoir de quoi ils discutent quand je ne suis pas là. Mais les voix parlent toutes en même temps, ce qui rend la discussion incompréhensible, jusqu'à ce que je comprenne qu'ils s'ignorent tous parce qu'ils parlent dans leurs portables.

Holly : « Non, je ne sais pas du tout à quelle heure on va finir. Ça dépend de Nick. Tout ce que je peux faire, c'est espérer que ça ne prenne pas trop longtemps. »

Ma mère : « Eh bien, est-ce qu'il peut me glisser entre deux rendez-vous à onze heures ? Onze heures et quart ? Onze heures quarante-cinq ? Non, j'ai un autre rendez-vous à treize heures. Il doit bien y avoir un moyen pour qu'il me voie ? J'ai réservé il y a plus d'un mois et je dois avoir l'air superbe ce soir. »

Mon père : « Non (soupir), pas aujourd'hui (grognement). Je ne sais pas du tout combien de temps cela va prendre, c'est pour ça que je ne peux pas m'engager. »

Quand j'arrive en bas, ils se retournent tous pour me fixer, avec leurs téléphones portables collés à l'oreille. Ils ont l'air inquiets.

Comme moi, ils ont leur propre emploi du temps à suivre. Mais eux n'ont pas l'air de détester le leur comme je commence à détester le mien.

Mon père est le premier à parler. Il a un sourire crispé qui paraît collé sur son visage ; il range son téléphone dans la poche avant de son pantalon et dit :

– Nick, qu'est-ce qui se passe ?

Je me tourne vers ma mère. Son expression est exactement la même que celle de mon père, et quand je regarde Holly, eh bien elle ressemble beaucoup à Mister Dasher Dashaway quand il sort la tête de son sac à main : les yeux exorbités et la tête penchée sur le côté.

Ils se sont tous arrêtés net, attendant que j'explique pourquoi je les empêche de mener leur vie juste pour manger des pancakes avec moi.

– Désolé.

J'essaye de faire comme si tout cela n'était qu'une erreur, me sentant gêné, déçu de réaliser que je me suis totalement trompé à leur sujet. Clairement, ça ne leur manque pas de passer du temps avec moi. À tout prendre, ils préfèrent m'éviter.

– Je ne suis pas sûr de ce que je pensais. Ou, plus exactement, je n'ai pas réfléchi…

Je leur jette un regard à travers une mèche de cheveux qui est tombée devant mes yeux, espérant qu'ils m'arrêtent, me disent de ne pas m'excuser, que je me suis trompé, qu'ils sont heureux d'être là. Ma mère m'embrasserait, mon père me donnerait une grande tape amicale dans le dos, Holly me traiterait de naze pour rire et on irait tous dans la cuisine pour prendre un long petit déjeuner tous ensemble.

Au lieu de ça, ils restent debout, mal à l'aise, attendant que je finisse pour qu'ils puissent reprendre le fil de leur journée.

– Mais je sais que vous êtes tous occupés, alors… je suppose qu'on se verra à l'enregistrement en direct ce soir.

Je hoche la tête, me forçant à sourire pendant que je leur fais signe de partir. Je les regarde sortir et se précipiter vers leurs voitures, tellement pressés de reprendre le cours de leurs vies qu'ils ne pensent même pas à dire au revoir.

27

COMME DANS LES FILMS

Encore une fois, on termine tôt, mais si j'ai appris quelque chose sur ce métier, c'est que, pour être pris au sérieux, il faut faire semblant de ne jamais être satisfait, alors j'insiste pour qu'on refasse la prise.

J'ai aussi du mal à laisser partir Tinsley, surtout que chaque fois qu'Ezer quitte la pièce elle a l'air soulagée de pouvoir être enfin seule avec moi, même si les ingénieurs du son sont à côté.

Mais après une heure à refaire les prises, Ezer passe par-dessus mes objections et annonce la fin de la séance d'enregistrement, expliquant qu'ils ont tout ce dont ils ont besoin et qu'on devrait se reposer avant le tournage de ce soir, étant donné qu'on sera en direct.

– Tu es stressé pour ce soir ? me demande Tinsley pendant qu'on quitte le studio.

– Pas du tout, je réponds, pas sûr de savoir où elle veut en venir.

On tourne un épisode presque tous les soirs. Pourquoi est-ce que celui-là serait différent ?

– Et toi ?

– Un peu, admet-elle, bien que l'expression sur son visage

montre que c'est bien plus que ça. Tu n'as pas droit à l'erreur quand tu es en direct.

Je me rends compte que je n'y avais pas vraiment pensé. De toute manière, ça ne vaut pas la peine de se tracasser pour ça.

– J'ai peur de faire quelque chose de stupide qui deviendra culte sur YouTube. Surtout que je n'ai jamais eu de rôle aussi important dans ton émission.

Je suis surpris de l'entendre dire ça alors que j'ai l'impression de toujours la voir sur le plateau. J'imagine qu'à partir du moment où j'ai terminé la coiffure, le maquillage et l'habillage, sans parler d'avoir l'air vrai en suivant un script, je n'ai aucune envie de regarder ce qui est diffusé à la télévision pour voir ce qu'Ezer a décidé de garder au montage.

– Ne t'inquiète pas, je lui dis en essayant de la rassurer, même si j'ai mes propres soucis.

Il ne reste plus qu'une journée avant Noël.

Une seule journée avant que mon billet de retour n'expire, et avec lui ma chance de retourner à Greentree.

Même si j'ai décidé de vivre ma vie de Superstar internationale ici à Tinsel Hills, savoir que je ne pourrai jamais retrouver mon ancienne vie est une décision importante. Surtout après le petit déjeuner familial raté de ce matin.

– Je suppose que c'est la différence entre un amateur et un pro, dit Tinsley en me lançant un regard de côté pendant que sa bouche fait une adorable moue. Chaque fois que la caméra est sur moi, j'ai l'impression que je vais vomir.

– C'était comme ça pour moi au début.

Ses yeux me regardent avec insistance, comme si elle n'était pas sûre de me croire.

– Mais ensuite quelqu'un m'a dit que les spectateurs veulent seulement s'amuser et rêver et que c'était mon boulot de leur donner ça.

Un regard de pure adoration s'imprime sur son visage, comme si j'étais une sorte de dieu.

Ce qui semble un bon moment pour l'embrasser, sauf qu'on est au milieu du trottoir devant le studio d'enregistrement et que Sparks nous regarde debout à côté de la limousine.

– Et maintenant, on fait quoi ? je dis en faisant signe à Sparks d'attendre.

– Ezer veut qu'on se repose pour être en forme ce soir.

Elle prend son ton de jeune fille obéissante, mais son expression me dit qu'elle est prête à faire quelque chose de plus excitant.

– Ouais, alors où est-ce qu'on pourrait se reposer à part à la maison ?

Elle sourit d'un air malicieux.

– Qu'est-ce que tu avais en tête ?

– Eh bien je ne suis jamais allé à Disneyland, je dis, me rappelant que l'attraction « Pirate des Caraïbes » a un coin romantique avec des lumières tamisées et des faux papillons… enfin, celui de Floride l'a.

– Sérieusement ? Elle a l'air choquée.

– Oui, je suis allé à Disneyworld, pas à Disneyland.

– Donc… tu as pris un avion jusqu'en Floride pour voir une réplique de ce que tu aurais pu voir à juste une heure de route d'ici ?

Je hausse les épaules comme si cela n'avait pas d'importance. Comme si c'était comme ça que je vivais, oubliant encore une fois qu'elle ne sait pas du tout que je ne suis pas vraiment d'ici. La plupart du temps, je l'oublie aussi.

Elle balaye l'idée d'un revers de la main.

– Si tu n'y as jamais été, il faut que tu y passes toute la journée, vu tout ce qu'il y a à faire. Pourquoi on n'irait pas à la plage, plutôt ?

C'est une idée géniale. Le temps est toujours idéal. La plage en décembre, c'est parfaitement faisable.

– C'est mon moment préféré de l'année.

Elle attrape une mèche de sa queue-de-cheval et l'enroule autour de son doigt.

– Il n'y a pas autant de monde qu'en été, et puis, je ne sais pas, je me sens privilégiée de pouvoir aller à la plage au milieu de l'hiver quand la plus grande partie du pays est sous la neige.

– C'est comme si c'était fait.

Je la conduis à la limousine et je demande à Sparks de nous emmener sur la plus belle plage qu'il connaisse.

★

Je pensais que l'eau serait plus chaude, comme en Floride, mais Tinsley rigole et me rappelle que c'est froid la majeure partie de l'année.

Froide ou pas, cela ne m'empêche pas d'enlever mes chaussures, de rouler mon jean et de rejoindre Tinsley au bord de l'eau.

– C'est mon petit coin de paradis ! dit-elle en faisant rouler un coquillage du bout de son pied.

Son visage est illuminé par les rayons du soleil couchant.

– Moi aussi, je réponds.

Même si, à part un voyage en famille à Miami, où Holly et moi avions pris une leçon de surf, c'est seulement la deuxième fois que je vois la mer, cela n'en rend pas les choses moins vraies. Avec Tinsley à côté de moi, je pourrais être enfermé dans une prison de haute sécurité que je dirais la même chose.

L'eau nous mouille les pieds et les mollets quand Tinsley soulève sa jupe au-dessus de ses genoux et s'enfonce un peu plus dans les vagues. Elle rit, envoie de l'eau et chante notre chanson à tue-tête.

C'est la plus belle vision dont je pouvais rêver.

– Allez, viens ! m'appelle-t-elle. Qu'est-ce que t'attends ? T'as peur d'être un peu mouillé ?

C'est tout ce que j'ai besoin d'entendre pour me jeter dans la première vague qui arrive, juste pour être à côté d'elle.

– C'est mieux. Son ton est léger, ses yeux, brillants. Sauf pour tes cheveux.

Elle plonge les bras et m'envoie une tonne d'eau d'un seul coup.

Évidemment je l'arrose à mon tour et, avant d'avoir pu dire ouf, on est en pleine bataille d'eau et on rigole tellement qu'on en oublie presque la vague qui arrive.

J'attrape sa main au dernier moment et je plonge sous l'eau avec elle. On refait surface en même temps, les yeux pleins d'eau salée et de sable, pendant que mon bras trouve le chemin de sa taille et qu'elle enlève les cheveux qui se sont collés sur mon visage. Son regard est doux et tendre. Ses lèvres s'entrouvrent. Elle est tellement belle qu'on dirait qu'elle sort d'un film.

Sauf que si c'était un film, c'est exactement le moment où j'appuierais sur le bouton d'avance rapide jusqu'à ce que la scène soit terminée.

Mais c'était avant que j'aie la chance de jouer le rôle principal.

Je mouille mes lèvres, espérant qu'elle ne les trouve pas trop salées, puis je prends une profonde inspiration et je m'avance, pleinement conscient du miracle en train de se jouer pour moi, alors que Tinsley se penche en avant, avec un regard aussi plein de désir que le mien.

– Nick, chuchote-t-elle, promets-moi que quoi qu'il arrive tu te rappelleras ce moment.

Je ne sais pas ce qu'elle veut dire, mais je ne perds pas de temps à y réfléchir. Comment pourrais-je oublier le jour où Tinsley Barnes a décidé que c'était une bonne idée de m'embrasser ?

Elle passe sa main autour de mon cou, sa respiration douce et caressante, l'odeur du soleil, de l'eau salée et du bonheur émanant de sa peau. Ses lèvres sont à quelques millimètres des miennes, consentantes, prêtes à se poser, quand Sparks nous appelle.

Je fais comme si je ne l'entendais pas.

Quoi qu'il veuille, cela peut attendre.

Le moment que j'ai tant attendu est enfin là et j'ai bien l'intention d'en profiter.

Malheureusement, Tinsley n'est pas de mon avis.

Ce qui explique que je termine avec mes lèvres dans ses cheveux, quelque part au nord de son oreille, pendant que Sparks hurle :

– Ezer a appelé, il veut que vous alliez au maquillage maintenant ! Ils ont avancé le tournage de trois heures.

28

TU ES TRÈS MÉCHANT, PÈRE FOUETTARD

Je ne peux pas cacher à quel point je suis énervé contre Ezer. Surtout après avoir foncé à la maison pour s'apercevoir que l'équipe de tournage n'était même pas encore arrivée.

– Qu'est-ce qui se passe ?

Je déboule dans le salon – *mon* salon – où *Ezer* est assis dans le canapé, les pieds sur la table.

Il couvre le téléphone de sa main et dit : « Donne-moi une minute, Nick », puis il prend son temps pour finir sa conversation pendant que je fais les cent pas dans la pièce, mettant de l'eau partout. Tinsley commence à regarder ses messages sur son portable comme si elle avait l'habitude d'être debout trempée dans un salon à attendre Ezer.

– Tu as besoin de quelque chose ?

Il se décide enfin à prendre acte de notre présence.

Ma bouche s'ouvre, mais malgré le discours que j'ai répété dans ma tête, qui commence par lui rappeler qu'il travaille pour moi, ma langue pèse une tonne et aucun mot ne sort. Avec

Tinsley debout à côté de moi, nous regardant nerveusement tour à tour, tout ce que j'arrive à dire, c'est :

– Heu, ouais. On s'est dépêchés de rentrer, mais rien n'est prêt. Qu'est-ce qui se passe ?

Il enlève une pile de papiers de ses genoux et les pose à côté de lui. Puis, baissant ses lunettes, il m'étudie un long moment, ce qui me met très mal à l'aise.

– Je t'ai dit de te détendre, de te reposer pour ce soir, et tu crois que ça te donne la permission d'aller *batifoler* dans un océan gelé.

Je suis sur le point d'objecter au mot « batifoler » mais, à la réflexion, il correspond parfaitement à la situation.

– Et maintenant vous êtes trempés et frigorifiés, prenant le risque de perdre vos voix, juste parce que vous avez choisi de faire exactement le contraire de ce que je vous ai demandé.

Je marmonne dans ma barbe et je lève les yeux au ciel comme j'ai vu Holly (la Holly de Greentree) le faire des millions de fois.

– Tu peux répéter ? demande Ezer pendant que Tinsley me regarde avec inquiétude.

– T'es pas mon père.

Je suis obligé de m'éclaircir la gorge pour faire sortir les mots, ce qui prouve juste qu'il a raison.

– Non, Nick, je ne le suis pas. Mais en ce moment je suis ce qui y ressemble le plus.

Je ne sais pas pourquoi, mais ma gorge se serre et mes yeux commencent à piquer. Je dois être fatigué. Ou peut-être que c'est à cause de ce matin. Peu importe, il faut que ça passe. J'ai la vie dont je rêvais. Donc il n'y a aucune raison que je me sente à deux doigts de faire quelque chose de complètement humiliant comme de me mettre à pleurer.

– Va prendre une douche chaude, Nick.

Ezer se lève du canapé pendant que je reste debout à essayer de me remettre pour ne pas perdre la face devant Tinsley.

– Repose-toi. Tinsley et moi, on te verra ce soir.

Avant que je puisse répondre, il l'entraîne vers la porte d'entrée.

29

LE BAISER

Le temps que je me douche et que je m'habille, toute ma maison a été transformée en féerie hivernale, avec des décorations de Noël partout.

Chaque surface disponible est recouverte de guirlandes, de couronnes de l'Avent, de branches de houx et je ne peux pas m'empêcher de penser à quel point ma mère de Greentree aimerait voir ça.

Les acteurs et l'équipe de tournage sont réunis dans la cuisine, tout le monde avec un verre à la main rempli de ce qui ressemble à du champagne, mais qui, connaissant Ezer, n'est probablement que du cidre.

– Juste à temps ! Ezer me fait signe de le rejoindre. Prends un verre, on a de bonnes nouvelles à célébrer.

Je prends mon verre comme si j'étais habitué à boire dans des flûtes à champagne et je me concentre sur Ezer. Je ne sais pas du tout de quoi il s'agit mais je peux sentir son excitation.

– L'émission est un énorme succès ! annonce-t-il.

Tout le monde applaudit et moi aussi, mais je suis un peu perplexe : est-ce qu'on ne le savait pas déjà ?

– Tourner tous les jours était un risque que certains responsables du studio hésitaient à prendre. Mais je n'ai pas lâché et j'ai eu raison. « Les Douze Jours avant le Noël des Dashaway » a les plus grosses audiences que la chaîne ait jamais eues !

Il arbore un large sourire, mais c'est sans doute parce qu'il a eu raison plutôt que grâce aux scores. La plupart des gens adorent avoir raison, mais pour Ezer c'est une question de vie ou de mort.

Tout le monde se tourne vers moi, attendant ma réaction, alors je lève mon verre et je dis :

– C'est génial !

C'est moins enjoué que je ne l'aurais voulu mais ce n'est pas comme si quelqu'un avait pensé à m'écrire un discours.

– Génial, exactement ! Ezer rigole, faisant de son mieux pour rattraper le coup. En fait, c'est tellement génial que « Les Longues Journées ensoleillées de l'été des Dashaway » a eu le feu vert ! Le titre va peut-être changer, alors personne n'en parle avant qu'on n'ait quelque chose de définitif.

Tout le monde a l'air très heureux de la nouvelle. Il n'y a rien de plus excitant que de travailler pour une émission à succès. Sans parler de l'assurance d'avoir un salaire pendant tout l'été.

En ce qui me concerne, je suis occupé à visualiser de longues et chaudes journées passées sur la plage à côté d'une Tinsley en maillot de bain. Je l'aurai sûrement embrassée d'ici là ?

– Alors, buvez ! dit Ezer. Nous avons une émission à succès à produire !

Tout le monde finit son verre et sort, laissant Plum et sa mère remplir un de mes deux lave-vaisselle. Ezer met son bras autour de mes épaules et dit :

– Il faut que je te montre quelque chose.

Il me conduit dans la salle à manger où il pointe du doigt un sapin de Noël tellement grand qu'il touche presque le plafond, deux étages plus haut.

– Qu'est-ce que tu en penses ? me demande-t-il en m'étudiant avec attention.

La vue de ce sapin me bouleverse tellement que je ne peux plus parler. Comme le père de Mac Turtledove a kidnappé notre sapin à Greentree, je suis touché qu'Ezer ait pris la peine de faire ça. Comment pouvait-il savoir à quel point cela avait de l'importance pour moi ?

Je suppose que Tinsley avait raison. Il me voit vraiment comme son fils. Rien de tout ça n'existerait sans lui : la maison, la limousine, le sapin, mon émission. Je suis juste un adolescent lambda avec une voix médiocre et un grand rêve, qu'Ezer a transformé en plus grande star mondiale. La seule raison pour laquelle il me fait tellement la leçon, c'est parce qu'il veut le meilleur pour moi, jusqu'au plus beau sapin de Noël.

– Ouais, je dis finalement, la gorge nouée par l'émotion. Il est encore mieux que celui du centre commercial, qui avait l'air un peu décharné en haut.

Ezer rigole et me donne une tape sur l'épaule qui semble vraiment sincère, contrairement à son habitude, et bien que je veuille en dire plus, lui déclarer à quel point je lui suis reconnaissant de tout ce qu'il a fait pour moi, ma gorge est tellement serrée que je suis obligé d'espérer que mon visage transmette ce que je pense.

Il me serre dans ses bras de manière totalement inattendue. Puis, me laissant admirer mon sapin, il s'éloigne tout aussi rapidement, disant à tout le monde quoi faire et quoi dire, même si techniquement il n'est pas le réalisateur.

Typique d'Ezer. En même temps c'est la seule manière d'obtenir que les choses se fassent ici.

Il faut avoir une vision pour avancer.

De plus, ce n'est pas à moi de remettre en cause ses méthodes. Entre moi et le boys band qu'il manageait avant, son parcours parle de lui-même.

Quand j'aperçois mes parents et Holly à quelques mètres, je me dirige vers eux, décidé à mettre le désastre de ce matin derrière moi et à prendre un nouveau départ, mais avant que je les atteigne les caméras se mettent en place, une musique de Noël commence à résonner et je n'ai pas d'autre choix que de reporter cette conversation. On se met tous à jouer à la famille parfaite sur le point de décorer l'immense sapin de Noël. On boit du chocolat chaud dans des tasses rouges et vertes en rigolant, quand ma propre chanson de Noël démarre et que Mister Dasher Dashaway se met à danser sur ses pattes arrière et à aboyer avec excitation.

Tinsley arrive, les bras chargés de cadeaux, et d'autres suivent rapidement, la plupart des amis de la famille que je ne reconnais pas, à part Dougall bien sûr. Maintenant qu'on est tous ensemble, même si on filme, c'est un moment vraiment agréable, tellement parfait qu'il est facile de se laisser aller à croire que c'est vrai.

Ce sont toutes les images d'Épinal de Noël.

Ou du moins c'est ce que je me dis jusqu'à ce que ma mère tape dans ses mains et annonce que c'est le moment d'ouvrir les cadeaux.

Je réalise avec horreur que je n'ai jamais pris le temps d'aller en acheter, mais apparemment Ezer a tout arrangé parce que, lorsque ma mère commence à les distribuer, ils sont quasiment tous de moi et ils sont bien mieux que ceux que j'aurais pu trouver.

Quand ma mère ouvre une boîte contenant un collier en or et diamants que je suis supposé lui avoir acheté, elle essuie des larmes aux coins de ses yeux et me dessine un cœur avec ses doigts en me regardant.

Quand mon père voit ses nouveaux clubs de golf rutilants, il me donne une tape dans le dos et dit quelque chose sur le fait d'aller bientôt tous les deux taper la balle.

Holly hurle de joie en ouvrant son cadeau et en trouvant la clef d'une Vespa neuve, cachée sous une montagne de confettis rouges et verts qui tombent sur le sol. C'est à peu près l'exact opposé du Noël de l'année dernière, quand la Holly de Greentree a froncé les sourcils en recevant la carte de Noël que j'avais faite pour elle et en disant : « Waouh, merci d'avoir fait autant d'efforts pour mon cadeau, Nick. »

Ils ont l'air tellement heureux et reconnaissants que je me sens coupable de m'en attribuer le mérite quand c'est Ezer qu'ils devraient remercier. J'ai été tellement occupé à essayer d'embrasser Tinsley que j'avais quasiment oublié qu'ils existaient.

Après que Dougall m'a remercié pour la nouvelle Xbox que je lui ai apparemment achetée, je croule sous les cadeaux de ma famille. Tinsley s'approche du fond de la pièce, portant une boîte rectangulaire dans ses mains, et je me fige en réalisant qu'il ne reste plus rien sous le sapin qui pourrait venir de moi.

Je m'éclaircis la gorge et je fixe Ezer du regard pour qu'il me remarque, mais il refuse même de me regarder, me laissant me débrouiller tout seul alors que Tinsley s'assoit à côté de moi et me tend la boîte.

Je la balance dans mes mains en l'examinant de tous côtés, essayant désespérément de gagner du temps, parfaitement conscient de la caméra faisant un gros plan sur moi. Je suis à quelques secondes de passer pour le mec le plus paumé de l'histoire de la télé.

– Joyeux Noël, Nick.

Elle sourit avec enthousiasme, ce qui me fait me sentir encore plus coupable.

– Heu, merci, je bafouille, sachant que c'était encore pire à la télévision que dans ma tête.

– Dépêche-toi, idiot, dit-elle en me regardant passer un doigt hésitant sous le ruban. Je te promets que ça ne va pas te mordre ni exploser.

Je tire sur le ruban et j'ouvre la boîte pour trouver une seule feuille de papier tachée de café avec les paroles de ma chanson préférée écrites de la main de mon artiste préféré (à part Josh Frost) et signées au bas.

Je suis sans voix.

Un cadeau comme ça n'est pas ordinaire.

Ça demande beaucoup de préparation.

Tinsley a dû faire de sérieuses recherches sur moi étant donné que je ne me rappelle pas lui en avoir parlé un jour.

Et soudain, comme à Greentree, il n'y a plus de doute que cette fille et moi, on ne joue pas dans la même équipe.

– Est-ce que ça te plaît ? Sa voix tremble, trahissant sa nervosité. J'ai lu dans une de tes interviews, je crois que c'est dans *Teen Vogue*, que c'était ta chanson préférée et j'ai pensé que peut-être…

Elle pince ses lèvres comme si elle avait peur d'avoir fait une erreur.

– J'adore. Je me force à parler. Je ne sais même pas quoi dire.

Ce que je veux dire, c'est : *Je n'ai pas été à la hauteur. Je n'ai rien pour toi. J'étais tellement occupé à essayer de t'impressionner et te faire tomber amoureuse de moi, parce que tu es tellement jolie, que je n'ai jamais vraiment essayé de te connaître assez pour savoir ce que tu aurais souhaité.*

Elle cligne des yeux et soupire de soulagement plusieurs fois en direction des caméras, mais il ne lui faut pas longtemps avant qu'elle ne me regarde avec espoir et c'est à ce moment-là que je me mets à paniquer.

Je m'éclaircis la gorge une nouvelle fois. Pathétique, je sais. Mais comment dire à une fille qui vient de vous offrir quelque chose d'incroyable, que vous n'avez rien d'incroyable pour elle ?

Et non seulement vous n'avez rien d'incroyable, mais vous n'avez rien du tout !

Je suis sur le point d'admettre l'horrible vérité, quand j'aperçois Ezer faire des gestes désespérés vers la poche de sa veste. Il me faut un moment pour réaliser qu'en fait cela symbolise *ma* poche de veste. Je mets ma main à l'intérieur pour me rendre compte qu'elle est vide.

Depuis l'autre côté de la pièce, il continue à mimer, pratiquement en train de se frapper le côté gauche avec son poing. Ne sachant pas quoi faire d'autre, je vérifie mon autre poche, et c'est là que je trouve une petite boîte blanche avec un ruban rouge, que je n'ai absolument pas mise là, mais ça ne m'empêche pas de la donner à Tinsley en disant :

– Je crois que c'est pour toi.

C'est exact, j'ai vraiment dit : « Je *crois* que c'est pour toi. » Comme si c'était une énigme qu'on devait résoudre. Ce qui est le cas, mais bon.

Tinsley ouvre son cadeau comme si c'était une œuvre d'art à savourer, prenant le temps de plier le ruban avec soin et de le mettre sur ses genoux avant de soulever le couvercle, de mettre une main sur son cœur et de couiner de plaisir.

Quoi que ce soit, elle a l'air ravie, ce qui est un grand soulagement.

Ou du moins, c'est ce que je pense avant que je voie ce qu'il y a dans la boîte et que je manque de vomir.

À quoi pense Ezer ?

– Oh, Nick ! susurre-t-elle. C'est tellement beau. Je ne sais pas quoi dire…

Comme ça on est deux, donc je choisis de me taire, et pas seulement parce que les caméras tournent et se rapprochent pour un plan serré, mais parce que Tinsley me regarde dans la vraie vie comme elle me regarde dans mes rêves.

Comme si j'étais le garçon le plus extraordinaire qu'elle ait jamais vu.

Quand la caméra zoome sur nous pour mieux capter le moment, Tinsley passe la délicate bague en or et saphir (de la même couleur que ses yeux) à son doigt, mais pas à n'importe quel doigt, à son annulaire gauche, et je manque de m'évanouir.

– C'est pour quand ? demande ma mère en pleurant et en tapant des mains comme si c'était la meilleure nouvelle au monde que son fils, qui n'aura que treize ans le lendemain, se fiance avec une fille du même âge.

Tinsley rit et se tourne vers ma mère en disant :

– C'est une bague de promesse de mariage un jour, n'est-ce pas, Nick ?

Je souris faiblement, du mieux que je peux. Bon, j'aime Tinsley, c'est sûr. Je l'ai aimée sans faillir chaque jour de l'année et demie qui vient de passer. Mais ça ne veut pas dire que je peux promettre qu'*un jour* je l'épouserai. À cause des interférences d'Ezer, je ne l'ai même pas encore embrassée.

Et maintenant il me donne cette bague ?

Qu'est-ce qui se passe ?

Mes parents et Holly font comme s'ils étaient ravis. Dougall lève le pouce en signe de victoire, ce qui a l'air sincère jusqu'à ce que je voie que ses yeux racontent une tout autre histoire. Mister Dasher Dashaway danse en cercles et aboie comme le chien de race bien entraîné qu'il est. Et Tinsley sourit avec tellement de plaisir, admirant les reflets de sa bague dans la lumière, que j'ai l'impression d'être le seul à ne pas profiter du spectacle.

Jusqu'à ce que je voie Plum secouer la tête et me lancer un regard qui dit clairement que je suis la personne la plus manipulée qu'elle ait jamais vue.

– Tinsley, as-tu regardé si elle était gravée ? demande ma mère.

Elle glousse comme si elle était la nouvelle meilleure amie de Tinsley et pas sa potentielle belle-mère *un jour.*

– J'adore quand il y a un message caché à l'intérieur.

Tinsley enlève la bague et lit :

– « Un jour, tu seras à moi. Mon amour pour toi est éternel. »

Elle pose les doigts sur ses lèvres, apparemment tellement émue qu'elle ne peut plus parler, mais quand son regard croise le mien, je vois bien qu'elle cherche à cacher quelque chose.

Elle met sa main sur son cœur et, présentant son meilleur profil à la caméra, elle dit :

– Ce sont les paroles de la nouvelle chanson sur laquelle on travaille, *Un jour.*

– J'adorerais l'écouter ! dit Holly. Pourquoi ne la chanteriez-vous pas pour nous ?

Elle tape dans ses mains comme si rien d'autre ne lui ferait plus plaisir et tout le monde se joint à elle.

– Qu'est-ce que tu en penses, Nick ? me demande Tinsley comme si elle n'avait aucune idée de ma réaction.

Et vraiment, comment pourrait-elle savoir ?

Apparemment tout le monde a eu un script différent du mien.

En même temps, je dois admettre que l'idée d'utiliser une bague pour promouvoir notre nouvelle chanson, *Un jour*, est géniale.

– Rien ne me ferait plus plaisir.

Je souris froidement à Ezer qui tend sa guitare à Tinsley, et dès qu'elle se met à chanter, le silence se fait dans la pièce.

C'est elle, le vrai talent dans cette pièce.

Sa voix est forte et captivante, et il n'y a aucun doute qu'elle *l'a*, ce truc indéfinissable qui fait que les gens ont envie de la regarder, de l'écouter, d'être près d'elle.

Pendant que je regarde Tinsley chanter, il est facile d'oublier la bague et toute la scène étrange qui a suivi.

Il est aussi facile d'oublier que je ne suis pas censé rester assis là et que je suis supposé chanter avec elle.

Je commence à chanter un peu en retard, mais comme c'est une nouvelle chanson, seuls Tinsley et Ezer le remarquent, et quand on arrive au refrain final, toute la tension est repartie et je me sens sincèrement heureux de partager ce moment avec elle.

C'est ce qui explique que je suis complètement pris par surprise quand elle se penche pour m'embrasser.

Mais genre m'embrasser vraiment.

Lèvres contre lèvres.

En mouvement.

Le genre de baiser qui ne pourrait pas être considéré comme un smack.

Comme je n'ai jamais fait ça avant, je la suis jusqu'à ce qu'elle se redresse, tourne sa tête vers la caméra et rigole adorablement.

Et c'est là que je réalise que mon premier vrai baiser est passé en direct à la télévision devant des millions de téléspectateurs.

Ce qui m'amène à me demander si ça aussi, c'était prévu.

Est-ce que Tinsley voulait même m'embrasser ? Ou est-ce que c'était juste dans le script qu'on lui a donné ?

Je reste assis là bêtement, ne sachant pas quoi faire.

C'est quoi, la bonne attitude, quand votre premier baiser est en fait un coup marketing ?

Mais ce n'est pas comme si cela avait de l'importance. À peine quelques secondes plus tard, le réalisateur annonce la fin du tournage, Ezer attrape la guitare de Tinsley, quelqu'un enlève mon micro et l'équipe commence à démonter le plateau pendant que je me précipite dans ma chambre à l'étage.

30

LE DUR RETOUR À LA RÉALITÉ

Une fois dans ma chambre, je fais quelque chose que j'aurais dû faire depuis longtemps : je regarde l'épisode le plus récent de mon émission. Après tout ce qui vient de se passer, j'ai besoin de savoir comment j'ai pu me retrouver dans cette situation du jour au lendemain.

Je m'installe sur mon lit avec mon ordinateur portable, et il ne faut pas longtemps avant que je sois horrifié par la manière dont la caméra filme le changement sur mon visage chaque fois que Tinsley entre dans la pièce.

Sans parler de la manière dont ils montent en épingle les moments les plus insignifiants pour qu'ils aient l'air plus importants.

Clairement, Ezer avait une idée en tête depuis le jour où il m'a présenté Tinsley, et il a manipulé les rushes depuis lors.

Il a même ajouté des séquences de nous s'amusant dans le studio d'enregistrement quand je ne savais absolument pas que j'étais filmé et incluant des scènes où j'essaye de faire rire Tinsley et de trouver n'importe quelle excuse pour toucher son bras, son épaule et une fois même son genou, laissant penser que Tinsley et moi, on est ensemble depuis longtemps.

Comme si c'était ma petite amie de longue date.

Comme si la suite logique de notre relation, c'était que je lui donne une bague pour un jour ou l'autre l'épouser.

Et c'est là que je réalise à quel point la situation est dramatique.

Ezer m'a utilisé pour rendre Tinsley célèbre.

Je me dis que je devrais m'en moquer.

Je suis tellement connu que je peux partager.

Mais je ne peux pas m'empêcher de me sentir trahi par la manière dont il m'a utilisé, dont il s'est servi de mes sentiments pour elle pour me manipuler et me faire faire ce qu'il voulait.

Avant tout, je m'en veux à moi-même d'avoir permis ça, de n'avoir pas fait plus attention, d'avoir choisi de croire cette fausse version de ma vie autant que les fans qui la regardent avec obsession.

Et le pire de tout : après avoir regardé les rushes, je réalise que Tinsley n'est pas la personne que je pensais.

Je suppose que je me suis menti à moi-même en croyant que si quelqu'un d'aussi parfait que Tinsley pouvait m'aimer, alors peut-être que cela voulait dire que j'étais parfait aussi. Maintenant je sais que j'avais tout faux. Tinsley n'est absolument pas parfaite et elle a fait semblant de m'aimer. Une véritable amie ne m'aurait jamais utilisé comme ça. Tinsley cherche juste à obtenir ce qu'elle veut.

J'attrape mon téléphone portable. J'ai désespérément besoin de parler à quelqu'un, mais la vérité, c'est que je n'ai personne à appeler.

Malgré tout mon argent et ma gloire, je suis plus seul que je ne l'ai jamais été à Greentree.

Alors que le Dougall de Greentree comprendrait, ce Dougall est exactement comme Ezer l'a décrit. Il est mon ami seulement pour profiter des avantages liés à ma célébrité. Toujours là pour faire la fête et être vu avec moi, il ne l'est jamais dans les moments plus normaux, moins visibles. Sans parler du fait qu'il se moque toujours de ma musique, de mon image, de ma décision de chanter avec Tinsley. Et même si, avec le recul, il avait sans doute raison sur ce duo, j'en ai marre qu'il me pousse toujours à prendre l'argent tant que je peux en se moquant de tout le reste.

J'ai peut-être un manager, un chauffeur-garde du corps, un chef cuisinier, un styliste personnel, une équipe de maquilleurs et coiffeurs et du personnel pour tondre ma pelouse, nettoyer ma piscine et maintenir ma maison étincelante, mais je n'ai personne qui soit vraiment un ami.

Personne à qui je puisse parler de choses plus importantes que la soirée à laquelle il faut aller et les filles les plus sexy.

Quant à ma famille, je suis à peu près sûr que je ne peux pas leur faire confiance. On n'a même pas réussi à prendre un petit déjeuner ensemble. Sans parler du fait qu'ils savaient exactement ce qu'Ezer avait prévu et qu'ils n'ont rien fait pour me protéger ou au moins m'avertir que j'étais sur le point de tomber dans un piège en direct à la télé.

Enfin, quelle sorte de parents laissent leur fils se fiancer ou promettre de se fiancer *un jour*, ou quoi que ce soit qui vient de se passer, à treize ans ?

Quelle sorte de mère tape dans ses mains comme si c'était la meilleure nouvelle au monde ?

Quand je pense que je me suis senti coupable de ne pas passer assez de temps avec eux, alors que la vérité, c'est qu'ils ne cherchent pas à en passer avec moi. Quand mon père m'a proposé de m'emmener faire du golf, ou que ma mère et Holly m'ont proposé de déjeuner, ils ont juste répété ce qu'il y avait écrit dans le script. Personne ne m'a pris à part pour me demander comment j'allais, comment je vais vraiment. Personne ne m'a rien dit de sincère depuis que je suis là.

Ils sont comme tous les autres à Tinsel Hills, seulement intéressés par la manière dont ils peuvent profiter de moi.

Plum est probablement celle qui ressemble le plus à une amie ici et il est parfaitement possible qu'elle ait tenté depuis le début de me faire voir la vérité à sa manière, en étant sarcastique et donneuse de leçons, ce qui m'a aidé à faire la sourde oreille.

J'hésite à lui téléphoner (Dougall a insisté pour ajouter son numéro dans mon nouveau téléphone, au cas où sa batterie serait déchargée et qu'il serait désespéré de la joindre) mais, avec le regard qu'elle m'a lancé ce soir, juste après la découverte de la bague, et même si c'est la seule prête à me dire la vérité, j'ai trop honte pour l'appeler et admettre qu'elle avait raison sur toute la ligne.

Il se trouve qu'en effet je suis le pire des vendus.

Prêt à tourner le dos à tout ce que je connais et aime pour continuer à me mentir à moi-même.

Mes vrais parents n'auraient jamais laissé ça se produire.

Ma mère aurait été furieuse.

Mon père aurait ordonné à Ezer de partir.

Même Holly n'aurait pas voulu que je me ridiculise à la télévision.

Ou peut-être que si, mais au moins elle n'aurait pas fait comme si la bague était une super nouvelle.

La Holly de Greentree aurait secoué la tête et dit : « Nick, sérieusement, est-ce que t'es aussi bête que ça ? »

Penser à ma famille de Greentree me fait cruellement ressentir leur absence. Je crois que je réalise enfin qu'il vaut mieux être une vraie personne plutôt qu'une coquille vide qui ne vit pas une vraie vie.

Je me lève de mon lit et je me dirige vers mon dressing où je cherche parmi des portants entiers de vêtements de marque, jusqu'à ce que je trouve quelque chose qui vient de chez moi. Puis je retourne sur le lit avec mon pull de Noël tricoté main, serré contre moi, soulagé d'avoir conservé une trace de mon passé.

On frappe avec hésitation à ma porte et ma mère demande si elle peut entrer.

Si je ferme les yeux, je peux prolonger ce moment et prétendre que c'est vraiment elle.

Ma mère de Greentree.

Mais dès que je les rouvre et que je vois son visage parfait dans l'entrebâillement de ma porte, l'illusion se brise.

– Nicky ? Sa voix est tellement mielleuse que ça me tape sur les nerfs. Tu es en tête des tweets sur Twitter encore une fois !

Elle sourit à pleines dents comme si elle m'annonçait une nouvelle merveilleuse.

Je lève les yeux au ciel, et je me tourne pour ne plus la voir, mais elle ne comprend pas le message et fait le tour pour s'asseoir juste à côté de moi.

– Nicky.

Elle pose sa main manucurée sur ma manche et prend ma main dans la sienne. C'est le premier geste maternel qu'elle fait et je me mets à douter de tout ce que j'étais en train de penser.

Peut-être que je suis juste perdu.

Peut-être que me faire constamment manipuler par Ezer m'a rendu paranoïaque.

Peut-être que je me trompe sur elle.

Déterminé à lui donner une chance de prouver qu'elle a vraiment mes intérêts à cœur, je lève le menton pour la regarder.

Mais au lieu de dire quelque chose de réconfortant ou même de me demander comment je me sens après tout ce qui s'est passé, elle plisse son nez, regarde longuement le pull toujours serré dans mes bras et dit :

– Tu ne vas pas mettre ça ?

Je regarde le pull, j'essaye de le voir à travers son regard, la même manière dont je le voyais avant, comme quelque chose de totalement gênant, quelque chose qu'il vaut mieux cacher. Mais je ne peux plus.

Je secoue la tête, me disant que si je lui dis ce qu'elle veut entendre, elle partira.

– Après tout, il vaut mieux que ce soit moi en tweets monde que mon pull, non ?

Elle laisse échapper un petit rire pincé et passe nerveusement sa main sur le collier or et diamants que je lui ai offert. En même temps elle tapote mon bras comme on fait quand on essaye de réconforter quelqu'un mais qu'en réalité on a juste envie de partir le plus loin possible sans jamais se retourner.

Elle se lève et se dirige vers la porte puis, agissant comme si cela lui venait juste à l'esprit et comme si ce n'était pas le but de sa visite, elle dit :

– Oh, et, Nicky, est-ce que tu penses que tu pourrais m'avancer un peu d'argent ? Je n'ai plus rien et je n'aurai pas le temps de passer à la banque maintenant que la folie de Noël a commencé.

La question reste lourdement en suspens entre nous. On sait tous les deux que l'émission la paie grassement, bien plus que ma vraie famille ne gagnerait si elle possédait plein de succursales de Droguerie Dashaway.

Malgré ça, je lui montre juste mon portefeuille du doigt et je la regarde pendant qu'elle le vide jusqu'au dernier centime.

Au début, cela semblait bien d'être le chef, de vivre tout seul sans heure pour rentrer, sans règles, sans personne pour m'empêcher de m'amuser.

Mais la vérité, c'est que je n'ai pas besoin de parents qui comptent sur moi.

J'ai besoin de pouvoir compter sur mes parents.

Encore une fois, Ezer avait raison : le Superbe Nick Dashaway est juste une société avec une foule d'employés dont la famille fait partie.

Quand la porte se referme derrière ma mère, je la ferme à clef.

Je ne peux plus me permettre une autre intrusion.

Il est temps de préparer ma fuite.

31

24 DÉCEMBRE
12 heures, 32 minutes
et 2 secondes avant Noël

NINSLEY

Le lendemain matin, Tinsley et moi sommes officiellement en couple.

Je l'ai appris par Twitter où notre relation est en tête des tweets monde.

Selon le blog de Hollywood que vous lisez, nous sommes le couple soit le plus adorable au monde, soit le plus ridicule.

Il y a même un compte Twitter pour la bague de Tinsley avec presque un million de followers.

Il est prévu qu'il y en ait cinq millions avant la fin de la journée.

Et ne me lancez pas sur les pages Facebook et Tumblr de fans.

Sans parler du fait que, dans le laps de temps pourtant court depuis la diffusion de l'émission à la télé, quelques-unes de mes fans les plus ferventes ont menacé Tinsley de mort.

Ezer pense que c'est formidable.

Tinsley aussi.

Tout ce que je sais, c'est que les fans nous ont surnommés Ninsley et je ne suis pas sûr de mon sentiment sur le sujet, sauf que je trouve que c'est vraiment bizarre.

Je suis assis au bord de ma piscine quand Ezer vient me rejoindre.

– Nick, dit-il, j'ai des super nouvelles.

Je ne lève même pas la tête, mais ce n'est pas comme s'il le remarquait.

– On a réussi ! C'est officiel, on est numéros 1 et 2 !

Je hausse les épaules, incapable de prétendre être intéressé.

– Allô ? Tu m'as entendu ? La version acoustique est n° 1 et la version studio est n° 2 ! Le Top 50 est à nous et les critiques sont dithyrambiques. Comme je l'avais prévu, *Un jour* a été téléchargé un million de fois avant la fin de l'émission. La presse est totalement folle. Tout le monde me supplie pour une interview. Tu n'as aucune idée de la somme d'argent que tu vas te faire entre maintenant et le jour de l'an ! Et toute la scène avec la bague (il se rapproche tellement que je sens son haleine de bagel aux oignons) était géniale. Les filles sont folles. Elles veulent toutes être Tinsley !

– Tu veux dire celles qui ne menacent pas de la tuer ?

Je regarde Ezer pendant qu'il fait un geste de la main pour balayer ce que je raconte, comme s'il ne trouvait pas ces menaces le moins du monde dangereuses.

– Les cinglés font partie de ce métier. Tinsley sait qu'il ne faut pas prendre ça au sérieux. Elle sait que je veille sur elle. Elle est aussi assez maligne pour savoir que c'est le premier signe de son succès. La réussite déchaîne les haines, Nick. Ça a toujours été comme ça. Il n'y a pas de place pour les petits joueurs dans la cour des grands. Tu dois apprendre à les ignorer. Ce sont juste de pauvres nuls avec des vies tellement tristes qu'ils projettent leur haine sur les autres plutôt que de se regarder en face. L'important, c'est qu'à cet instant précis Tinsley et toi soyez sur toutes les lèvres !

Je lève une main pour me protéger du soleil et le voir mieux.

– Vraiment ? je dis. C'est ça, l'important ?

Ezer fait une tête comme s'il n'avait pas le temps pour ce genre d'attitude.

– Tu me remercieras quand tu verras les sommes d'argent qui vont arriver sur ton compte. Chaque fois que quelqu'un télécharge ta chanson, une caisse enregistreuse sonne et un ange obtient ses ailes !

Il rigole à sa blague beaucoup plus longtemps que nécessaire.

– Est-ce que Tinsley était au courant pour la bague ? je demande quand il s'arrête enfin de rire.

Son visage change d'expression. Il passe de ravi à beaucoup moins ravi en quelques secondes.

– Qu'est-ce que tu sous-entends ?

– Je pose juste une question et j'aimerais vraiment une réponse.

La lèvre supérieure d'Ezer se retrousse. C'est un signe qui ne trompe pas et c'est tout ce dont j'ai besoin pour confirmer mes pires soupçons sur lui, Tinsley et moi.

Il frotte son menton de sa main, et me regarde droit dans les yeux. Pas de prétexte, pas de faux-semblant. Enfin.

– Qu'est-ce que tu veux que je te dise, Nick ? Je pensais que tu avais compris comment ça marche. Si tu as peur que je pousse Tinsley à se marier à treize ans, sois tranquille. Je n'y penserai même pas à dix-huit ou vingt et un ans. Tu peux respirer. Tu n'as pas besoin de l'épouser, Nick. Tu n'as même plus besoin de la voir après le dernier tournage ce soir, à part pour tes apparitions programmées, et bien sûr quand on commencera à filmer « Les Longues Journées ensoleillées de l'été des Dashaway ». Je pense que tu seras d'accord avec moi pour dire que le timing est parfait. Tout le monde adore une histoire d'amour à Noël, sans parler d'une romance d'été.

– Et Tinsley est d'accord avec ça ? Elle est totalement d'accord pour faire semblant de m'aimer et m'embrasser juste pour les caméras ?

Je ne sais pas pourquoi, mais la question me rend nerveux. Je suppose que c'est parce que je ne suis pas sûr d'être prêt pour la réponse.

Mais ce que je ne demande pas, c'est : *Est-ce que c'est pour ça que Mac Turtledove a disparu si rapidement, parce qu'il ne pouvait pas l'aider à devenir célèbre aussi vite que moi ?*

– Écoute, Nick. La seule raison pour laquelle je ne t'ai pas prévenu plus tôt, c'est parce que tu as l'âme d'un vrai artiste et cela te rend très sensible. C'est ce qui fait de toi une star, cette capacité à te plonger complètement dans chaque nouvelle expérience. Mais cela t'empêche aussi de voir les choses d'une manière plus grande et plus logique. Fais-moi confiance pour ça, Nick, j'ai toujours ton intérêt à l'esprit. Alors pourquoi tu n'essaierais pas de te reprendre ? On a le dernier épisode de Noël à filmer dans quelques heures et j'ai besoin de toi. Il y a une énorme surprise pour toi, Nick. Et ne me regarde pas comme ça, celle-là va te faire plaisir. Qu'est-ce que tu en dis ? Tu marches avec moi ?

Il se rapproche et me donne une tape sur le genou.

Je le regarde et je me force à soutenir son regard jusqu'à ce qu'il soit le premier à détourner les yeux.

– Ouais, je dis. Je suis avec toi.

C'est facile de mentir.

– Je suis content de l'entendre.

Il sourit et se lève, bloquant le soleil et me couvrant de son ombre.

– La journée est chargée, il y a beaucoup de choses à préparer. Mais toi, repose-toi, Nick. J'ai besoin que tu sois en forme ce soir.

Il s'est à peine retourné qu'il commence déjà à hurler dans son téléphone portable, me laissant me dépatouiller avec la vérité que j'essayais d'éviter.

Tinsley m'a seulement embrassé parce que c'était dans le script.

32

8 heures, 16 minutes
et 11 secondes avant Noël

L'OISEAU S'ENVOLE

Quelques heures plus tard, le seul progrès que j'aie fait, c'est de quitter ma chaise longue pour suivre le soleil au bord de la piscine où je m'assois les jambes dans l'eau jusqu'aux genoux, regardant un oiseau prendre le bord de la piscine pour sa baignoire personnelle. C'est comme ça que Tinsley me trouve.

– Nick ?

Sa voix est hésitante et elle s'approche doucement, comme si elle avait peur que la moindre petite chose me fasse péter les plombs.

– Lisa m'a dit que tu serais peut-être ici.

Je continue à regarder le moineau, mes pieds faisant des ronds dans l'eau.

– Nick ? Elle s'assoit à côté de moi. Tu es comme ça depuis combien de temps ? Tes pieds sont tout fripés.

Elle dit ça en rigolant d'un rire qui est plus nerveux qu'autre chose, et heureusement elle a la bonne idée de s'arrêter avant que cela ne devienne vraiment gênant.

– Tu vas bien ?

Elle met sa main sur ma jambe. Je lève les yeux pour la regarder, puis je me focalise sur sa main posée sur mon jean, ce saphir ridicule brillant dans le soleil éclatant jusqu'à ce que j'en sois presque aveuglé.

– Oh, ça. Elle lève sa main entre nous. Ce n'est que quand j'ai vu l'expression sur ton visage que j'ai compris. C'était cruel de te mentir comme ça. Mais avec les caméras qui tournaient… eh bien… j'ai juste décidé de suivre le script et espéré que tu joues le jeu, ce que tu as fait, et je te dois beaucoup pour ça.

– Tu ne me dois rien du tout.

Je lève mon regard jusqu'à ses lèvres, me rappelant notre baiser, mais seulement pour un instant avant de retourner à mon observation du moineau qui arrange ses plumes et boit l'eau de la piscine.

– Ça a marché, non ? Alors pourquoi être désolée ? C'est ma faute si je n'ai pas réalisé plus tôt que je n'étais qu'un pion dans ton jeu.

– Ce n'est pas un jeu, Nick.

Les mots sont prononcés durement et son regard est plus sérieux que je ne l'ai jamais vu.

– C'est le rêve de toute ma vie. Je le prends très au sérieux et je croyais que toi aussi.

– J'ai vraiment rêvé d'une autre vie, une vie meilleure et bien plus cool. Je me suis totalement imaginé en train de vivre exactement comme ça. Je montre l'incroyable jardin rempli de palmiers et baigné de soleil. Il se trouve que la réalité est bien différente.

Elle tripote nerveusement la bague à son doigt comme si elle avait peur que je l'arrache, emportant en même temps son rêve de gloire, et c'est là que je réalise à quel point elle a tout misé sur ça.

Mais moi aussi, j'ai beaucoup à perdre.

– Cette vie n'est pas la mienne. Pas vraiment.

Je ne sais pas pourquoi j'ai décidé de tout avouer, à part le fait que ça fait tellement du bien de dire la vérité après tellement de faux-semblants. Mais pour Tinsley, ma vérité doit sembler étrange et confuse. C'est totalement hors de propos, mais bien que je n'aie aucune idée de la manière de le lui faire comprendre, ça ne m'empêche pas d'essayer.

– Ma vie n'a pas toujours été comme ça. J'essaye d'expliquer l'inexplicable. Je n'ai pas toujours été une Superstar internationale. Je n'ai pas toujours été le Superbe Nick Dashaway.

Elle pince les lèvres et hausse les épaules.

– Tout le monde doit bien commencer quelque part…

– Ce n'est pas ce que je veux dire. Je suis soudain submergé par le besoin d'être compris. Jusqu'à il y a cinq jours, je vivais dans un endroit appelé Greentree, où je n'étais personne. J'étais invisible, un Intellectuel boutonneux qui ne pouvait pas obtenir qu'une seule fille le regarde ou s'intéresse à lui, et encore moins l'embrasse. Ou du moins pas le genre de fille que je voulais embrasser, j'ajoute, me souvenant de Plum.

– Oh, j'en doute vraiment !

Tinsley sourit exagérément. Le genre qui est normalement réservé aux situations où vous commencez une conversation avec un fou et que vous êtes obligé de calculer mentalement l'issue la plus rapide pendant que vous essayez de ne pas l'inquiéter. Mais j'en ai trop dit pour m'arrêter maintenant.

– Tu te comportais comme si j'étais invisible.

Elle bouge nerveusement, regarde par-dessus son épaule vers la maison.

– Nick, ça devient bizarre.

Son regard est découragé. Elle a atteint ses limites et elle n'a même pas entendu la meilleure partie.

– Fais-moi confiance, ça va devenir encore plus bizarre…

Je lui dis pour Josh Frost, le concours de talent, le cupcake magique, le bus de Noël psychédélique, le chauffeur fou avec le T-shirt teint en rouge et vert et les longues dreadlocks blanches. Je lui dis que je suis à peu près sûr d'avoir atterri dans une autre dimension, une autre version de ma vie, mais l'expression de Tinsley me dit qu'elle a tout simplement arrêté de m'écouter.

– Nick, je pense qu'on est tous un peu fatigués, me coupe-t-elle, pressée d'en finir. Mais si on arrive juste à finir l'enregistrement de ce soir, on pourra enfin se détendre et profiter du reste des vacances.

– Et comment est-ce qu'on fera ça ? Est-ce qu'Ezer va inclure des moments romantiques dans le script où se trouveront comme par magie des photographes pour immortaliser chaque seconde, s'assurant ainsi que *Ninsley* reste le couple le plus célèbre au monde ? Est-ce qu'on partira ensemble pour de romantiques vacances enneigées, juste toi, moi et Ezer ?

Elle pâlit. Ses doigts continuent à s'agiter nerveusement, mais ça ne m'arrête pas.

– Et d'ailleurs, je me demande bien ce que Mac Turtledove pense de Ninsley. Comment est-ce que tu lui as expliqué ça ? Ou est-ce que c'est Ezer qui l'a fait à ta place ?

C'est cruel, je sais, mais pour être honnête, c'est fait exprès. J'essaye de la pousser à bout pour qu'elle crache les horribles vérités qu'elle essaye de me cacher.

Ou peut être que j'espère qu'elle me dira que j'ai tout faux. Que, malgré tous ces scripts bidons, c'était vraiment sa décision de m'embrasser. Peut-être que j'espère qu'elle me dira tout ça d'une manière telle que je ne pourrai pas en douter. Pour que je puisse au moins quitter cet endroit en me disant que j'ai vécu un truc vrai parmi tous ces mensonges écrits à l'avance.

Au final, elle ne dit rien. Elle soupire juste de frustration, ce qui en dit plus que des mots, confirmant ainsi mes soupçons.

Elle n'est pas du tout la personne que je croyais.

Elle ne s'est jamais vraiment intéressée à moi.

Tout était faux.

Tinsley se lève et s'en va, me laissant observer l'oiseau en silence.

Il sautille un peu, prend encore quelques gorgées et chante tellement gaiement que tout son corps vibre. Puis, après avoir battu des ailes, il s'envole, s'élevant magnifiquement, libre... avant de s'écraser dans la vitre du pool house et de se briser le cou, son corps sans vie retombant sur le ciment.

33

5 heures, 54 minutes
et 13 secondes avant Noël

TEL EST PRIS QUI CROYAIT PRENDRE

Quand je monte à l'arrière de la limousine, je fais le compte dans ma tête de toutes mes interactions avec Sparks. J'espère ne pas avoir été trop pénible, si on oublie les fois où, au début, j'ai peut-être poussé le bouchon un peu loin en lui donnant des ordres. Il fait partie intégrante de mon plan, ce qui veut dire que, maintenant plus que jamais, j'ai besoin que ce soit mon allié.

– Tu te rappelles cet endroit, cet arrêt de bus où tu m'as récupéré il y a cinq jours ?

J'approche mon visage de la vitre de séparation, je veux le voir de près pour étudier sa réaction. Il bouge comme s'il me regardait dans le rétroviseur, mais les lunettes à verre miroir qu'il porte ne me permettent pas de savoir ce qu'il pense.

– Tu sais, le jour où tu m'attendais parce que le bus était en retard ? j'ajoute, en espérant vraiment qu'il se souvienne, parce que je ne sais pas du tout comment le trouver tout seul.

Toujours rien.

– J'ai vraiment besoin que tu m'emmènes là-bas au plus vite. Et si Ezer téléphone, réponds-lui que tu ne m'as pas vu, je dis, espérant qu'il comprenne au ton de ma voix, si ce n'est par mes mots, que c'est vraiment urgent.

Il faut que je parte maintenant, avant qu'Ezer ne remarque mon absence et, espérons-le, bien avant que mon ticket de retour n'expire, c'est-à-dire dans quelques heures. Je regarde nerveusement dans la rue. C'est juste une question de minutes avant qu'Ezer et l'équipe de tournage n'arrivent, réduisant à néant toutes mes chances de m'échapper de cet endroit.

Sparks pince les lèvres mais ne fait aucun geste pour démarrer la voiture et commencer à rouler.

– Tu es sûr de toi, Nick ? dit-il finalement.

C'est probablement la première chose qu'il me dit en dehors de *Vas-y !*

Ou : « Attention à ta tête ! »

Ou : « Je veille sur toi ! »

Ou : « Ezer a appelé, il te veut sur le plateau immédiatement ! »

Sans parler du fait qu'il m'a appelé « Nick ».

Pas « Monsieur Dashaway », ce à quoi je ne me suis jamais vraiment habitué, mais « Nick ».

Est-ce que ça veut dire qu'il est de mon côté ?

Est-ce que ça veut dire qu'il sait la vérité sur la manière dont je me suis retrouvé ici à Tinsel Hills ?

– Oui, je réponds. Je n'ai jamais été aussi sûr de ma vie.

Quand il démarre la voiture et commence à descendre la rue, je m'affale dans mon siège. J'ai l'impression que je peux enfin respirer.

Je rentre à la maison !

À Greentree !

Et j'ai trop hâte d'y être.

Les rues sont totalement embouteillées, ce qui devrait normalement ajouter à mon anxiété, mais, tant qu'on n'arrive pas une minute après minuit, quand le ticket expirera, ça ira. Mon plan est d'aller là-bas et de m'installer dans un coin jusqu'à ce que le bus arrive et m'emmène hors de cette vie.

Je mets ma capuche, me préparant au moment où l'adolescent le plus connu au monde (moi) tente de passer incognito. Puis je m'enfonce dans mon siège et j'attrape ce qui sera sans doute ma dernière canette de Mojo pendant que je serre mon sac à dos sur mes genoux comme s'il allait essayer de s'envoler.

C'est dommage que je n'aie pas pu prendre un sac à dos plus grand pour emmener quelques trucs géniaux avec moi, mais les coiffeurs, maquilleurs et habilleuses ont décidé d'arriver plus tôt, ne me laissant pas d'autre choix que de m'enfuir pendant que personne ne regardait.

Le vrai Dougall adorerait la Xbox que j'ai offerte à l'autre Dougall pour Noël. Je l'ai trouvée dans ma chambre aujourd'hui avec une note toute collante qui disait : « Merci, mais j'en ai déjà une. »

Et mon père aurait vraiment besoin d'une grosse liasse de billets de cent dollars pour payer ses arriérés d'impôts.

Mais Holly aurait détesté la Vespa. Il se trouve qu'elle est rose. Et ma mère se serait vraiment sentie mal à l'aise si elle avait dû porter quelque chose d'aussi chic et cher que les diamants que j'ai offerts à Eileen.

Sans parler du fait qu'il aurait été impossible d'expliquer comment j'ai eu toutes ces choses.

C'est quand même drôle d'avoir eu tous les trucs sympas que

l'argent peut offrir pour finir par rentrer à la maison avec uniquement ce que j'avais en arrivant et n'en avoir rien à faire.

De toute façon, mon ticket de retour est le bien le plus précieux que je possède.

Je trace le contour de la poche de mon sac à dos, dans laquelle j'ai caché le ticket, rassuré de le sentir à l'intérieur pendant que Sparks s'arrête, descend de voiture et fait le tour jusqu'à ma portière. Mais avant qu'il ne puisse attraper la poignée j'ouvre la portière, me précipitant vers ma liberté, pour finir par ouvrir la bouche d'horreur quand je réalise qu'il m'a trahi.

– Qu'est-ce qui se passe ? Mon premier instinct est de le frapper mais il fait dix fois ma taille. Est-ce que tu as la moindre idée de ce que tu as fait ?

Je suis hypnotisé par la vue de la maison d'Ezer juste devant moi.

– Tu travailles pour *moi*, pas pour Ezer, pour moi, et je te donne l'ordre de m'amener à l'arrêt de bus immédiatement !

Mais quoi que je dise et quel que soit le volume auquel je le dis, Sparks reste imperturbable. Il continue juste à me regarder derrière ses verres miroirs.

– Tu es sûr d'avoir tout pris ?

– Quoi ? Évidemment ! Maintenant allons-y avant que quelqu'un ne me voie !

Je commence à remonter dans la limousine, mais Sparks ne bouge pas.

– Peut-être que tu devrais vérifier encore une fois, Nick.

À la manière dont il le dit, mon cœur se serre et mes poils se dressent. Puis il fait un tout petit geste de la tête vers mon sac à dos. J'ai un très mauvais pressentiment et mon estomac se noue immédiatement.

J'ouvre la poche, mets ma main à l'intérieur et la ressors avec une peluche et un vieux ticket de cinéma que j'ai confondu avec mon ticket de retour.

Comment est-ce possible ?

C'était dedans hier soir avant que j'aille me coucher, juste après que j'ai mis au point mon plan. J'ai vérifié pour être sûr !

Je retourne la poche, mais tout ce que je trouve, c'est une autre peluche et un très vieux papier de chewing-gum. Alors j'attrape mon sac à dos. Même si je n'ai jamais changé le ticket de place, cela ne m'empêche pas de tomber à genoux et de vider tout le contenu sur le sol, cherchant parmi chaque chose, au moins pour confirmer que mon ticket de retour a disparu.

Je regarde Sparks. Dire que je suis *désespéré* serait en dessous de la réalité.

Le coin de sa bouche bouge comme s'il était sur le point de parler, lorsque Ezer ouvre la porte d'entrée et me dit de rentrer immédiatement.

– Où est-ce qu'il est ? je chuchote, sûr que Sparks a quelque chose à voir avec ça. Sinon, comment est-ce qu'il saurait que le ticket a disparu ? S'il te plaît, si tu sais qui l'a pris, tu dois me le dire. Et si tu l'as pris, tu dois me le rendre !

Sparks s'agenouille et m'aide à ranger mes affaires dans mon sac à dos comme s'ils étaient tombés à la suite d'un accident.

Ezer m'appelle à nouveau du pas de la porte et nous dit de nous dépêcher. Mais Sparks lui fait juste signe et se penche vers moi.

– Je ne l'ai pas pris, Nick. Mais si tu y réfléchis, je suis sûr que tu trouveras qui c'est.

– Attends, quoi ? Qu'est-ce que ça veut dire ?

Ma voix est désespérée et frénétique, trahissant toute l'étendue de ma panique.

– *Réfléchis*, Nick.

Et c'est ce que je fais. Je fais l'inventaire de toutes les personnes qui ont eu accès à ma maison.

La liste est longue.

Trop longue pour penser à tout le monde.

Alors je fais une autre liste, celle des gens qui auraient intérêt à me garder ici, à qui mon existence est utile, qui non seulement ont eu accès à ma chambre mais savaient peut-être même quoi chercher.

Ce qui réduit la liste à... tout le monde. Mais comme je me suis confié à Tinsley près de la piscine, peut-être qu'elle est le suspect n° 1 ?

Ezer hurle encore une fois, devenant vraiment impatient, et Sparks attrape mon bras, me redresse et me pousse vers la maison, où Ezer et Tinsley m'attendent.

RETOUR AU BERCAIL

34

4 heures, 14 minutes
et 28 secondes avant Noël

UN AIR SURPRIS

J'arrive à la porte où m'attend Ezer.

– Nick, qu'est-ce qui se passe ? Je n'ai pas arrêté de t'appeler, Sparks aussi, mais aucun de vous deux n'a eu la correction de me répondre. Tu pourrais au moins garder ce genre de comportement pour quand tu es en vacances, ce qui commence demain, au fait. Est-ce que c'est trop te demander ?

Peu importe à quel point il s'énerve, sa voix n'est qu'un bruit dans mon oreille. Je suis trop occupé à regarder bêtement la banderole « Joyeux anniversaire, Nick ! » accrochée au-dessus de la porte. Sans parler des décorations de Noël, des acteurs, de l'équipe de tournage et des caméras, tous prêts à filmer.

Ezer m'a tendu un piège !

Et Sparks l'a aidé.

Mais il m'a aussi aidé en me faisant réaliser que je n'avais plus mon ticket de retour, et en m'amenant ici pour que j'aie une chance de le retrouver.

Tout ce dont je suis sûr, c'est que le dernier épisode des « Douze jours avant le Noël des Dashaway » se tourne ici.

Ce qui veut dire que soit Ezer n'a pas du tout cru à notre conversation au bord de la piscine, soit Tinsley lui a tout raconté, soit les deux.

Au final, peu importe comment il l'a su. Il tire les ficelles depuis le début. Il a probablement mon ticket de retour dans sa poche et je ne peux rien y faire. Ce n'est pas comme si je pouvais le jeter sur le sol et exiger qu'il me le rende. Il doit avoir toute une équipe de sécurité qui n'attend que ça.

– Alors ! dit-il en me tapant dans le dos, plus fort que nécessaire. Je suis sûr que tu pensais qu'on avait oublié ton anniversaire dans toute cette agitation.

Son sourire est tellement grand et crispé qu'il me fait penser à un requin de dessin animé prêt à attaquer sa proie.

– C'est pour ça qu'on a changé le lieu du tournage, on voulait te faire une surprise. On est prêts pour une fête d'enfer en *ton* honneur, Nick ! Mais d'abord, c'est quoi, ce que tu portes ?

Il attrape ma manche entre son pouce et son index pendant que je baisse les yeux vers le sweat-shirt que j'ai attrapé en vitesse. C'est le même sweat-shirt que je portais sous mon pull de Noël quand je suis arrivé ici. Le bleu délavé avec « Greentree » écrit en jaune sur le côté droit.

Il plisse les yeux. Il essaye probablement de trouver le meilleur moyen de me dire de me changer en prétendant que la couleur ne me donne pas bonne mine ou qu'elle ne passe pas bien à l'écran, les excuses habituelles quand il n'aime pas ce que je porte.

– Je ne sais pas du tout où tu as trouvé ça, dit-il, mais ça fonctionne ! C'est classique. Sans prétention. Ça n'a pas l'air trop stylé, comme si tu faisais trop d'efforts. Tu es juste l'adolescent Nick Dashaway qui arrive à son anniversaire surprise. Une capuche comme ça dit que tu ne te prends pas trop au sérieux. Tu ne ressens pas le besoin d'en faire trop chaque fois que tu sors de chez toi. C'est comme si tu donnais aux téléspectateurs une vision du vrai toi. C'est génial ! Rien de plus faux qu'une célébrité rendant visite à un ami en smoking et nœud papillon !

Je hoche la tête. Je hausse les épaules. Je ne savais pas qu'une simple capuche pouvait dire tout ça.

Il continue à m'étudier avec concentration.

– Tu sais, ma première réaction a été de te dire de te changer. Mais parfois, c'est bien de prendre du recul et de regarder les choses sous un autre angle. Souvent tu réaliseras que les choses qui t'ont posé problème ne sont pas aussi graves que tu ne le penses. En fait, une fois qu'on dépasse son premier réflexe de recul, on est capable de voir que notre situation est sans doute bien meilleure que ce qu'on pensait au départ. Tant et si bien qu'on n'imaginerait jamais refaire les choses comme avant. Tu vois ce que je veux dire ?

Tout ce que je sais, c'est qu'à un moment cette conversation a cessé d'être sur ma capuche pour être sur moi. Je hoche la tête, prêt à acquiescer à n'importe quoi jusqu'à ce que je puisse mettre la main sur ce ticket et m'enfuir d'ici.

– Pourquoi est-ce que tu n'irais pas à la coiffure et au maquillage pour qu'on puisse commencer le tournage ? Puis tu ressors et tu sonnes. Et cette fois, quand on hurle « Surprise ! » je veux que tu aies l'air aussi surpris que lorsque tu es arrivé ici la première fois.

★

Quand j'avais onze ans et demi et que j'étais sur le point d'entrer au collège, mon père m'a averti sur l'absolue folie des suppositions.

– Ne suppose jamais que tu sais ce qu'une autre personne

pense ou ressent, a-t-il dit. Les brutes te harcèlent non pas parce qu'ils se sentent forts mais parce qu'ils se sentent impuissants à l'intérieur. Et les gens que tu considères comme populaires n'ont pas des vies parfaites et sans problème. Personne n'est comme ça.

Et malgré cela, les gens choisissent de l'oublier et de faire régulièrement des suppositions sur toutes sortes de choses et sur toutes sortes de gens.

Ce n'est pas comme si je n'avais pas écouté. Mais à cette époque, la seule chose que j'aie retirée de cette conversation, c'est que mon père avait peur que je devienne un souffre-douleur dès le premier jour et qu'il avait ressenti le besoin de me préparer à ça.

Ce n'est que maintenant que je comprends vraiment la leçon.

Dommage qu'il soit trop tard... J'ai supposé que je pouvais être plus intelligent qu'Ezer et cette vie de rêve, et je réalise que ce sont eux qui ont été plus intelligents que moi.

D'ailleurs ce n'est pas la seule supposition que j'aie faite. J'ai supposé plein de choses sur tout le monde ici, et maintenant il est temps de vérifier au moins l'une d'elles.

C'est un très gros risque qui pourrait se retourner contre moi, mais avec Ezer qui me surveille comme le lait sur le feu, je n'ai pas d'autre choix que de continuer à tourner mon émission. Ce qui veut dire que si je veux avoir la moindre chance de réussir, je vais devoir limiter ma liste de suspects et placer tous mes espoirs dans la seule personne à qui je ne suis même pas sûr de pouvoir faire confiance, mais c'est la seule qui voudra peut-être m'aider.

★

Avec mes cheveux savamment décoiffés et mon visage poudré, je suis debout devant la porte d'entrée d'Ezer, attendant que le réalisateur crie : « Action ! »

C'est mon signal pour entrer avec un visage surpris pendant qu'Eileen me serre dans ses bras et essuie des larmes inexistantes de ses joues en se souvenant du jour merveilleux où elle a mis son petit miracle de Noël (c'est moi) au monde tout en racontant qu'elle a su immédiatement que j'allais devenir une star.

Joe est debout à côté de nous, souriant à la caméra pendant qu'il rabâche à quel point je l'ai rendu fier, jusqu'à ce que le réalisateur fasse un gros plan sur le faux Mister Dasher Dashaway dansant à mes pieds, quand l'expression de mon père passe de fière à totalement saoulée, comme s'il préférerait vraiment taper dans des balles au golf que chanter mes louanges à la télé.

Holly enlève son chapeau de Père Noël et le met sur ma tête, tout en racontant une histoire totalement inventée sur le fait que j'étais un bébé totalement adorable. Ça sonne tellement faux que je suis gêné pour nous tous.

Sérieusement, quelle sœur digne de ce nom dirait quelque chose comme ça ?

Est-ce que les gens croient vraiment à ces trucs ?

Est-ce que j'étais aussi crédule quand je regardais l'émission de Josh Frost ?

Et est-ce que je suis le seul à être gêné par l'absence totale de réalité dans mon émission ?

Où étaient les caméras quand ma mère critiquait mon sweat-shirt et vidait mon portefeuille ?

Et comment se fait-il que personne ne pense à filmer une des incessantes tirades d'Ezer ou ses crises de nerfs ?

Même Mister Dasher Dashaway a eu une doublure quand il a trop mangé et qu'il a fini par vomir ses cookies partout par terre.

Si cela n'a pas l'air parfait, ou du moins imparfait mais charmant, cela ne passera pas au montage.

Et c'est ce qui me gêne le plus. Tout ce temps j'ai rêvé d'une vie parfaite, entouré de gens parfaits, juste pour découvrir que dans la vraie vie, c'est tout sauf ça.

Malgré tout, je fais de mon mieux pour donner le change. D'abord, je ne peux pas me permettre de mettre encore plus la puce à l'oreille d'Ezer. Je dois le convaincre qu'il peut me faire confiance, que je suis totalement impliqué, que j'ai repris mes esprits et qu'il ne me viendrait pas à l'idée de gâcher quelque chose d'aussi bien. Le problème, c'est que je ne suis pas aussi bon acteur que ça. Mais avec mon bonheur futur en ligne de mire, je ferai le nécessaire.

Ce n'est que lorsque le faux Dougall me tend la main pour un check en marmonnant « Joyeux anniversaire, mec ! Je suis tellement content pour toi ! » que les larmes me montent aux yeux. Pas parce que je crois qu'il s'intéresse à mon anniversaire, mais parce que cela me fait penser au vrai Dougall qui pense toujours ce qu'il dit et qui me manque. Le temps que j'arrive au bout de la ligne où Tinsley m'attend, toujours aussi incroyablement jolie, j'ai repris mes esprits.

– Joyeux anniversaire, Nick.

Elle se penche pour m'embrasser mais, aussi irrésistible qu'elle ait l'air avec ses yeux fermés et ses lèvres offertes, je tourne la tête pour que ses lèvres finissent sur ma joue, ce qui ressemble plus à un baiser de ma grand-mère qu'au baiser d'une fille dont vous rêvez depuis un an et demi.

Quand elle se redresse, essayant de cacher sa surprise, je murmure :

– Merci, Tins.

Je la regarde au fond des yeux comme pour dire silencieusement : *Je sais ce que tu as fait.*

– Coupez ! hurle le réalisateur, insistant pour qu'on recommence la scène.

– Tu es amoureux ! Tellement amoureux que tu lui as offert une bague de promesse de mariage un jour ! Allez, Ninsley, montrez aux fans à quoi ressemble un premier amour !

Il essaye d'allumer une flamme qui ne brillera plus jamais.

À l'intérieur, je lève les yeux au ciel. Il faut savoir choisir ses combats et celui-là ne mérite absolument pas qu'on se batte. Nous avons un planning serré. Tout le monde veut rentrer à la maison et passer Noël en famille, moi inclus.

Cette fois je laisse Tinsley m'embrasser. Je commence à compter lentement jusqu'à trois à partir du moment où ses lèvres touchent les miennes avant de passer directement à la scène où on prétend être détendus et heureux. Ensuite, mes parents et Holly disparaissent dans la cuisine avant de revenir avec le plus énorme gâteau d'anniversaire que j'aie jamais vu.

À cet instant, je réalise que chacun de mes rêves s'est réalisé.

Tinsley est ma petite amie, je suis l'adolescent le plus célèbre au monde et mon anniversaire n'est plus éclipsé par Noël.

Seulement, maintenant que j'ai tout ça, j'ai honte de l'avoir voulu.

Les bougies scintillent de mille feux tandis que Tinsley se rapproche de moi.

– Fais un vœu, Nick, dit-elle, parfois ils se réalisent !

Je la fixe du regard, surpris par ses mots. C'est à peu près comme ça que je me suis retrouvé ici.

Peut-être que c'était juste un cupcake et pas un vrai gâteau d'anniversaire, et qu'au lieu de treize bougies il n'y en avait qu'une rouge et verte, mais c'est le même rituel.

« N'oublie pas de faire un vœu, a dit Plum. Ne le gâche pas pour quelque chose de banal. »

Tinsley prend ma main, la serrant un peu trop fort, ses ongles manucurés s'enfonçant dans mes paumes de main.

– Tu vas brûler la maison si tu ne les souffles pas ! Dépêche-toi ! Fais un vœu, Nick, et fais-en un bon !

– Fais un vœu ! crie Dougall.

– Fais un vœu, Nicky, dit ma fausse mère.

– Qu'est-ce qui se passe, Nick ? Ta vie est tellement géniale que tu ne souhaites plus rien ? se moque Ezer depuis le bord du plateau.

Je fixe les bougies.

Et si c'était le moyen de partir, comme la fin romantique de ma précédente expérience ?

Et si c'était le moyen de tout changer ?

Et si ce ticket n'avait en fait aucune importance ?

Et si c'était aussi facile ?

Je regarde une dernière fois Ezer, je ferme les yeux et je fais mon vœu, vidant mes poumons de tout leur oxygène.

35

3 heures, 3 minutes
et 33 secondes avant Noël

JEUX DE DUPES

Vous avez déjà entendu dire que la foudre ne tombait jamais deux fois au même endroit ?

Il se trouve que c'est vrai.

À la seconde où j'ai soufflé les bougies et ouvert les yeux, il est clair qu'absolument rien n'a changé.

Les caméras tournent toujours. Tinsley est toujours debout à côté de moi, sa voix un peu nerveuse :

– Essaye de ne pas avoir l'air aussi déçu, Nick ! Qu'est-ce que tu as souhaité ? D'être téléporté sur une plage à Hawaï ?

Je jette un œil à Ezer avant de me retourner vers Tinsley. Souriant largement pour les caméras, je passe mon bras autour de ses épaules et, de ma voix de Nick Dashaway la plus charmante, je dis :

– Pourquoi je voudrais être ailleurs qu'ici avec *toi* ?

Ses yeux croisent les miens et, bien que son sourire soit crispé comme si elle soupçonnait quelque chose, elle est suffisamment professionnelle pour faire des petits sons ravis pendant qu'elle se met sur la pointe des pieds et m'embrasse sur la joue.

Je fais de mon mieux pour tenir mon rôle. Comme je suis le seul dans la pièce à ne pas avoir eu de script, je n'ai aucune idée de ce qui va se passer. En revanche, j'en connais assez sur le monde de la télévision pour savoir que le coup de théâtre arrive toujours dans le dernier épisode pour vous tenir en haleine jusqu'à la prochaine saison. Et vu la manière dont Ezer se comporte, je n'ai aucun doute qu'il a prévu quelque chose.

Mais moi aussi, j'ai prévu quelque chose.

Je continue à jouer le jeu. Même quand on tourne la scène où Dougall et moi, on s'amuse à chanter *Vive le vent* sur l'air de *Douze jours* et que je me souviens d'une scène similaire à Greentree où le vrai Dougall m'avait surpris pendant que je répétais dans ma chambre. Il ne s'était pas moqué de moi et m'avait juste regardé en disant : « Je pense toujours que tu es fou de vouloir monter sur scène devant toute l'école pour chanter, mais je dois admettre que tu chantes presque bien. » Même si je sais que ce Dougall ne me soutiendra jamais comme ça, qu'il est mon ami seulement à cause des filles, des cadeaux et des bénéfices qu'il retire de notre amitié, je garde mon calme.

Je continue à jouer pour les caméras comme si tout était normal, jusqu'à ce que Plum entre dans la pièce et que je n'aie plus besoin de faire semblant.

Je fixe Ezer du regard, prêt à l'accuser d'avoir volé le ticket et d'avoir demandé à Tinsley de le cacher, quand je réalise que Plum n'est pas arrivée toute seule. Un des gardes du corps d'Ezer l'a traînée par le bras.

– Je l'ai trouvée dans la chambre de Tinsley en train de fouiller dans ses affaires, dit-il.

Et juste comme ça, mon plan s'écroule.

– Est-ce que c'est vrai ?

Ezer s'approche de Plum mais elle a le mérite de ne pas dire un mot.

Elle ne m'implique même pas en regardant de mon côté.

– Je l'ai prise la main dans le sac de Tinsley. Comment vous voulez faire ?

Le garde du corps serre le bras de Plum encore plus fort, comme s'il espérait qu'Ezer lui demande de la traîner en prison ou pire encore.

Ezer passe la main sur son menton et étudie Plum.

– Pourquoi est-ce que tu as fait ça ?

Il fait comme si la question était pour elle, jusqu'à ce qu'il se tourne et me fixe du regard.

Il est au courant.

Il sait que c'est moi qui lui ai demandé de faire ça.

Depuis qu'il a contrecarré mon premier plan de foncer jusqu'à l'arrêt de bus, j'ai été obligé d'agir si vite que je n'ai pas eu le temps de prévoir un plan B au cas où celui-là échouerait.

Il sait que c'est ma seule carte. Maintenant, il tente de me faire avouer.

– Elle l'a fait parce que je le lui ai demandé, je réponds. Je lui ai envoyé un texto pour lui dire de regarder dans le sac de Tinsley et d'y récupérer quelque chose que Tinsley m'a pris.

Tinsley pousse un cri de surprise tellement fort qu'il ne peut qu'être sincère.

– Et pourquoi est-ce que tu aurais fait ça ?

L'expression d'Ezer change tellement rapidement qu'il est difficile de le suivre, mais une chose est sûre : il me met au défi de répondre et je n'ai pas d'autre choix que de le relever.

– Parce que Plum est la seule à qui je peux faire confiance.

Elle est la seule qui n'attend rien de moi. Elle ne m'aime même pas.

Je jette un coup d'œil à Plum. Je ne peux pas m'en empêcher. Et vu le tas d'ennuis qui l'attend, c'est plutôt rassurant de voir qu'elle est encore capable de sourire.

– Nick, qu'est-ce qui ne va pas chez toi ? La figure rose de Tinsley a viré au rouge outragé. D'abord tu m'accuses de te voler, et maintenant tu dis que tu ne peux pas me faire confiance. Est-ce que c'est ce que tu penses ? Que je suis avec toi uniquement pour ce que ça peut me rapporter ?

Elle me regarde comme si elle me demandait de nier, ce qui est plutôt drôle, vu notre conversation de tout à l'heure où elle a clairement confirmé que toutes ces accusations étaient vraies.

Toute la pièce devient silencieuse, attendant ma réponse.

Et c'est là que je réalise que les caméras n'ont jamais cessé de tourner. Tout ce qui arrive est en train d'être enregistré.

C'est le test ultime d'Ezer.

Sa dernière manipulation.

Il me pousse à choisir entre vivre l'existence du Superbe Nick Dashaway, Superstar internationale, ou la rejeter et risquer de ne jamais rentrer à Greentree.

Si je fais le choix qu'il veut, il coupera au montage les scènes qui le gênent et je continuerai à vivre mon rêve.

Sinon, il s'assurera que toute cette scène passe en boucle sur les réseaux sociaux pour que je sois obligé de vivre dans la honte, coincé dans un endroit où ma famille ne m'apprécie même pas et où j'ai encore moins d'amis qu'à Greentree.

Il me fait parier sur mon avenir.

C'est à moi de décider.

Je regarde tour à tour Ezer, Plum et Tinsley. Mon cœur bat fort dans ma poitrine. Je fais un pas en avant et je dis :

– Où est-ce que tu le caches, Tins ?

– Je ne sais pas de quoi tu parles.

Elle insiste pour nier la vérité que nous connaissons tous les deux.

– Je crois que si.

Je la regarde droit dans les yeux, incapable de la voir comme avant. Elle est meilleure chanteuse que moi, et certainement meilleure actrice, vu qu'elle s'est jouée de moi depuis le début.

– Nick !

Elle laisse échapper un petit son perçant, à mi-chemin entre le cri et le rire.

– Qu'est-ce qu'il y a dans le chocolat que tu bois ? Elle pointe un doigt tremblant vers la tasse rouge et verte portant mon nom. Tu te comportes comme un fou !

C'est une tentative désespérée d'amener un peu d'humour, de faire passer ça pour un bref moment de folie avant qu'on reprenne le cours normal de l'émission. Dommage que ça ne marche pas. Pour moi, il n'y a pas de retour en arrière possible.

– Le ticket, Tins. Je t'ai tout raconté au bord de la piscine aujourd'hui quand je t'ai parlé du cupcake magique et du bus de Noël psychédélique, et de comment je me suis retrouvé ici.

– Nick…

Elle pose une main sur sa gorge et recule lentement pendant que la caméra continue de nous filmer et que j'avance vers elle.

– Nick, *s'il te plaît* !

Ses doigts tripotent nerveusement la bague que je lui ai offerte, comme si elle hésitait entre la protéger et me la jeter à la figure.

– Le ticket expire une minute après minuit, le temps presse et je veux passer Noël dans ma vraie maison, avec ma vraie famille. Pas ça.

Oubliant les caméras qui enregistrent chacun de mes mots, je pointe du doigt Joe, Eileen et Holly.

– Pas cette version plastique embarrassante d'une famille.

– Dis donc, c'est injuste de dire ça ! crie Joe outragé pendant que Holly me lance un regard furieux et qu'Eileen serre son collier en diamants dans ses mains comme si j'allais le lui arracher.

Mais cela ne suffit pas à m'arrêter. Même pas en rêve.

– Et ça… Je marque une pause, ne sachant pas comment appeler Dougall. Ce faux ami qui cherche juste à être célèbre.

Il lève ses mains devant lui, regardant tour à tour la caméra et moi en disant :

– Waouh, mec, c'est vraiment dur !

Malgré les choses terriblement cruelles que j'ai dites sur ma famille et mes amis, ce qui m'énerve le plus, c'est quand je parle de Mister Dasher Dashaway comme d'une honte pour la race canine. Même l'équipe technique est choquée. Mais c'est juste un bruit de fond pour moi. Je n'en ai plus rien à faire de mon image et de quoi j'aurai l'air à la télévision. Je suis déterminé à partir d'ici pour retourner à ma vie d'Intello boutonneux, soutenu par des gens que je viens juste d'apprendre à apprécier, et Tinsley est la seule personne qui peut soit m'aider, soit me faire du mal.

– Il n'est pas trop tard, tu peux encore tout réparer, je lui dis.

Mais un seul regard à son visage me fait comprendre qu'elle s'est complètement fermée.

Et quand Mac Turtledove apparaît au bord du plateau et se met à côté d'Ezer, je ne suis pas le moins du monde surpris de voir que, comme à Greentree, il finit avec la fille et la vie dont je rêvais.

En ce qui me concerne, il peut tout prendre.

Tinsley pousse un soupir résigné, sort sa main de sa poche et la tend vers moi.

Mais au lieu du ticket que j'attendais, elle enlève la bague en saphir de son doigt et la met dans ma paume de main, laissant les caméras zoomer en gros plan avant qu'elle ne referme mes doigts dessus.

– Désolé, Nick…

Ses yeux s'emplissent de larmes. Elle est vraiment devenue douée pour pleurer sur commande.

– Je pense qu'on s'est trompé sur nous deux. Ce n'est plus possible. En plus, je suis trop jeune pour me promettre à qui que ce soit. Mais *un jour*… quand nous serons tous les deux plus vieux et plus matures, qui sait ?

Un jour.

Joli coup de mentionner nos hits #1 et #2.

Elle me tourne le dos, ses cheveux blonds volant derrière elle comme un rideau tombant sur la scène.

Elle n'a plus besoin de moi, Mac Turtledove attend.

C'est suffisant pour satisfaire Ezer aussi.

Parce que, juste après ça, le directeur hurle :

– Coupez, c'est terminé !

Ezer secoue la tête, puis me montre la porte.

36

57 minutes et 42 secondes avant Noël

NAUFRAGÉ DE LA RÉALITÉ

Pour quelqu'un qui a passé les cinq derniers jours à être poursuivi par des fans hurlants, cela fait bizarre de devenir un paria en quelques secondes.

Je suppose qu'il faut que je m'y habitue. Si je ne mets pas la main sur ce ticket, c'est comme ça que je vais vivre ma vie, sans personne qui veuille me parler.

Tinsley me déteste depuis que je l'ai humiliée à la télévision.

Ma famille me déteste d'avoir dit que j'avais honte d'elle, mais surtout pour le train de vie qu'ils vont perdre à cause de mes choix.

Et quand j'ai essayé de m'excuser auprès de Plum, sa mère m'en a empêché et m'a dit qu'elle avait démissionné.

– Tu me surprends, petit. Ezer marche derrière moi, pratiquement sur mes talons. Je pensais que tu étais plus intelligent que ça.

Je jette mon micro et me dirige vers la porte, déterminé à trouver l'arrêt de bus et à plaider ma cause avec le chauffeur. C'est le seul espoir qui me reste.

– C'est toi qui avais raison quand tu m'as dit qu'il n'y avait rien de mal à connaître ses limites. Je suppose que je viens de découvrir les miennes.

– Tu sais que tu viens de te suicider médiatiquement, non ? D'ici demain matin, chaque fille en Amérique, dans le monde, même, t'en voudra à mort. Tu as fait de la place pour que Mac arrive et te remplace. Et je dois admettre que le môme a du charisme. Cela ne prendra pas longtemps avant qu'ils oublient Ninsley et qu'ils se mettent à hurler « Macsley ».

Ses mots m'arrêtent net.

Je réalise la seule chose que je n'ai pas vue depuis le début, même si c'était juste sous mes yeux.

Ezer est le seul ici à être exactement le même qu'à Greentree.

– Tu es dans le coup, n'est-ce pas ?

Je n'ai aucun moyen de l'expliquer ou de le prouver mais je sais que j'ai raison.

– Tu l'as toujours su.

– Ce que je sais, petit, c'est que tu as tué ta carrière et que je ne te représente plus. Après ce que tu viens de faire, il ne faudra pas longtemps avant que tous tes autres contrats soient rompus. Tu auras de la chance si tu peux trouver assez d'argent pour louer un petit appartement quelque part. Et tu ferais bien de t'assurer qu'ils acceptent les animaux, étant donné que tu as mis en danger la situation financière de ta famille, ce qui veut dire qu'elle vivra avec toi. Tu seras fauché en un rien de temps, et avec un visage aussi reconnaissable que le tien, bonne chance pour te fondre dans la masse. La chose qui t'a toujours gêné, le manque d'intimité, ça ne s'arrangera jamais. Les gens savent qui tu es. Ils t'ont vu craquer en direct à la télévision. À partir de maintenant, tu ne peux te cacher nulle part.

Tout est vrai.

Chaque mot.

C'est pour cela qu'il est impératif que je plaide ma cause une dernière fois.

– Rien de tout cela n'est obligé d'arriver, je dis. Donne-moi juste ce ticket et tu peux faire semblant de ne jamais m'avoir rencontré.

Il reste debout devant moi, aussi imperturbable qu'un mur de pierre, ses sbires le surveillant à quelques mètres, au cas où je serais assez désespéré pour essayer de l'attaquer ou quelque chose du genre.

– Pourquoi est-ce que tu ne veux pas m'aider ? je demande, refusant d'abandonner aussi facilement.

– Je t'ai aidé. Il me donne une grande claque dans le dos. Je t'ai donné une vie dont la plupart des gens rêvent, et c'est comme ça que tu me remercies. Bonne chance, Nick. Tu vas en avoir besoin.

Il ferme les doubles portes fermement derrière lui, et du coin de l'œil je vois Dougall descendre la route vers le portail.

– Hé ! Je me dépêche de le rattraper. Hé, Dougall !

Je l'appelle pour m'excuser de ce que j'ai dit à la télévision. Même si c'est vrai, ce n'est pas une raison pour le partager avec le monde entier.

– Dougall ?

J'accélère le pas, juste pour m'apercevoir qu'il accélère aussi le sien. Il arrive en bas de l'allée bien avant moi, se faufile entre les grilles du portail automatique en train de se refermer et se met à rire quand elles se ferment juste devant moi.

Et c'est là que je comprends.

J'avais tout faux.

Ezer et Tinsley n'ont pas volé le ticket.

Ils ont juste utilisé mon histoire et mon pétage de plomb imminent pour recadrer l'émission et faire de la place pour Mac.

Et même si ma famille avait plein de motifs, elle avait l'air trop ignorante pour être mêlée à ça.

Mais Dougall…

Dougall était seul dans ma chambre quand il m'a rendu la Xbox un peu plus tôt dans la journée. Il a pu m'entendre pendant que je racontais tout à Tinsley au bord de la piscine.

La vie entière de Dougall, toute son identité, tourne autour de son amitié avec moi.

Si je rentre à Greentree, que devient-il ?

Et puis, qu'est-ce qu'il m'a dit juste après m'avoir souhaité un joyeux anniversaire ? Quelque chose comme quoi il était heureux que je sois là ? Comme s'il y avait un risque que je ne sois pas là ? Comme si j'avais déjà été absent une seule fois ?

Il s'attendait à ce que je m'enfuie.

Tout en sachant que je n'irais pas loin.

– Pourquoi est-ce que tu as fait ça ?

J'attrape les grosses barres métalliques, les secouant aussi fort que je peux, mais le portail refuse de bouger. Il laisse tomber son skateboard au sol et met son pied dessus.

– N'essaye même pas. Il se rapproche de moi. Tu n'iras nulle part, Nick.

Il met la main dans sa poche et agite le ticket devant mon visage. Ses yeux se rétrécissent, son sourire s'élargit, il profite du moment autant qu'il peut.

– Je pensais bien que tu accuserais Tinsley et Ezer une fois que tu aurais compris leur petit jeu. Ce qui t'a pris un temps ridiculement long, entre nous. Toutes ces tentatives manquées de l'embrasser qui échouaient parce que Ezer intervenait, tu penses que c'était une coïncidence ? Il secoue la tête. Tout le monde voyait qu'elle t'utilisait, mais tu étais tellement accroché à ta vision rêvée de Tinsley que tu as préféré me laisser tomber, moi, ton meilleur ami, juste pour pouvoir passer plus de temps avec une fille qui ne t'a jamais aimé. J'étais prêt à laisser faire pendant un moment, je me disais que tu finirais par comprendre, mais je t'ai surpris en train de dire à Tinsley comment tu étais arrivé ici et combien tu voulais rentrer…

Il tend le ticket vers moi jusqu'à ce que je puisse presque l'attraper, mais quand je fais un geste pour le prendre, il me l'arrache une nouvelle fois.

– Tu pensais vraiment que je te laisserais me voler cette vie ? Il me regarde comme si j'étais la personne la plus stupide qu'il ait jamais vue. On avait tout, accès à tout, tapis rouge, passe VIP pour le monde entier ! Mais apparemment ce n'était pas assez bien pour toi, vu la hâte que tu as de laisser tout ça derrière toi. Dis-moi, Nick, durant tout le temps que tu as passé à pleurer sur ton sort, est-ce que tu as pensé à moi un instant ? Est-ce que tu as pensé à ce qui pourrait m'arriver quand tu seras parti ?

Je ne peux pas le regarder en face, alors je fixe mes chaussures. Je ne peux pas nier qu'il a raison. Je n'ai pas pensé à lui. Il n'a jamais fait partie de ma décision.

– Et maintenant, par ta faute, je suis sur le point de devenir quelqu'un de totalement invisible. Il secoue la tête et fronce les sourcils. Non, même pas, ce sera pire que d'être invisible, je serai la risée de tout le monde, un has been, un lèche-bottes de célébrité qui se sera fait larguer par son meilleur ami à la télé. Bien joué, Dashaway.

– Tu peux toujours essayer de te rapprocher de Mac Turtledove…

À la seconde où je le dis, je le regrette. Je voulais présenter ça comme une option possible, mais cela ressemblait plus à une insulte.

– Écoute, Dougall, je me dépêche d'ajouter, mais il ne me laisse pas finir.

– Tout ce que tu avais à faire, c'était de suivre le plan d'Ezer pendant encore deux ans, trois maximum. De continuer à surfer sur la vague du succès jusqu'à ce qu'elle retombe et que quelqu'un de nouveau prenne ta place. Est-ce que c'était trop demander ?

Je l'étudie pendant un long moment et je décide de lui dire la vérité.

– Il se trouve que oui.

Il attrape son skateboard d'un coup de pied, puis le repose par terre avec colère.

– Mauvaise réponse, Nick. Profite du reste de ta vie en n'étant personne. Je sais que je n'en profiterai pas, mais si je dois tout perdre, toi aussi.

Il me sourit méchamment, met le ticket dans sa poche et dévale la rue, disparaissant de ma vue.

37

38 minutes et 18 secondes avant Noël

LE SKATER

Je secoue une nouvelle fois le portail, mais il bouge à peine et, comme il n'y a personne à l'intérieur de la maison d'Ezer qui soit prêt à m'aider, je m'agrippe à une des grandes grilles en fer et je me hisse pour tenter de l'escalader.

– Une chose est sûre, on va battre tous les records du dernier épisode le plus commenté.

Tinsley.

– Rien de tel qu'une petite controverse pour faire grimper l'audience et faire parler les gens. Et juste pour info, c'est déjà sur tous les réseaux sociaux. Ezer a demandé aux équipes de donner des extraits à YouTube depuis ton dérapage, tout cela anonymement bien sûr. Mais je sais que ça ne t'intéresse plus.

Je me concentre sur la grille et je continue à escalader.

– La bague était ridicule, beaucoup trop grosse.

Je m'élève au-dessus du sol, mais la grille est tellement haute qu'il y a encore beaucoup de chemin à faire.

– Et juste pour info, j'ai vraiment essayé de convaincre Ezer de ne pas faire ça. On n'a même pas treize ans !

– Tins…

Je me tourne pour la voir en train de tripoter quelque chose dans sa poche, ce qui me rend encore plus confus. Qu'est-ce qu'elle peut bien cacher ? À quoi elle joue ? Je sais déjà que c'est Dougall qui a volé le ticket.

– Enfin, même si c'était idiot, ça a marché. Quoi que tu penses de lui, c'est un génie quand il s'agit de faire les gros titres.

Je soupire de frustration, sans tenter de cacher mon ennui. Tinsley est vraiment en train de me taper sur les nerfs.

– Malgré tout, je veux que tu saches que, même si la bague était fausse, mes sentiments pour toi ne l'étaient pas, ou du moins pas totalement. Tu te souviens de ce jour à la plage ? Tu te rappelles ce que je t'ai dit ?

Je centre mon pied et j'essaye de trouver une prise, m'arrêtant suffisamment longtemps pour me rappeler le jour où elle m'a regardé et dit : « Promets-moi que quoi qu'il arrive tu te rappelleras ce moment… »

– Je le pensais vraiment. Je voulais vraiment t'embrasser.

Je ferme les yeux brièvement. Il y a cinq jours, je rêvais d'entendre Tinsley Barnes dire ces mots-là.

Aujourd'hui, c'est juste une autre perte de temps que je ne peux pas me permettre.

– Mais je comprends que tu préfères Plum. Je suis sûre qu'elle est très sympa une fois qu'on la connaît.

Je secoue la tête. C'est là qu'elle se trompe.

– Plum n'est absolument pas parfaite – je monte encore de cinquante centimètres. Mais c'est ce qui la rend si cool. Elle n'essaye jamais de prétendre être quelqu'un qu'elle n'est pas.

Tinsley reste silencieuse, absorbant l'information.

– Tu as l'air de vraiment l'apprécier, dit-elle

Si je ne me trompe pas, elle semble un peu jalouse.

– Je ne la connais même pas, je réponds, réalisant que c'est vrai.

– Peu importe…

Tinsley se tait pendant tellement longtemps que l'espace d'un instant je crois qu'elle est partie. Mais elle ne bouge pas de sa place, la main dans sa poche, pendant qu'elle se balance d'un pied sur l'autre.

– Je voulais juste que tu saches tout ça, dit-elle, tu sais, avant que tu t'en ailles pour de bon.

Je plisse les yeux, ne comprenant pas vraiment.

– Je te jure que je n'ai rien à voir avec ça. Je ne suis même pas sûre que ce Greentree existe vraiment.

Elle lève son visage vers moi et, entre la douce lueur du jardin en dessous et la pleine lune brillante au-dessus, elle est sans doute plus jolie que je ne l'ai jamais vue, et ça veut dire beaucoup. Seulement cela n'a plus d'effet sur moi.

– Descends, Nick.

Je marque une pause, doutant de ce que je dois faire.

– Il n'y a aucune chance que tu passes par-dessus les piques du haut sans te blesser très sérieusement. Elles ne sont pas là pour la décoration.

Je regarde en l'air et je vois bien qu'elle a raison. Dans ma précipitation à m'enfuir, je n'ai pas un instant réfléchi à la manière dont je pourrais passer par-dessus ces pointes acérées.

Je saute à terre. Aidé par la gravité et le poids de la défaite, j'atterris aux pieds de Tinsley.

– Avant que j'ouvre la grille, dis-moi juste une chose… Elle sort la main de sa poche, révélant la télécommande du portail. Elle est comment, tu sais, l'autre moi ? Celle dont tu m'as parlé au bord de la piscine. Elle est gentille ?

Sa voix est pleine d'espoir, comme si nous étions deux personnes normales discutant d'un monde parallèle.

– Je ne sais pas, j'avoue. Je ne lui ai jamais parlé. Elle ne sait même pas que j'existe.

– Alors c'est une idiote, dit Tinsley en souriant.

– Non, c'est juste une fille.

Je hausse les épaules, réalisant que c'est pareil pour cette version de Tinsley. Je me suis convaincu qu'elle était parfaite, puis ensuite qu'elle était tout sauf parfaite, pour finir par réaliser qu'elle est comme la plupart des gens, quelque part au milieu.

Son visage devient pensif, puis résolu pendant qu'elle appuie sur le bouton qui ouvre les grilles. Et juste quand je suis sur le point de les passer, elle me rappelle.

– Est-ce que ça t'aidera ? Elle sort un skateboard des buissons et me le tend. Je le cache ici pour pouvoir m'échapper quand Ezer me tape sur les nerfs, mais je peux toujours m'en acheter un autre.

– Merci.

Je le retourne dans ma main et me précipite dans la rue comme si ma vie en dépendait.

C'est le cas.

38

24 minutes et 52 secondes avant Noël

LE VAUTOUR RENCONTRE SA PROIE

La pire chose quand on est une Superstar internationale en fuite, c'est qu'on est facilement reconnaissable.

La seconde, c'est que je suis tellement habitué à avoir un chauffeur que je ne sais absolument pas comment me déplacer dans cette ville par moi-même.

Et pour rendre les choses encore plus difficiles, je suis nul en skateboard.

Cela dit, je ne suis pas non plus un super chanteur, or dans cette dimension je suis considéré comme l'un des meilleurs. Peut-être que ce sera pareil pour le skateboard.

Bon, il se trouve que non.

Cela ne m'empêche pas de foncer sur les trottoirs de Tinsel Hills à la recherche de Dougall et du ticket volé. Cependant, comme il fait du skateboard beaucoup plus souvent que moi (d'après ce que j'ai vu, c'est son mode de transport quand Sparks ne nous conduit pas), il a certainement l'avantage. J'utilise à peine le skate que je possède à Greentree.

Malgré l'heure tardive, les rues sont étonnamment pleines et j'ai à peine fait quelques mètres quand j'aperçois une foule de paparazzis envahir le coin de rue juste devant moi, aussi attirés par mes échecs qu'ils l'étaient par mes succès. Mon sang est dans l'eau et tous les requins convergent vers moi.

Je suis sur le point de changer de direction, quand je vois Dougall pris au piège au milieu d'eux. Les paparazzis se bousculent autour de lui comme des vautours chassant leur proie.

C'est parfait.

Ils le tiennent exactement là où je veux qu'il soit.

Cela ne me demandera pas trop d'efforts de l'attaquer et de lui voler mon ticket. Les paparazzis n'essaieront même pas de m'arrêter. Ils seront trop occupés à filmer.

Je serre les poings, prêt à bondir à la première opportunité.

– Dis-moi, Dougall, crie l'un d'eux, est-ce que c'est vrai que tu faisais semblant d'être l'ami de Nick pour profiter de sa célébrité ?

Quoi ?

Ce n'est pas du tout ce que j'ai dit. Bien que, si je suis honnête, je dois admettre que c'est exactement ce que j'ai sous-entendu. C'est ce que j'ai ressenti tout ce temps.

– Dougall, hé, par ici ! Un autre met son appareil photo dans la figure de Dougall. Est-ce que tu cherches juste à être célèbre ?

Avant que Dougall ne puisse répondre, un autre s'avance.

– Qu'est-ce que tu vas faire maintenant que ton ancien meilleur ami a tourné le dos à tout le monde, toi y compris ?

Je m'immobilise, je ne sais pas quoi faire. J'avais l'intention de jeter Dougall par terre pour mettre la main sur mon ticket, mais maintenant que je vois combien les photographes le harcèlent, je ne peux pas m'empêcher de penser que c'est ma faute. Si je n'avais pas fait ce que j'ai fait, dit ce que j'ai dit, si je ne l'avais pas traité de lèche-bottes à la télé, il ne serait pas au centre de cette frénésie médiatique.

Tout ce que je voulais, c'était rentrer à la maison à Greentree, et dans mon désespoir j'ai dépassé les bornes avec mes insultes.

Dougall serre son skateboard contre lui comme si c'était un bouclier, pendant que ses yeux cherchent désespérément une échappatoire.

Il a l'air pris au piège.

Apeuré.

Un peu confus.

Il a l'air d'un enfant qui a voulu son quart d'heure de gloire sans aucune idée du prix à payer.

Un enfant tout comme moi.

Je vérifie l'heure sur mon téléphone. Il me reste seulement treize minutes et ça se présente plutôt mal. En même temps, je ne peux pas partir et laisser Dougall gérer ce bazar tout seul.

Je fonce vers eux, me débattant pour rester debout, et il ne faut pas longtemps pour que Dougall me voie et crie :

– Hé, Nick est celui que vous voulez vraiment et il est juste derrière vous !

En moins d'une seconde, ils m'entourent dans un halo de flashes et de moqueries et, maintenant qu'il n'est plus le centre de l'attention, Dougall attend pour voir comment je vais m'en sortir.

– Nick, Nick, par ici !

– Pourquoi est-ce que tu as fait ça, Nick ? Pourquoi est-ce que tu t'es ridiculisé à la télé ?

– Est-ce que tu détestes vraiment ta famille ?

– Est-ce que Dougall est aussi hypocrite que tu le dis ?

Je me fraye un chemin à travers eux jusqu'à ce que j'arrive devant Dougall.

– Non, je leur dis. Il se trouve que j'avais tout faux.

Dougall fronce les sourcils et lève les yeux au ciel. Il ne me fait pas confiance et je ne peux pas lui en vouloir.

– Bien tenté. Il fait une grimace et m'envoie un crachat qui atterrit juste à côté de mes pieds. Mais ça ne te rendra pas le ticket.

Son visage est rouge, ses traits agités, mais il ne fait aucun doute qu'il le pense vraiment.

– Peut-être, je lui réponds, mais avec ou sans toi, je monte dans ce bus.

– Bonne chance, dit-il en rigolant. Tu seras coincé ici pour toujours, sauf qu'au lieu d'être une Superstar internationale, tu seras connu comme le loser qui avait tout et qui a tout envoyé promener.

Ses mots me clouent sur place comme un tacle brutal au rugby. C'est vrai que j'avais tout, même si ce n'était pas parfait, et malgré ça j'avais hâte de tout laisser pour pouvoir venir ici.

– J'avais tort sur beaucoup de choses. Je mets mon pied sur le skateboard. Malgré tout on a passé des bons moments, surtout grâce à toi.

Sa bouche se tord, son expression passant de haineuse à sceptique, ce qui est probablement plus que ce que je mérite. Alors, sans un autre mot, je le dépasse, espérant que je vais trouver mon chemin vers le bus avant qu'il ne soit trop tard.

Les paparazzis me poursuivent pendant que des voitures freinent brutalement, les conducteurs attrapant tous leurs téléphones portables dans l'espoir de faire une photo d'une célébrité en train de péter les plombs. Je décide d'abandonner le skate et de me mettre à courir, espérant un miracle de Noël qui m'envoie dans la bonne direction. Et une fois que je suis lancé, mes bras et jambes en action, je commence à croire que je vais peut-être y arriver, jusqu'à ce que mon talon gauche se pose mal et que je me batte pour récupérer mon équilibre, mes bras faisant de grands moulinets devant moi, pendant que les photographes se rapprochent, immortalisant chaque moment embarrassant.

Quelque part à côté de moi, un Klaxon retentit, suivi d'une voix qui hurle :

– Poussez-vous, bande de nuls ! Vous voyez pas que je suis pressée ?

Je me tourne pour voir Plum couper la route à un vieux chauve en Ferrari et monter sur le trottoir, faisant fuir les photographes.

– Pourquoi tu restes planté là ? Elle s'arrête à côté de moi sur la Vespa rose de Holly. Je croyais que t'étais pressé ?

Cela me prend un moment pour comprendre, mais une fois que c'est fait, je saute à l'arrière du scooter.

– Ezer m'a laissé partir juste après toi et j'ai trouvé ça abandonné dehors. Plum tapote affectueusement le rétroviseur. Apparemment, Holly ne l'aimait pas autant qu'elle l'a prétendu à la télévision. Et si elle n'en veut pas, je me suis dit que je ferais aussi bien de le garder.

– Tu réalises qu'il est rose ?

Je montre son ensemble entièrement noir de la main.

– Ouais, et alors ? Juste parce que je m'habille comme ça, tu penses que je suis contre le rose ?

Je m'apprête à répondre « oui » mais, ne voulant plus penser à la place des autres, je ravale ce que j'allais dire.

Apparemment satisfaite, elle sourit.

– Alors dis-moi, Nick Dashaway, on va où ? Je suppose que tu as retrouvé le ticket ?

Les photographes ne mettent pas longtemps à reprendre leurs

esprits et à se remettre à prendre des photos. Et quand les flashes incessants de leurs appareils incluent aussi Plum, c'est là que je décide que je ne peux pas la laisser faire ça. C'est déjà assez grave qu'ils détruisent Dougall. Je ne peux pas les laisser la détruire elle aussi.

D'abord elle se fait prendre en train de fouiller dans le sac de Tinsley à cause de moi, et maintenant elle a volé la Vespa de Holly pour m'aider, le tout documenté d'une manière qui la poursuivra jusqu'à la fin des temps.

C'en est trop.

Je lui suis reconnaissant, mais je ne peux pas la laisser s'impliquer encore plus.

– Alors Nick, qu'est-ce que tu fais ? Est-ce qu'on reste assis là à poser pour des photos ou est-ce que tu me dis où tu veux que je t'emmène ?

Elle se tourne jusqu'à me faire face, et… je ne sais pas vraiment comment l'expliquer mais quand son regard croise le mien, mon estomac se serre et j'ai l'impression d'avoir des papillons dans le ventre.

Je prends une profonde inspiration et je descends du scooter.

– Merci, je dis, mais je pense que c'est mieux si tu pars pendant que tu le peux encore.

J'ai déjà fait quelques pas, quand elle crie :

– Ne fais pas ton gamin pleurnichard, Nick Dashaway. Tu veux partir d'ici, oui ou non ?

Je le veux. Plus que tout. Je le veux.

Je me retourne, un million de « oui » écrits sur mon visage.

– Alors, remonte sur ce scooter et laisse-moi m'inquiéter du reste. Je fais une bonne action. C'est comme ça que les anges obtiennent leurs ailes, non ?

Pendant un instant je ne peux pas m'empêcher de me demander

si elle est sérieuse. Mais quand elle rigole, je réalise que c'est juste l'humour bizarre de Plum.

– Oh, et tu ferais mieux de mettre ça.

Elle attrape le casque, le casque *rose* assorti à la Vespa, et me le tend.

– Je ne mets pas ça !

Je le repousse de la main.

– Vraiment, Nick ? Est-ce que tu ne crois pas qu'il est un peu tard pour te préoccuper de ton image ? En plus, tu préfères quoi : porter un casque rose sous lequel personne ne verra rien, ou te promener avec ton visage super reconnaissable à l'arrière d'une Vespa rose ? C'est toi qui vois.

Sans un autre mot, j'enfile le casque.

Après avoir profité du moment pour se moquer de moi, Plum fait vrombir le moteur et dit :

– Donc, l'arrêt de bus ?

Mes yeux s'écarquillent.

– Comment est-ce que tu sais... ?

Mais avant que je puisse finir, je dis :

– Bien sûr ! Chantal, l'amie de la cousine de ta mère, est mariée à Sparks !

– Comment est-ce que tu sais ça ? Elle plisse les yeux et tord sa bouche sur le côté. Je ne me rappelle pas t'avoir jamais dit ça ?

– Moi si, je réponds en souriant.

– Je suis au courant parce que j'ai entendu ma mère en parler avec Sparks. Tout ce temps, j'ai pensé que c'était une histoire folle inventée. Je ne suis toujours pas sûre d'y croire et c'est une des raisons qui m'a poussée à venir. Il y a certaines choses qu'il faut voir par soi-même.

– Eh bien si tu arrives à m'amener là-bas à temps, non seulement tu le verras, mais tu n'auras plus jamais à me voir non plus.

– C’est plutôt difficile de te rater quand ton visage est placardé partout.

Ses mots m’arrêtent net. Je n’ai jamais pensé à ce qui allait se passer une fois que je serais parti.

Est-ce que ce monde entier disparaîtra comme s’il n’avait jamais existé ?

Ou est-ce qu’il continuera avec une version différente de tous ceux que je connais ?

C’est exactement le genre d’hypothèses que Dougall adorerait.

Peut-être qu’un jour je le lui demanderai.

Plum dirige la Vespa vers le bord du trottoir, prête à se mêler à la circulation, quand Dougall skate jusqu’à nous.

39

6 minutes et 16 secondes avant Noël

TOUT CE QUE JE VEUX POUR NOËL, C'EST...

– Attends ! hurle Dougall, sa voix tout essoufflée pendant qu'il saute devant nous, bloquant le passage. Donne-moi juste une seconde. Il lève les deux mains comme pour se rendre. OK, quelques secondes mais c'est tout, je te promets.

Je secoue la tête. J'ai fait de mon mieux pour arranger les choses, mais maintenant il commence vraiment à m'énerver.

– Si tu crois que tu peux m'empêcher de monter dans ce bus, je commence, mais avant que je puisse finir, il met la main dans sa poche et me tend le ticket.

– Quoi qu'il arrive à partir de maintenant, je gérerai, dit-il. Mais tu devrais partir pendant que tu le peux encore.

– C'était toi ! J'aurais dû m'en douter ! hurle Plum outragée. Tu es vraiment un sale…

– C'est bon, ça va, dis-je alors que mon regard croise celui de Dougall. C'est bon, tout est arrangé.

Puis, me retournant vers Plum :

– Tu devrais vraiment le laisser tranquille. Tinsel Hills n'est pas une ville facile, et c'est compliqué d'y avoir de vrais amis.

Dougall regarde Plum avec espoir pendant qu'elle lève les yeux au ciel et dit :

– T'as bientôt fini de jouer au sentimental, qu'on finisse ce truc ?

Quand ils rigolent tous les deux, ça me rappelle ce premier jour dans ma cuisine, quand ils se sont moqués d'une chose bête que j'avais dite. Seulement cette fois, ça ne me gêne pas. Si ça peut les rapprocher, ça vaut le coup qu'ils se moquent de moi.

Dougall se pousse de notre route.

– Bonne chance, Nick, dit-il, et cette fois je sais qu'il le pense vraiment.

Plum fonce dans la rue et conduit comme une folle, zigzaguant entre les voitures, doublant par la droite, allant même jusqu'à prendre les trottoirs, tout pour ne s'arrêter à aucun feu rouge.

Mais quand un ado conduisant une Rolls Royce avec une couronne de l'Avent accrochée au pare-chocs arrière lui fait une queue de poisson à un feu orange, elle lève son poing et le traite de tous les noms, puis attend que le feu repasse au vert.

– Désolée, Nick, mais on est près, tout près, alors ne t'inquiète pas.

– C'est moi qui devrais être désolé. Je…

J'essaye de la remercier, de m'excuser de tous les problèmes que j'ai causés, mais elle fait un geste de la main pour m'arrêter.

– Dis-moi juste une chose.

Elle se tourne sur la selle jusqu'à ce qu'elle se retrouve face à moi.

– Est-ce que c'est mieux là-bas ? L'endroit où tu vas, est-ce que c'est vraiment mieux qu'ici ?

Je prends un moment pour réfléchir. Au minimum, je lui dois la vérité.

– Non, je réponds. L'endroit en lui-même n'est ni mieux ni pire. Le truc, c'est que *je* suis une meilleure version de moi-même là-bas.

Elle m'étudie pendant un long moment, puis met ses mains de chaque côté de mon casque et m'embrasse sur la bouche.

Un vrai baiser.

Un qui dure plus de trois secondes.

Un que je n'ai pas envie d'arrêter.

– Je croyais que tu me détestais, je dis en finissant par reculer.

– Je suppose que je me suis trompée sur toi. Elle sourit. Et puis je me suis dit que tu méritais d'être embrassé par une fille qui en a vraiment envie.

Son visage s'adoucit. Son visage reste proche du mien, montrant qu'elle a envie de recommencer et, croyez-moi, moi aussi, mais quand l'air de *Vive le vent* résonne soudainement dans la rue et que le bus s'arrête au coin de la rue, le moment est passé.

– Vas-y, Nick Dashaway, murmure-t-elle d'une voix devenue soudainement rauque. Vas-y avant qu'il ne soit trop tard.

Toujours avec le casque sur la tête, je saute du scooter et je cours vers le bus, zigzaguant entre les voitures en déclenchant un concert de Klaxons et de menaces à peine voilées des conducteurs. Je suis conscient de la voix étouffée de Plum qui m'encourage, des cris des paparazzis me poursuivant et de l'asphalte sous mes pieds qui devient de plus en plus glissant. Mon pied droit puis mon pied gauche dérapent, glissant sur quelque chose de blanc et mouillé.

Et c'est là que je vois ce que c'est.

L'impossible se manifestant devant moi.

Malgré le fait qu'il fasse toujours beau ici, le ciel déverse un torrent de neige qui tombe à gros flocons, comme à Greentree il y a seulement cinq jours.

Quelque part derrière moi, Plum me hurle de me relever et de continuer pendant que je titube, incapable de retrouver mon équilibre, mon humiliante évasion documentée avec précision par une foule de paparazzis qui continue à se multiplier. J'imagine sans peine les gros titres qui vont suivre.

Ce qui n'aura aucune importance si j'arrive à monter dans ce bus.

Courant, tombant, hors d'haleine, je hurle à pleins poumons, suppliant le chauffeur de s'arrêter pendant que la neige commence à s'amonceler autour de moi. Malgré cela je continue, même quand je commence à ne plus sentir mes jambes et que mes poumons sont tellement gonflés que je vais imploser. Je cours vers la vie que je veux vraiment et je m'éloigne d'un rêve qui ne m'a jamais convenu.

Avec les paparazzis toujours sur mes talons, je fais une chute tellement incroyable qu'elle m'envoie glisser jusqu'au milieu de la rue pendant que le bus s'éloigne de plus en plus, disparaissant au loin.

Je prends ma tête dans mes mains, incapable de regarder, pendant que mon dernier espoir s'envole devant moi et que les paparazzis m'encerclent, prenant des photos et hurlant mon nom.

Je me relève avec peine, sans autre choix que de faire face à un futur inconcevable mais dont je suis totalement responsable, quand mes oreilles entendent le son déchirant du métal contre le métal, suivi du bip répété d'un énorme véhicule faisant marche arrière, l'air de *Vive le vent* résonnant non loin.

– Salut, petit ! Le chauffeur passe la tête par la fenêtre, ses dreadlocks blanches volant autour de son visage. Tu viens ou pas ?

Je me tourne vers les photographes surpris, souriant pendant que je réponds :

– Dites merci à Ezer pour l'offre, mais il est temps pour moi de rentrer à la maison.

Regardant une dernière fois Plum, voulant savourer le souvenir de son visage sous la neige, je boite jusqu'au bus, me hisse en haut des marches et tends mon ticket sale, froissé mais, espérons-le, toujours valide.

– Désolé pour ça, dit le chauffeur, ses lunettes à spirales tournant dans tous les sens pendant qu'il prend le ticket et me regarde en souriant. Juste une petite assurance. Je devais être sûr que tu voulais vraiment rentrer.

– Oh, je suis sûr, je réponds en me dirigeant difficilement vers le dernier rang. J'ai hâte de rentrer à la maison.

LIVRAISON DE NOËL

40

25 décembre → 19 décembre

LA MAGIE DE NOËL

Comme la dernière fois, le blizzard est là, secouant le bus de tous côtés. Le tangage me rend tellement nauséeux que je ferme les yeux. Je les rouvre seulement quand le bus s'arrête.

– Fais attention dehors, dit le chauffeur, une tempête arrive. On aura peut-être un Noël blanc si la neige tient une semaine.

Une semaine ?

– On est quel jour ?

Je jette mon sac sur mon épaule et je descends l'allée.

– Le 19 décembre. Il reste cinq jours. On verra bien. Tu ferais bien de mettre ta capuche. Il fait froid dehors.

Je jette un œil à mes vêtements. Je porte toujours le pull de Noël que ma mère m'a tricoté.

– Alors, c'est comme si rien ne s'était passé ? Je n'aurai rien à expliquer à mes parents ?

Il relève ses lunettes sur son front et me regarde avec des yeux qui disparaissent pratiquement derrière d'épais sourcils blancs et des joues rouges.

– Évidemment que c'est arrivé ! Tout arrive ! Seulement, tout arrive en même temps, à des niveaux différents, avec des fins différentes. Je croyais que tu avais compris ça.

– Dougall a toujours été meilleur pour comprendre ce genre de choses, je réponds. De toute façon, il n'y a qu'un niveau, qu'une seule dimension et qu'une seule fin qui m'intéresse.

Je descends les marches, m'arrêtant un instant pour profiter de la sensation de mes pieds fermement plantés dans le sol de Greentree.

– Joyeux Noël ! me sourit le chauffeur de toutes ses dents en or.

Fermant la portière derrière moi, il s'éloigne du trottoir et disparaît dans la blancheur hivernale, pendant que je descends des rues familières remplies de neige ; seulement, au lieu de détester ça comme je l'aurais fait habituellement, au lieu de me plaindre de la distance à marcher depuis l'arrêt de bus et de rêver d'être sur une plage tropicale, je prends le temps de vraiment l'apprécier.

Il se trouve que le soleil en permanence, ce n'est pas si fantastique que ça.

C'est seulement quand j'arrive devant la maison de Plum et que j'aperçois la lumière tamisée à l'intérieur que je réalise que je suis passé devant les rues de Tinsley Barnes et de Mac Turtledove sans même y penser.

Je considère ça comme un progrès.

Quand j'arrive chez moi, même si j'ai passé toute ma vie ici, c'est comme si je voyais ma maison pour la première fois. Avec les guirlandes rouges et vertes qui pendent du toit, les sucres d'orge géants plantés le long de l'allée, la guirlande de houx et de pommes de pin accrochée à la porte, et la vieille camionnette blanche de mon père garée dans l'allée, eh bien, c'est la plus belle maison que j'aie jamais vue.

Pas de grand portail en fer.

Pas de piscine paradisiaque.

Pas d'écran de télévision surdimensionné, d'œuvres d'art bizarres et de lustres angoissants qui pourraient très facilement vous tuer.

Je n'échangerais ça pour rien au monde.

– Hé, appelle mon père, tu arrives juste à la maison ?

– Le bus n'est jamais passé, alors je suis rentré à pied.

J'accélère le pas et je l'aide à vider sa camionnette.

– C'est bizarre. Il passe une main sur son front, empêchant la neige de rentrer dans ses yeux. J'ai décidé de rentrer plus tôt. Je suis passé devant l'arrêt de bus et je ne t'ai pas vu. Tu n'avais pas besoin de marcher, Nick. Pourquoi tu n'as pas téléphoné ?

Je prends une profonde inspiration, souhaitant pouvoir lui raconter toute cette aventure extraordinaire, mais je dis juste :

– Mon téléphone est tombé en panne.

Il me regarde attentivement, comme s'il se doutait qu'il y avait quelque chose d'autre.

– Tu en es sûr ?

Il montre mon sac où mon téléphone sonne. Seulement, au lieu de la sonnerie habituelle, c'est un son de cloches, et quand je regarde l'écran je n'en crois pas mes yeux.

Il y a un message de Plum.

La Plum de Tinsel Hills.

Je le sais parce qu'il y a une photo d'elle et, juste en dessous, un message qui dit : « Rappelle-toi toujours, Nick, que tu n'es jamais invisible pour tes vrais amis. P-S : Merci pour les ailes. ☺ »

– Tout va bien ?

Mon père me regarde fixement pendant un long moment.

– Oui.

Je regarde le message s'effacer et, quand j'essaye de le retrouver, il a disparu.

Malgré tout je l'ai vu, et c'est une preuve suffisante pour moi.

Je ne pourrai jamais expliquer comment ces choses fonctionnent, mais parfois il faut juste admettre que c'est le cas.

– Alors, qu'est-ce que tu en penses, tu te sens d'attaque ? Mon père montre le sapin allongé à l'arrière de sa camionnette. Il n'est pas aussi gros que le dernier que tu m'as aidé à transporter, alors ça devrait être de la rigolade.

Je sais pourquoi il dit ça, il le dit pour moi. Pour que je n'aie pas l'impression que notre famille, notre vie, nos biens sont nuls en comparaison de ceux des Turtledove.

Comme si je pouvais encore penser comme ça.

– Il n'est peut-être pas aussi gros, je réponds, mais il est vraiment mieux.

Il tire sur les bords de son bonnet pour couvrir ses oreilles.

– Comment ça ?

– D'abord, les branches sont plus hautes et les aiguilles ne tombent pas encore. On voit bien qu'il est soulagé de ne pas avoir à passer les deux prochaines semaines comme otage des Turtledove.

Mon père sourit d'une manière que je ne lui ai plus vue depuis longtemps et ouvre le coffre pendant que je soulève le sapin. À nous deux, on l'amène jusqu'à la porte d'entrée où Mister Dasher Dashaway attend impatiemment, puis on entre dans la maison qui sent les bougies à la menthe, les cookies juste sortis du four et la bombe désodorisante qu'on utilise pour masquer les pets du chien.

On met le sapin sur le même support qu'on utilise depuis aussi longtemps que je me souvienne, mon père d'un côté et moi de l'autre, pendant que ma mère reste debout devant nous, les mains sur les hanches, nous donnant des instructions pour que l'arbre soit plus ou moins droit, tandis que Holly descend les escaliers.

– Ton gros nul de pote, Dougall, a appelé.

Elle regarde sombrement le sapin pendant que Mister Dasher

Dashaway se rapproche doucement comme s'il s'agissait d'un intrus qu'il n'a pas encore approuvé.

– Il dit que tu ne réponds pas à ton portable. Comme si c'était mon problème.

Elle lève les yeux au ciel, essayant de son mieux de me faire réagir, mais je suis fait en Teflon et les mots de Holly glissent sur moi maintenant.

– Dougall n'est pas nul.

Je me mets à genoux et j'attire Mister Dasher vers moi, heureux de voir qu'il est toujours aussi bizarre à regarder que dans mes souvenirs.

– Ah ouais, sur quelle planète ?

Elle lève une nouvelle fois les yeux au ciel, sans avoir aucune idée de ce qu'elle vient de dire. Et une fois que je me mets à rire, je ne peux plus m'arrêter. Surtout quand Mister Dasher Dashaway s'excite tellement qu'il se met à aboyer et péter à côté de moi.

– D'après ce que je sais, uniquement sur celle-ci, je réponds, me calmant suffisamment pour attraper la bombe désodorisante qu'on garde dans chaque pièce. Bien que ça ne veuille pas dire qu'il n'y en ait pas d'autres.

Mes parents nous regardent tous les deux, attendant le moment où Holly et moi allons exploser dans une de nos disputes qu'ils seront obligés d'arrêter. Mais ces jours-là sont derrière moi.

Elle peut essayer autant qu'elle veut, Holly ne peut plus m'énerver.

Pas depuis que j'ai vu son alternative.

Elle secoue la tête et fonce dans la cuisine pendant que ma mère me regarde et dit :

– Bon, je pense que je vais m'y mettre.

Ce qui normalement est le moment où je commence à trouver des excuses pour ne pas aider, mais cette année, c'est différent.

– Je pensais t'aider, je dis, ça te va ?

Mes parents échangent un regard interrogateur, comme s'ils savaient qu'il se passe quelque chose, mais sans savoir quoi exactement.

– Je pensais qu'on pourrait même faire une soirée « décoration du sapin ».

– Sans moi, dit Holly, revenant de la cuisine pour me lancer un regard furieux tout en grignotant un cookie au sucre.

– On pourrait faire du chocolat chaud, inviter des amis et comme ça tout le monde pourrait aider à décorer le sapin.

– Je ne sais pas, Nick…

Ma mère passe la main dans ses cheveux, consciente de son allure.

– La maison n'est pas prête pour recevoir des invités…

– Mais c'est le but, non ? Ils nous aideront à la préparer.

– Je suis pour.

Mon père passe son bras autour de mes épaules dans un élan de solidarité.

– Moi non. Holly fait les gros yeux. Mes amis sont en train d'arriver et, croyez-moi, ils ne voudront pas participer à votre stupide soirée « décoration de sapin ».

Une nouvelle fois, je hausse juste les épaules. Qui aurait pensé que c'était aussi simple de la supporter ?

★

Quand les amis de Holly arrivent et voient le comptoir de la cuisine couvert de cookies sortant du four et attendant juste d'être décorés, malgré ce qu'elle prédisait, ils sont impatients de commencer.

L'un d'eux en parle même comme d'une expérience artistique comestible super cool.

– Vous plaisantez ? dit Holly quand elle les voit se battre pour des tubes de sucre glace coloré.

Mais comme ils sont sérieux, elle soupire et se joint à eux.

Dans le salon, mon père assure ma mère debout sur l'escabeau pendant qu'elle fixe des décorations près de la cime du sapin. Leurs chuchotements inquiets habituels ont fait place à des rires, comme s'ils avaient oublié leurs arriérés d'impôts et leurs bilans annuels.

Ce n'est pas que ces choses aient disparu, mais peut-être que juste pour ce soir ces soucis passent après.

Quand on sonne à la porte, je me précipite pour ouvrir, soulagé de trouver Plum et Dougall debout sur le perron, exactement tels que je les avais laissés, Dougall avec ses cheveux à la Einstein et Plum avec une autre des créations de sa mère pour Noël, mais pour moi ils n'ont jamais été aussi beaux.

– Joli pull, je dis, sans me moquer d'elle le moins du monde.

– Toi aussi.

Plum sourit d'une manière qui rend ses yeux tout brillants, ses joues rosissent et je ne peux pas m'empêcher de réaliser à quel point elle est jolie.

Je la regarde pendant un moment, me demandant si elle a la moindre idée de l'enchaînement d'évènements qu'elle a créé avec son cupcake d'anniversaire magique, mais ce n'est pas comme si j'allais le lui demander.

– J'ai essayé de t'appeler, dit Dougall en passant devant elle. Est-ce que tu sais qu'il y a une lune bleue bientôt ? Ce qui non seulement est un évènement rare, vu que c'est une deuxième pleine lune dans le même mois calendaire, mais on dit aussi qu'elle agit comme porte d'entrée vers d'autres dimensions !

Il attend que je réponde, mais mon premier réflexe, c'est de regarder Plum dont le visage reste impassible.

– Apparemment il y a tout un tas de rituels qui vont avec. On va devoir trouver des bougies et d'autres trucs, mais ça doit pas être bien difficile, non ? Il faut absolument qu'on le fasse. Mais d'abord on doit décider où on veut aller, parce qu'il ne faut pas atterrir n'importe où.

Puis, se rappelant Plum debout derrière lui, à moitié dehors, il dit :

– Oh, tu peux venir aussi, si tu veux.

Plum me regarde, mais je secoue juste la tête.

– Je ne sais pas, je réponds. Ma mère a fait des cookies, mon père du chocolat chaud, on décore le sapin, et bien sûr il y a toujours les fabuleux pets de Mister Dasher Dashaway. Je n'arrive pas à penser à un autre endroit où je préférerais me trouver.

Le visage de Dougall est tout désappointé.

Celui de Plum s'éclaire, soulagé.

Et pendant que je les emmène à l'intérieur, je jure que j'entends Plum murmurer :

– Bienvenue à la maison, Nick.

REMERCIEMENTS

Je dois un énorme merci à mon éditrice, Krista Vitola, pour son soutien infaillible, son intelligence et son enthousiasme ; à mon agent, Bill Contardi, pour être une personne formidable ; à mon mari, Sandy, pour avoir eu la même idée au même moment, à la seconde où cette chanson est passée à la radio, et enfin aux Who pour avoir écrit et enregistré cette chanson.

Composition :

PRESS·PROD

IMPRIM'VERT® PEFC™ 10-31-1510

Imprimé en France
par Corlet imprimeur
14110 Condé sur Noireau
en octobre 2017
N° d'imprimeur : 190627
Dépôt légal : novembre 2017
ISBN : 978-2-7499-3033-6
LAF 2253